Texte und Kontexte

Texte und Kontexte

Ein Lesebuch

Petra Frerichs

Bibliographische Informationen der Bibliothek:
Die Deutsche Bibliothek verzeichnet diese Publikation in der Deutschen
Nationalbibliographie; detaillierte Informationen sind im Internet über
http://dnb.ddb.de abrufbar.

© 2023 Petra Frerichs
Herstellung und Verlag: BoD – Books on Demand, Norderstedt
ISBN: 978-3756-8113-04

Vorwort

Versammelt sind literarische Besprechungen und Essays aus den letzten Jahren. Seit dem Erscheinen meiner Bücher *Momentaufnahmen* (2010) und *Vom Glück zu finden* (2016) sowie den gemeinsam mit Joke Frerichs verfassten Büchern mit Rezensionen über Gelesenes (s. Angaben zur Autorin) hat sich einiges an Texten angesammelt, das zwar allermeist bereits online im *Blog der Republik* erschienen ist, nun jedoch in Buchform publiziert werden soll. Wie dem Inhaltsverzeichnis zu entnehmen ist, geht es bei diesen Besprechungen selten um Neuerscheinungen, vielmehr wird primär an Literatur aus der Vergangenheit erinnert, die ich für so wertvoll halte, dass sie nicht in Vergessenheit geraten und wiedergelesen werden sollte. Thematisch-inhaltlich und von Genre her ist ein breites Spektrum abgesteckt: Von Klassikern der Weltliteratur bis Fundstücken in den Nischen der literarischen Öffentlichkeit, von Romanen bis autobiografischen Werken, deutscher und ausländischer Literatur, Poesie und Sachbüchern. Insgesamt sind diese Texte dem Credo *Gegen das Vergessen* verpflichtet.

Henning Boëtius: *Der Gnom. Lichtenberg-Roman*

Der Roman erschien 1989; an ihn soll über 30 Jahren später erinnert werden. Denn es handelt sich um ein seltenes Dokument biographisch-literarischer Entschlüsselung eines Gelehrtenlebens, das voller Widersprüche, Ambiguitäten und Obsessionen war, nämlich das des Georg Christoph Lichtenberg, der in der zweiten Hälfte des 18. Jahrhunderts gelebt und gewirkt hat. Körperlich mit dem Makel der Kleinwüchsigkeit und doppeltem Buckel aufgrund eines verdrehten Brustkorbs versehen, verfügte er kompensatorisch über genialische Geisteskräfte, die so vielfältig waren (in den Bereichen Mathematik, Astronomie, Physik, Satire/Literatur, Philosophie), dass sie schon wieder zum Problem wurden: Noch gegen Ende seiner Lebenszeit fragte sich Lichtenberg selbst, was er denn nun sei – ein Identitätsproblem war es weniger als eines der Entscheidung. Denn Forscher, Wissenschaftler, Gelehrter war er allemal.

Henning Boëtius zeichnet mit viel Einfühlungsvermögen ein realistisches Bild von Lichtenberg, den er stets *Georg* nennt, aus der Kinder- und Jugendzeit gewählt, um so nah wie möglich an seiner Hauptfigur dran zu sein. Dabei wird sichtbar, dass bestimmte Eigenschaften, Vorlieben und Abneigungen, Verhaltensmuster von Kindheit an angelegt waren: so die Einsamkeit, die er, weil selbstgewählt, als Stärke empfand; so die Leidenschaft des Beobachtens und sich als Kind dabei Versteckens, als kröche er in sein Schneckenhaus; so die Liebe und Sexualität, die er anfangs nur erleben konnte, wenn er *unsichtbar* blieb; er war auch von klein auf ein großer Träumer, und aus späteren Jahren heißt es dazu: *Merkwürdig, daß Träume zwischen Vergangenheit und Zukunft keinen Unterschied machen. Für Träume steht die Zeit still. Deshalb liebte er sie so.*

Hier soll nun keine Rekonstruktion des Lebensweges Lichtenbergs aufgrund des Romans vorgenommen werden, vielmehr soll das Augenmerk auf die Person und die schon angedeuteten Dilemmata gelegt werden, so wie sie der Roman bereitstellt.

Das Problem, sich nicht entscheiden zu können oder zu wollen bzw. anderes zu wählen als zu erwarten war, zeigt sich bereits bei der Wahl seines Studienortes: nicht nach Gießen (damals die hessische Metropole der naturwissenschaftlichen Forschung und akademischen Ausbildung) zog es den gebürtigen Darmstädter, sondern nach Göttingen, wo der berühmte Mathematiker A. G. Kästner lehrte. Und nach Studienabschluss wollte er, wenn auch nur als Hauslehrer, unbedingt in Göttingen bleiben, auch wenn ihm eine lukrative Professur in Gießen zugesagt war. Ein Studienfreund bescheinigt ihm, über ungewöhnliche Talente zu verfügen, die Georg seines Erachtens verschleudere. Zu diesen zählt vor allem, *in einem einzigen Satz die voneinander entferntesten Dinge in einen Zusammenhang zu bringen.* Und weiter:

Du hast einen bestimmten Witz, einen natürlichen Hang zur Satire, der vielversprechend ist. Du kannst leicht und spielerisch schreiben und dabei zugleich ernste Themen in ein ihnen angemessenes Licht rücken. Das ist in Deutschland ein höchst seltenes Talent. Gewöhnlich findet man es nur in England, wo niemand ein vernünftiges Wort zu sagen vermag, ohne es mit einer feinen Schicht aus Spott zu glacieren. So solltest du schreiben. Du bist immer noch zu akademisch. Wahrscheinlich liegt das daran, daß Du ein Stubenhocker und Büchernarr bist. Dir fehlt es an Reisen.

Das ging nicht spurlos an Georg vorbei, zumal er auf den Freund bauen konnte. Auch er selbst ist sich klar darüber, dass er viel zu zögerlich ist in seinen Entscheidungen und seiner schon früh angelegten Affinität zu England nachgehen sollte. Und so unternimmt er dann auch seine erste große England-Reise, wo ihm König Georg III. höchst persönlich nicht nur einen freundlichen Empfang bereitet, sondern ihm auch alle möglichen Annehmlichkeiten, Kontakte und Beziehungen angedeihen lässt, die ihm förderlich sein sollen.

Ein zweiter mehrwöchiger Aufenthalt Jahrzehnte später bescherte Lichtenberg alles, was er sich nur denken und wünschen konnte, nämlich beste Forschungsbedingungen, tiefe Freundschaften, Anerkennung und Reputation, fürstliche Bezahlung u.a.m. Recht eigentlich geht es ihm hier in jeder Hinsicht besser als in Göttingen, er wird hofiert und eingeladen, auf Dauer in England zu bleiben – doch Lichtenberg zögert und zagt, bis er sich dagegen entscheidet und nach Deutschland zurückkehrt. Ganz nach dem Muster, sich nicht festlegen zu wollen, sich nicht entscheiden zu können. Und das, wo er Englisch wie seine Muttersprache spricht, wo er Shakespeare und dessen Theater rühmt, weil es von breiten sozialen Schichten verstanden und in Scharen besucht wird, was auch mit der Sprache zu tun hat. *Georg war sich nach der Aufführung sicher, daß es nie einen deutschen Shakespeare geben würde und daß dies an der Sprache läge, die zwar schön ist, sich aber allen Gegenständen auf Stelzfüßen nähert.* Seine Leidenschaft für das Theater gründet darin, dass ihm das fiktive Leben auf der Bühne als *Medizin gegen die Krankheit des wirklichen Lebens erschien.* England sollte sein Leben lang Lichtenbergs heimliche Liebe bleiben. Ausdruck davon ist, dass er sich (teures) englisches Bier schicken ließ, das er als *poetische Flaschenpost* ansah.

Lichtenberg, auch in Deutschland längst Professor der Physik, war ein Forscher durch und durch. Er liebte das Beobachten und Experimentieren, ordnete von früh bis spät Versuche an und machte so manche bahnbrechende Entdeckung; so etwa fand er heraus, dass die Elektrizität doppelpolig in plus und minus angelegt ist oder was es mit der Luft und der Thermik auf sich hat; sein ganzer Stolz waren seine kostbaren Instrumente und sein Observatorium. Er wechselte ein Forschungsgebiet, wenn sein Interesse daran erlahmte, gegen ein anderes; war überwiegend Naturwissenschaftler, aber auch in der Philosophie beschlagen (seine Kant-Lektüre war ihm ein erotisches Vergnügen); seine privat organisierten Vorlesungen wurden in späteren Jahren von hunderten Studierenden aufgesucht. Sein Name erlangte Berühmtheit, er war eine höchst anerkannte Kapazität, wenn auch nicht ohne Neider und Konkurrenten. Ihn suchten Geistes- und Standesgrößen aus Wissenschaft, dem Adel, Klerus und der Kunst auf oder heim, wie man will: Der Besuch der Großfamilie *von Hardenberg* etwa, im Schlepptau war der *Geheime Rat Göthe,* kam einer Heimsuchung gleich, und an der Schreibweise des Namens von Goethe wird die abschätzige Beurteilung des Gastgebers deutlich. *Georg beobachtete den Geheimen Rat Göthe aus dem Augenwinkel. Ihm schien, daß er nie ein unbewegteres Antlitz gesehen hatte. In dem künstlichen Licht sah er wie von Gips gegossen aus.*

Auch Klopstock kommt nicht gut weg. Ein Hochwürden des geistig-literarischen Lebens, den Lichtenberg als geladener Gast einer kulturellen Veranstaltung so erlebt: *Als Rahmenprogramm wurde musiziert. Klopstock sagte kein Wort. Er applaudierte auch nicht. Ein mildes Desinteresse ging von ihm aus. Georg wußte, daß er an diesen Lesestunden gutes Geld verdiente. Irgendwie verstand er den Mann. Er hatte im Grunde nichts zu sagen. Deshalb blieb ihm nichts anderes übrig, als möglichst vielsagend ins Leere zu blicken.* Und als Klopstock bei der Verabschiedung Lichtenbergs diesem mit beiden Händen aufs Schiff hilft, indem er ihn hochhievt, wird spöttisch bemerkt: *'Starke Hände hat er'*, dachte Georg, *'zweifellos hat er seinen Beruf verfehlt.'*

Lichtenberg war ein Meister der Satire und des Spotts, er war angriffslustig gerade gegenüber Respektspersonen und Berühmtheiten wie etwa dem großen Schweizer Physiognomiker *Lavater*. In einem Zeitschriftenartikel unter dem Titel *Über Physiognomik. Wider die Physiognomen. Zur Beförderung der Menschenliebe und Menschenkenntnis* schreibt er unter anderem:

Bezieht man denn alles im Gesicht auf Kopf und Herz? Warum deutet ihr nicht den Monat der Geburt, kalten Winter, faule Windeln, leichtfertige Wärterinnen, feuchte Schlafkammern, Krankheiten der Kindheit aus den Nasen? Was bei dem Manne Farbe wirkt, wirkte bei dem Kind Form ... Daher vermutlich die regelmäßigeren Gesichtszüge der Vornehmen und Großen, die sicherlich weder an Geist noch Herz Vorzüge besitzen, die wir nicht auch erreichen könnten. Oder ist Versehen der Seele und der Amme einerlei, und wird die erstere nach Verdrehung ihres Körpers ebenfalls verdreht, daß sie nun gerade einen solchen bauen würde, wenn sie wieder einen zu bauen kriegte? Wie?

Lichtenberg nimmt hier Partei für die sozial und körperlich Benachteiligten, all die, die unter Not und ungesunden Bedingungen aufgewachsen sind und deshalb nicht über die ebenen Gesichtszüge und den perfekten Körperbau verfügen wie die Wohlhabenden (und er bezieht sein eigenes Schicksal der körperlichen Versehrtheit voll mit ein); deswegen all diese für minderwertig anzusehen, verbittet er sich. Man kann in dieser Polemik durchaus eine frühe Kritik der Rassenlehre sehen, die zweihundert Jahre später den Nationalsozialisten zur Legitimation der Judenverfolgung diente.

Trotz aller gesellschaftlichen Anerkennung, die Lichtenberg zuteilwurde, war und blieb er ein einsamer und unglücklicher Mensch voller Skrupel und Selbstzweifel. Darauf deuten etliche Stellen im Roman hin. Da heißt es etwa, dass er *große Angst vor Endgültigkeiten* hatte. Oder es ist die Rede von einem Dilemma der Unentschiedenheit zwischen der Reinheit – sei es ein weißes, noch unbeschriebenes Blatt Papier oder sei es ein unberührtes Mädchen – und dem Gebrauch, der Vernutzung auf Kosten des Reizes.

Es gab kein Entrinnen aus diesem Widerspruch. Wie immer konnte er nur abwarten, nur verzögern, nur die Entscheidung für das eine oder das andere, das leere oder das beschriebene Papier, die Jungfrau oder die Ehefrau auf später verschieben. Und deshalb kam er sich feige vor, deshalb ging es ihm schlecht, deshalb fühlte er sich krank.

Die vielen Talente, über die Lichtenberg verfügte und die er forschend und schreibend auf den verschiedenen Gebieten realisierte, bescherten ihm kein stabiles Selbstbewusstsein, im Gegenteil, sie verwirrten ihn auch und machten ihn unsicher und ratlos. Er litt unter der Zerrissenheit seiner Existenz.

Aber was wollte er eigentlich? Wollte er Satiriker, Rezensent, Schriftsteller werden? Oder Astronom? Oder Physiker? Freund des Königs? Er wußte es nicht. … So war es wirklich mit seinem Leben: Es gab zuviel Zusammenhang, zuviel Ansätze, zuviel Verliebtheiten, zuviel Begonnenes und nicht Zuendegeführtes. Er mußte endlich eine Lücke finden, durch die er hindurchschlüpfen konnte in ein deutlicheres Dasein.

Immer wieder geht es um das Dilemma der Entscheidungen; sich nicht festlegen zu können oder zu wollen, ist das zentrale Verhaltensmuster Lichtenbergs, das ihm, wenn nicht zum Verhängnis, so aber doch zum strukturellen Unglück geworden ist. Einerseits zuviel von allem, andererseits alles nur halb. So sieht seine Lebensbilanz aus, wenn er von sich sagt, er habe ein Leben voller Halbheiten geführt. *Wenn er ehrlich zu sich war, mußte er eingestehen, daß er sich ein Leben aus Halbheiten aufgebaut hatte wie eine unzulängliche Versuchsanordnung in seinem physikalischen Kabinett. Er war halb Schriftsteller, halb Physiker, er war halb verheiratet und halb Vater. Er war halb krank und halb gesund. Auch sein Ruhm war nicht ohne Halbheiten.* Auf die Spitze des Selbstzweifels getrieben, heißt es, alles wirkte so, *als sei er ein genialer Kopist seiner selbst. Das Original schien verloren.*

Radikaler kann man sich die kritische Bilanzierung eines Gelehrtenlebens kaum vorstellen.

Und das, obwohl er doch so vieles geleistet und geschaffen und gedacht und geschrieben hat, allen voran auch seine implizite Pädagogik, in der er *Witz und Wahrheit* zusammenbringen wollte:

Auch er wollte die Menschen erziehen, aber möglichst so, daß sie es kaum bemerkten. Und er wollte ebenfalls Täuschung und Lüge bekämpfen, indem er sie enthüllte. Doch sollten die Betroffenen dabei lachen können. Das würde sie vielleicht am ehesten bekehren.

Zu guter Letzt war Lichtenberg also auch ein Aufklärer und als solcher ein Geistesverwandter von Lessing. Beide schätzten sich gegenseitig. Lichtenberg war ein Aufklärer mit Humor – doch das wäre dann noch ein Talent neben den vielen anderen, für ihn selbst zu viel, für die Nachwelt unschätzbar. Ein genialer Roman über einen genialen Menschen.

Edgar Allan Poe: Das Grauen, der Scharfsinn und die Poesie

Es war eine kleine zweibändige Ausgabe des Könemann Verlags mit ausgewählten Werken, die mir einen ersten Zugang zu E. A. Poe verschaffte, bevor wir uns später die prächtige, sorgfältig edierte Gesamtausgabe, erschienen im Walter-Verlag (siehe unten), zulegten.

Im ersten Bändchen sind die ausgewählten Geschichten in drei Rubriken aufgeführt: Arabesken, Detektivgeschichten, Faszination des Grauens. Ich habe nach und nach alle gelesen. Als erstes war ich von der Sprache eingenommen: Eine die Leserin und den Leser direkt einbeziehende, sehr verbindliche An-Sprache, dabei durchaus intellektuell in der Diktion, v.a. wenn es typischerweise um die Erzählung von Begebenheiten geht, die mit höchster Gedankenschärfe rekonstruiert und deren mysteriöse Fallstruktur enträtselt und aufgeklärt werden müssen.

Allen voran die Detektivgeschichten. *Sir Arthur C. Doyle*, der Schöpfer des Sherlock Holmes, war wohl Zeitgenosse Poes und von daher der Nachahmung eher unverdächtig; aber der Spätgeborene *Umberto Eco* hat ganz sicher bei Poe maßgenommen, wenn er seine *Methode der Abduktion* entwickelt und im *Namen der Rose* angewendet hat. Poe ist ein Meister des logischen Schließens, des Aufspürens von Indizien und ihrer genauesten Analyse; hier sind alle Sinne gefragt, während der Intellekt die Arbeit des Zusammenfügens von Partikularem, des logischen Schließens und Kombinierens, des Dechiffrierens, des Verwerfens und erneuten (Ver-)Suchens leistet. So weist die typische Kriminalgeschichte neben dem Erzähler einen Mann von höchster Intelligenz auf, der zur Lösung oder Aufklärung eines mysteriösen (Mord-)Falles als letzte Hoffnung der Behörden heran oder hinzu gezogen wird; damit nicht noch mehr Zeit verstreiche, in der man im Dunkeln tappt. Eine solche Geschichte endet, wie in einem guten Krimi, mit der lückenlosen Beweiskette, vom Meister nicht ohne Stolz, gleichwohl in aller Bescheidenheit vorgeführt.

Ein anderer Erzähltypus sind die Gruselgeschichten. Auch hier kommt das Markenzeichen des methodischen Vorgehens unter Aufbietung messerscharfen Denkens – etwa bei der Planung eines Verbrechens – zum Tragen. Auch die Selbstanalyse in allen Stadien des Hergangs ist ein wiederkehrendes Mittel der Darstellung, wie z.B. in *Der schwarze Kater* oder *Die Grube und das Pendel*. Hier wird nun zusätzlich Psychologie im Sinne des Spiegels der eigenen Seelenverfassung zum Programm, Gefühlslagen wie das Aufkommen von Hass gegen eine wehrlose Kreatur wie den Kater, die Gewissensqualen infolge einer Untat oder die minutiöse Schilderung von Angst und Schrecken in einer mittelalterlichen Folterkammer aus der Perspektive des Opfers. So anschaulich und zwingend wird die Bedrängnis gespiegelt, dass man selbst beim Lesen in Nöte kommt.

Grausamkeiten, extreme Gefühlslagen, Schreckensbilder am Rande des Vorstellbaren – wie kommt Poe auf solche Themen? Und was haben sie zu bedeuten? Und warum ist Charles Baudelaire so besessen von ihm, macht ihn zu seinem ästhetischen Geistesverwandten? Warum auch Arno Schmidt als Verehrer, intimer Kenner und Übersetzer Poes? Der Abgrund, der sich in dessen Erzählungen jeweils auftut, die Wahl des Genres Grauen, Schrecken, Horror, Gewalt, Verbrechen, Qualen steht für mehr als für das Konkrete in den Geschichten. Die Affinitäten zwischen Poe, Baudelaire, Schmidt gründen womöglich auf der Gemeinsamkeit der Kritik an den strukturellen Gewaltformen der Moderne. Diese Kritik, so vermute ich, gilt den Auswüchsen der kapitalistischen Ökonomie, den Schocks (Baudelaire, Benjamin), die sie auslöst, will der Wahrnehmungsapparat des Individuums ihren rasanten technischen Entwicklungen auch nur folgen, den Häßlichkeiten, die sie als Abfall all des Glanzes ihrer *Warenästhetik* (W. F. Haug) hervorbringt, der Erniedrigung der Massen, der Opfer, die in ihrer Verzweiflung notfalls zur Gewalt greifen – beim Kampf ums Überleben und um das, was an Würde sich noch in ihnen regt. Das klingt bis heute ziemlich aktuell.

Poe – Baudelaire – Arno Schmidt

Es gibt glückliche Fügungen, die sich sogar mehrmals in der (Literatur-) Geschichte ereignen können. Charles Baudelaire übersetzt Poe Mitte des 19. Jahrhunderts ins Französische und schreibt mehrere Abhandlungen über dessen Leben und Werk, vornehmlich über seine Erzählungen, dann über Poe als Kritiker und schließlich über ihn als Lyriker. Hundert Jahre später macht sich Arno Schmidt an das Großprojekt einer neuen Poe-Übersetzung ins Deutsche, zusammen mit Hans Wollschläger und anderen Kennern des Poeschen Werks. Ausgangspunkt war eine katastrophal schlechte Übersetzung von W. Carl Neumann bei Reclam. Und auch Schmidt schreibt – wie Baudelaire – über Poes Sprach-, Erzähl- und Dichtkunst. Wiederum sechzig Jahre später komme ich, meine Wenigkeit angesichts solcher Größen, in den Genuss von all dem. Mein größtes Glück: In einem kleinen Antiquariat auf dem Eigelstein im Kölner Norden finden wir die 10bändige „Schmidt-Ausgabe" von Poe. Nun sind mir alle Schätze verfügbar und die Abhandlungen von Baudelaire und Schmidt eine wertvolle Richtschnur bei der Lektüre von Edgar Allan Poe.

Arno Schmidt wirbt für eine Neuübersetzung beim Verleger, indem er diesem die ganze Größe Poes vordekliniert. Die macht er u.a. daran fest, dass Poe auch ein begnadeter *Langfinger* gewesen sei, aber vom Vorwurf des Plagiats – wie Brecht – meilenweit wegzurücken. Die *Ascher*-Geschichte beispielsweise, eine kleine banale Story mit Tatsachenhintergrund, stamme *ursprünglich* von H. Clauren, die Poe auch gelesen habe. Was dieser in seiner Erzählung dann daraus mache, sei große Literatur und nur einem Genius vergönnt, argumentiert Schmidt. Ähnlich liegt bekanntlich der Fall Bertolt Brechts mit der *Dreigroschenoper*.

Höchst amüsant dann Schmidts Abrechnung mit Herrn Neumann, dem er in einem fiktiven Brief sein zerstörerisches Werk an der Sprache Poes vorhält. In bekannt genialer Manier zerpflückt er die schlechte Vorlage an Beispielen und stellt diesen die eigene Übersetzung mitsamt den hehren Prinzipien, auf denen sie beruht, entgegen. So macht Arno Schmidt Edgar Poe hier bekannt, von dem er im Übrigen meint, dass er viel eher nach Europa statt nach Amerika gepasst hätte.

Gleiches hatte Baudelaire für Frankreich getan. Ich war angerührt, als ich diese tiefe Sym- wie Empathie vernahm, mit der Baudelaire über Poe spricht. Mit höchster Verehrung und tiefstem Verständnis setzt er alles daran, diesen noch weithin Verkannten in Frankreich bekannt zu machen. Das traurige Leben Poes, überwiegend in Armut und unter Alkoholsucht verbracht, der enorme Schaffenseifer, die extrem hohen Ansprüche an sich selbst und an andere Dichter, die Härte seiner Kritik, sein ästhetisches Credo, seine Poetik, all das Neue, Geheimnisvolle, perfekt Durchdachte und Konzipierte, sind Gegenstand der Analyse Baudelaires. Er tut dies aus der Warte des Geistes- oder Wahlverwandten, des Bruders in Sachen Einbildungskraft, Zartgefühl, *Erhebung ins Überweltliche* im *Ton der Unsterblichkeit*, der tiefsten Melancholie, wie etwa beim Gedicht *The Raven*. Dies las ich sogleich zweisprachig in unserer neuen Ausgabe, laut vor mich hin (im englischen Original) und war reichlich berührt von dieser Poesie.

Pascal Mercier: Perlmanns Schweigen

Über die Rahmenhandlung des Romans heißt es im Klappentext:

Ein Hotel an der ligurischen Küste im Spätherbst. Philipp Perlmann, ein angesehener Sprachwissenschaftler, erwartet eine Gruppe von berühmten Kollegen zu einem Forschungsaufenthalt. Umstellt von den hohen Erwartungen der anderen, wird Perlmann von der Einsicht überwältigt, daß ihm seine beruflichen Gewißheiten völlig abhanden gekommen sind. Diese Erfahrung macht die anderen für ihn zu bedrohlichen Gegnern. Verschanzt in einem entlegenen Zimmer des Hotels, flüchtet er sich in das Übersetzen eines russischen Textes, der von Selbstvergewisserung und der erzählerischen Aneignung handelt. Durch diese Flucht nach innen gerät Perlmann mit jedem Tag mehr in eine ausweglose Situation, die ihn schließlich in einen Strudel von Lügen und an den Rand eines Mordes treibt.

Der Roman (erschienen 1995) ist Peter Bieris Debüt, drei weitere, darunter der zum Kassenschlager gewordene *Nachtzug nach Lissabon*, werden folgen; alle sind unter dem Pseudonym Pascal Mercier veröffentlicht. Bieri hatte, bevor er diese Romane schrieb, eine wechselhafte Karriere als Wissenschaftler (Philosophie, Psychologie, Erkenntnistheorie) hinter sich, die er aus eigener Entscheidung vorzeitig beendete. Dieses biografische Detail ist wichtig für das Verständnis des Romans, der nicht nur als herausragender psychologischer Roman gilt, sondern auch den Wissenschaftsbetrieb durchleuchtet und die hier wirksamen Mechanismen hinterfragt. Diese nämlich haben Perlmann zum Psychopathen gemacht, eine Opferrolle, an der er selbst durch eigenes Zutun seinen Anteil hat: die Qualen, die er durchlebt, entstehen zum großen Teil durch Konstruktionen von vorweggenommenen sozialen Situationen, in denen die Angst vor den anderen, vor dem eigenen Versagen und die Unfähigkeit zur Abgrenzung die Oberhand gewinnen; Verfolgungswahn, Projektionen, gepaart mit einem erschütternden negativen Selbstbild, machen aus Perlmann einen schwachen, zerrütteten, verletzlichen Menschen, der niemandem traut, am wenigsten sich selbst. Die Abhängigkeit von der *Gnade* der anderen, ihm Anerkennung zu gewähren oder zu versagen, unterminiert sein Selbstbewusstsein und erzeugt das Gegenteil von Autonomie; die Macht, die andere über ihn haben, ist sowohl objektiv vorhanden – im *Kampf um Anerkennung* ist immer Macht im Spiel – als auch das Resultat von subjektiver Unterwerfung, Unterlegenheitsgefühlen und Projektion. Dass Perlmann *Robert Walsers Jakob von Gunten* als Reiselektüre bei sich führt, ist mehr als eine Fußnote, sondern Bedeutungsträger für eine Affinität im Selbstbild der Nichtswürdigkeit.

Das folgende Zitat verweist auf die Wechselwirkung von Innen und Außen, Fremd- und Selbstwahrnehmung; der russische Text, der hier vorkommt und von Perlmann ohne Wissen der anderen übersetzt wurde, ist der des zunächst an der Tagungsteilnahme gehinderten *Vasilij Leskov*; er sollte später zum corpus delicti werden:

Seine Angst vor der persönlichen Entblößung, davor, ohne jede Möglichkeit der Abgrenzung gegen die anderen dazustehen, mußte noch viel größer sein, als er bisher angenommen hatte, größer sogar als seine bewußten Empfindungen. Offenbar war sie so mächtig, daß die beiden anderen Möglichkeiten irgendwo in der Tiefe, ohne sein Zutun, abgeschieden worden waren und nichts anderes übrig blieb, als sich hinter Leskovs Text zu verstecken, der ihn gegen die anderen schützen sollte. Auf diese Weise war, ohne daß er es bemerkt hätte, der paradoxe Wille in ihm entstanden, seine Abgrenzung, die Verteidigung des Eigenen gegen das Fremde, durch ein Instrument zu erreichen, das gar nicht ihm selbst gehörte, nichts Eigenes war.

Wer sind *die anderen*? Es gelingt Mercier, mit nur sieben geladenen Gästen an der von der Firma Olivetti großzügig geförderten, sprachwissenschaftlichen Tagung eine Typisierung von Eigenschaften, Verhaltensweisen, Konkurrenzbeziehungen etc. aufzuzeigen, wie sie auch im normalen Wissenschaftsbetrieb an Universitäten und Instituten anzutreffen sind. Es sind vor allem die Interaktionen zwischen den Beteiligten, die Art und Weise, wie man miteinander umgeht, wie die jeweiligen Vorträge von den anderen aufgenommen, kommentiert und kritisiert werden, mithin die Kommunikationsstrategien, die hier ein Licht auf die Atmosphäre der Tagung werfen.

Einzig der besagte russische Sprachpsychologe *Leskov*, der erst absagen musste, später dann doch noch teilnehmen kann, fällt hier aus dem Rahmen: er ist existentiell ungesichert, schlägt sich an der Universität von St. Petersburg mit schlecht bezahlten Lehraufträgen durch; hat drei Jahre Gefängnis hinter sich; ist jedoch *Wissenschaftler aus Emphase*; bei ihm vereinigt sich *Exaktheit mit tiefer Humanität*, Intellektualität mit Warmherzigkeit und Empathie.

Am anderen Ende der Skala steht *Brian Millar*, der aus den USA angereist ist; er brilliert als Wissenschaftler und als auf J.S. Bach spezialisierter Pianist; ein Yankie-Typ, arrogant, selbstgerecht und in der Lage, andere einzuschüchtern – allen voran Perlmann; Millar ist sein Feind, also mehr als ein landläufiger Konkurrent oder Rivale; seine Texte sind in Perlmanns Wahrnehmung von *niederschmetternder Brillanz*, also gleichzeitig bewundernswert wie entmutigend in Bezug auf die eigenen Leistungen; Perlmann, selbst eine abgebrochene Pianistenausbildung hinter sich, neidet Millar auch seinen eigenen Stil der Bach-Interpretation, der die *Melodie vollständig in Struktur auflöst*.

Ungefährlich bis harmlos wirkt dagegen *Laura Sand* auf Perlmann, die als Expertin für *impressionistische Fotografie* auftritt und ihre Fotoarbeiten aus der Sahelzone darbietet; Millar wirft ihr vor, dass sie ihre Filme über Elend und Tod als *poetische Kulisse* missbrauche, die argen Themen sozusagen ästhetisiere, um Wirkung zu erzielen; eine Kritik, die sachlich fundiert sein mag, aber so vorgetragen wird, dass sie die Dokumentarfilmemacherin sprach- und wehrlos macht.

Es ist *Achim Ruge*, der ihr beisteht und Millars Einwände zurechtrückt; Ruge zeichnet sich durch den Widerspruch zwischen seinem stark vernachlässigten Äußeren (abgetragene Kleidung, defektes Brillengestell, unangenehme Verhaltensweisen wie lautes Schnäuzen, *alles Polternde*) und seiner Gutmütigkeit, konstruktiven Kritik sowie sprachlichen Brillanz im Englischen aus: *Trotz der abenteuerlichen Aussprache war sein Englisch von verblüffender Leichtigkeit, und auch heute wieder überraschte er Perlmann mit seinem reichen Wortschatz, der beispielsweise Millars mündliche Ausdrucksweise geradezu ärmlich erscheinen ließ.*

Dagegen verkörpert *Adrian von Levetzov* den großbürgerlichen Wissenschaftler mit geschliffenen Manieren und aristokratischer Distinktion.

Der Kontrast zu *Giogio Silvestri* könnte nicht größer sein; dieser forschende Mediziner hat alle Eigenschaften, die Perlmann abgehen und doch so gerne hätte: er ist *lässig, hat die gelassene ironische Wachheit in seinen Augen*; stellt das Ideal der *Unbeflissenheit* und *inneren Freiheit* dar; ist der *widerspenstige, anarchistisch empfindende Individualist.* Auch er ist ein Kontrahent von Millar; das zeigt sich bei der Präsentation seiner Forschungsergebnisse, die auf Gesprächstherapien beruhen; Millar kritisiert das methodische Vorgehen als *zu weich und nicht messbar*, womit er die Ergebnisse entwertet; daraufhin Silvestri:

,Ich glaube, Herr Professor Millar', sagte er leise und in einer Aussprache, die jetzt einwandfrei war, ,ich habe Sie genau verstanden. Sie wollen wiederholbare Experimente. Laborbedingungen mit ruhigen, stabilen Objekten. Kontrollierbare Variablen. Irre ich mich, oder möchten Sie auch diese Menschen [schizophrene Patienten Silvestris, PF] am liebsten auf dem Stuhl festschnallen?' Er drückte die kaum angerauchte Zigarette aus, nahm seine Sachen und war mit wenigen Schritten draußen.

Millar hatte rote Flecken im Gesicht und wirkte einen Moment lang wie betäubt. ,Well', sagte er dann mit künstlicher Munterkeit und erhob sich. Seine Gummisohlen quietschten laut auf dem Parkett, als er mit energischen Schritten hinausging.

Erst jetzt rührten sich die anderen.

Diese Szene zeigt, dass auch Millar verletzlich ist und es einzig Silvestri gelingt, ihn in die Schranken zu weisen; der Hinweis auf den *Stuhl* sollte Assoziationen zur Praxis der Todesstrafe in den USA auslösen.

Schließlich *Evelyn Mistral,* die neben ihren großen intellektuellen und menschlichen Fähigkeiten durch ihr *strahlendes Lachen* und ihre jugendliche *Unbefangenheit* besticht; sie ist Halb-Spanierin und Halb-Italienerin, unterhält sich mit Perlmann auf Spanisch; sie sucht – vergeblich – die kommunikative Nähe zu ihm, die jedoch von allen Beteiligten höchstens Silvestri gelingt.

Man könnte sagen: So geht es eben zu auf wissenschaftlichen Tagungen – jeder ist des anderen Konkurrent, kämpft um Aufmerksamkeit und Anerkennung, da werden Spitzen und Pfeile abgeschossen, man kennt doch die Waffen, die hier zum Einsatz kommen, das muss man eben aushalten, wenn man dazugehören will usw. Was macht es Perlmann, der schließlich diesen Kollegenkreis selbst eingeladen hatte, so schwer, sich zu behaupten und die Situation zu meistern? Was ist es, das ihn in eine schier ausweglose Lage bringt? Da ist zum einen die erst hier ihm klargewordene Gewissheit, dass er in seinem Fach *nichts mehr zu sagen hat*, d.h. ihm sind die Inspirationen und Ideen ausgegangen, die er für einen Vortrag hätte verwenden können. Er hatte nichts vorbereitet und vertraute darauf, während des vierwöchigen Aufenthalts in der Tagungsstätte, einem luxuriösen Hotel, noch etwas zustande zu bringen. Damit hatte sich Perlmann selbst unter Druck gesetzt: Er, der einen Namen zu verlieren hatte, durfte nicht scheitern, sich nicht entblößen, auch nur mittelmäßige Gedanken vorzubringen – er meinte jedenfalls von den anderen, dass sie wie bisher immer die größten Erwartungen an ihn hegten, die er erfüllen musste. Statt eines eigenen Vortrags macht er sich – zunächst aus Neugierde – an einen fremden Text (Leskov hatte ihm vorher seinen für die Tagung gedachten Vortrag auf Russisch zugeschickt), den er mit ungeheurer Energie und Akribie aus dem Russischen übersetzt. Dabei lernt er die *Freiheit als Dolmetscher* kennen, d.h. gegen all die Zwänge und Nöte der wissenschaftlichen Existenz erfährt er die niedere Arbeit des Übersetzens als Befriedigung und Befreiung – das *Jakob von Gunten*-Motiv klingt an.

Der Gedanke, diesen Text als seinen eigenen auszugeben und hier zu verhandeln, ist einerseits eine (Not-)Lösung, andererseits bringt er ihn in eine *lähmende Beklemmung*, weil er sich dem Vorwurf des Plagiats und Betrugs aussetzt und damit *Scham und Schande* auf sich lädt. Zudem kommt eine biografische Konstante zum Vorschein, die mangelnde Fähigkeit zur *Verteidigung des Eigenen gegen das Fremde*. Die Vorstellung, als Betrüger geächtet und als Versager abgetreten zu sein, versetzt ihn in einen Zustand panischer Angst und *innerer Leere*. Der vorläufige Gipfel der Verwirrung ist mit dem Eintreffen eines Telegramms von Leskov erreicht, in dem dieser sein Kommen ankündigt – damit wird alles auffliegen, und die schon gedanklich vorweggenommene Katastrophe tritt wirklich ein. Perlmann erwägt vorübergehend, sich den anderen oder auch nur einer Person unter ihnen anzuvertrauen und seine Notsituation zu erklären; doch dazu ist er nicht in der Lage – der Titel des Romans hat auch hiermit zu tun: er kann sich nicht mitteilen, geschweige anvertrauen, weil er die anderen zu seinen Gegnern gemacht hat und von allen Ängsten, die er in sich trägt, die der Entblößung und des Versagens wohl die größte ist. So verwirft er auch den Gedanken an Suizid, weil er einem Schuldeingeständnis gleichkäme. Paradoxerweise sieht er die *Rettung* in einem fingierten Autounfall, bei dem Leskov und er gemeinsam ums Leben kommen sollen. So stürzt sich Perlmann wiederum akribisch in die Planung dieses Unfalls und erlebt ein wahres *Martyrium* bei der Vorstellung des Doppelmordes.

Beim Lesen dieses langen Romabschnitts, der sich hier zum Kriminalroman wandelt, kommen einem fast physische Schmerzen auf, so dicht dran ist man an Perlmanns Nöten und Leiden, Phantasien und Horrorvorstellungen. Er kommt immer mehr herunter, ist *leichenblass* (was auch die anderen bemerken), *stets außer Atem* und hält sich nur mit einem Abusus von Nikotin und starken Schlaftabletten über Wasser. Die Verstrickung in die Katastrophe ist wie ein sich selbst verstärkender Effekt beschrieben: immer, wenn man meint, es könne nicht noch schlimmer kommen oder es ist gerade einmal eine Entlastung da, kommt noch ein Unglück oben drauf. So, als Leskov, der von Perlmann vom Flughafen in Genua mit einem Leihwagen abgeholt wird, ihm eröffnet, dass er eine zweite Fassung seines Textes (von dem es keine Kopie gibt) mitgebracht habe, die die erste für überholt und wertlos erklärt, so grundlegend sei die Überarbeitung ausgefallen. Auf dieser Fahrt soll schließlich der tödliche Unfall passieren. Perlmanns Phantasie geht dahin, dass dieses Manuskript unbedingt vorher vernichtet werden müsse, denn man könnte es sonst im Wrack des Autos finden und Rückschlüsse auf seine Schuld und seinen Betrug ziehen. Folglich entwendet er es unter einem Vorwand aus Leskovs Gepäck und wirft es auf die Straße. Wohl wissend, dass mit diesem Text auch Leskovs berufliche Zukunft verbunden ist.

Die Unfallszene, ungeheuer spannend geschrieben: mit Schwindel- und Panikattacken, Zittern und zuckenden Gliedern sowie einem symbolischen wie tatsächlichen Nasenbluten Perlmanns und einem erstaunlich besonnenen und besorgten Leskov, der rettend das Steuer herumreißt und so das Schlimmste verhindert, mündet lediglich in eine Leitplanken-Karambolage und nicht im

Tod zweier Menschen. *Ich bin nicht zum Mörder geworden*, das ist Perlmann sofort bewusst. Und für Leskovs ruhiges Verhalten hat der auch eine Erklärung: *Nein, er hat keinen Verdacht. Weil er das Motiv nicht kennt.*

Gerade der schlimmsten Katastrophe entronnen, hegt Perlmann aufs Neue Schuld- und Schamgefühle sowie Phantasien von seiner Enttarnung. Durch eine Kette von Zufällen bleibt ihm diese dann doch erspart, auch wenn Perlmann bei seinem eigenen Vortrag zusammenbricht und in Ohnmacht fällt. Wie symbolisch war damit auch seine wissenschaftliche Karriere zusammengebrochen. Die Tagung wie auch der Roman gehen ihrem Ende entgegen, und nach allem, was vorgefallen war, zieht er eine bittere und kritische Bilanz über sein Verhältnis zu den anderen und ihr Verhalten ihm gegenüber; das folgende Zitat ist eine Schlüsselstelle für *Perlmanns Schweigen*:

Jetzt, nachdem sie seinen Zusammenbruch erlebt hatten und er einstweilen als Rivale und Gegner im akademischen Spiel ausfiel – jetzt redeten sie alle so verständnisvoll, waren voller Großmut und schienen nicht das geringste Gespür dafür zu haben, wie abstoßend moralische Selbstgefälligkeit sein konnte. Hätten sie auch dann so gedacht und geredet, wenn nichts derart Dramatisches mit ihm geschehen wäre, nichts, was in die Nähe einer Krankheit kam? Oberflächlichkeit als Wirkung und Ursache von Angst; das stimmte. Andererseits: Wie genau hätte er es denn sagen sollen? Wo waren die einzelnen Wörter, aus denen sich seine Erklärung zusammengesetzt hätte? Wie hätten die Gesichter beim Hören seiner Eröffnung im einzelnen ausgesehen? Und wann genau hätte er sie denn machen sollen? Perlmann war wütend über die Oberflächlichkeit ihrer Großmut, über ihren Mangel an präziser Phantasie. Mit jeder Frage nach Einzelheiten, die ihm durch den Sinn ging, wuchs die Wut weiter, er wurde blind und taub für die Umgebung und merkte nicht, daß ein langes Stück seiner Asche auf das frischgestärkte, blütenweiße Tischtuch fiel.

Das Schweigen hat also mindestens eine doppelte Bedeutung: Die Einsicht, im eigenen Fach nichts mehr zu sagen zu haben, so dass nur die Abdankung bleibt; und die Unfähigkeit, sich zu erklären, sich anderen verständlich zu machen, sich ihnen anzuvertrauen und dafür den richtigen Moment zu wählen. Einer, der so geschlagen ist von den symbolischen Kämpfen im wissenschaftlichen Feld, kann nicht anders, als anderen mit tiefem Misstrauen zu begegnen und sie von sich fernzuhalten. Ob das mit dem Ausdruck der *Oberflächlichkeit* hinreichend beschrieben ist, sei dahingestellt – hier sind schon objektive Strukturen und subjektive Dispositionen im Spiel, die es den Beteiligten verunmöglichen, menschlich miteinander umzugehen und die Humanität an den Tag zu legen, die etwa Leskov oder Mistral verkörpern.

Zu guter Letzt sei noch einmal auf das *Robert Walser-Motiv* eingegangen. Perlmann fühlt sich von Beginn an als Wissenschaftler unfrei, fremdbestimmt, zumindest fehlgeleitet. Man erfährt, dass er die akademische Laufbahn – nach einer abgebrochenen Karriere als Pianist – nur eingeschlagen hatte, um den Erwartungen seines Vaters gerecht zu werden, nicht aus freien Stücken. Beim Übersetzen des russischen Textes macht er nun die Erfahrung, dass er eigentlichen in den Sprachen zu Hause und eher für das Übersetzen in mehrere von ihnen bestimmt sei als für das *akademische Spiel*. Nach der Tagung beschließt er, seine Professur aufzugeben und bewirbt sich beim Olivetti-Konzern in Turin um die Stelle eines Dolmetschers. Das ist die freiwillige, selbstgewählte Degradierung nach dem Muster Jakob von Guntens. – Eine zweite Stelle verweist auf einen ähnlichen Mechanismus: Statt an seinem Vortrag zu arbeiten und im Hotel zu speisen wie die anderen, geht er fast täglich in ein kleines, schäbiges Restaurant, um dort billig das zu essen, was es bereits für die Familie gegeben hat; dort verbringt er Stunden damit, in einer Chronik zu lesen (sie ist im Boulevardstil geschrieben und bebildert), die auch seine eigene Lebenszeit mit den damals aktuellen Ereignissen festhält. Perlmann meint, hierüber seine *Gegenwartslosigkeit* zu überwinden. Als er diese Chronik mit ins Hotel bringt und seine Kollegen darin blättern lässt, macht er sich zum Gespött der anderen. Warum tut Perlmann das? Einen Hang zu den kleinen Leuten im Restaurant ist ihm nicht nachzuweisen, im Gegenteil, er geht hier nur hin, um in der Chronik zu lesen; das Essen wird ihm eher aufgezwungen, als dass er es genösse. Im Grunde verachtet er das einfache Leben dieser Leute, und sein intellektuelles Format passt nicht zu dieser billigen Lektüre. Ergo bietet sich auch hier die Jakob von

Gunten-Erklärung an: ein selbstgewähltes Sich-Kleinmachen, der masochistische Hang, sich zu erniedrigen.

Vielleicht erreicht Perlmann, gäbe es ihn wirklich, ja eher so sein Ziel oder Ideal: *Einen Standpunkt außerhalb seiner selbst finden, um von da aus innerhalb seiner selbst in größerer Freiheit zu leben.*

Annette Lorey: Nelly Mann. Heinrich Manns Gefährtin im Exil

Wer kennt schon, die Frau, die in der tiefen Provinz von Ostholstein 1898 als Emmy Westphal, unehelich und aus kleinen Verhältnissen stammend, auf die Welt kam, dann nach ihrem Stiefvater Kröger hieß und sich als junge Frau mutterseelenallein nach Berlin aufmachte, um sich in der aufstrebenden kulturellen Metropole während der berühmt-berüchtigten Goldenen Zwanziger Jahre als Bardame Nelly eine eigene Existenz aufzubauen? Und wie kommt der allseits bekannte und hoch anerkannte Schriftsteller Heinrich Mann, dessen einschlägiger Roman *Der Untertan* gerade erschienen war und zu einem großen Erfolg wurde, weil er mit seiner *Mentalitätsgeschichte des Kaiserreichs* den *Nerv der Zeit getroffen* hatte, dazu, sich in diese Nelly zu verlieben und mit ihr später das Leben im Exil durch Dick und Dünn zu teilen?

Über diese ungewöhnliche *Cross Class*-Beziehung oder *Mésalliance* in politisch gefährlichen Zeiten kann man jetzt in einer umfangreichen Studie, die Annette Lorey kürzlich veröffentlicht hat, viel erfahren. Dass sich die Autorin schon seit geraumer Zeit mit dem Thema Deutsche Exilliteratur befasst und auf Basis umfangreicher Recherchen auch den „blinden Fleck" namens Nelly Kröger-Mann ausgemacht hatte, belegt ihr bereits elf Jahre zuvor publizierter Aufsatz[1]. Zwischenzeitlich hatte sie ihre Forschungen ausgeweitet und intensiviert (Recherchen in diversen Archiven, Studienreisen etc.), um im Ergebnis dieses Konvolut vorzulegen. Das Buch genügt allen wissenschaftlichen Standards (s. den umfangreichen Anhang), ist aber zugleich sehr gut lesbar und bisweilen spannend geschrieben, so dass die Autorin über den Expertenkreis der Exilforschung hinaus ein breiteres Publikum anzusprechen vermag. Und es ist mehr als eine Biografie über Nelly Mann, sondern zugleich ein (mitunter romanhaft erzähltes) Geschichtswerk über eine Zeitspanne von rund 30 Jahren, die gerade

---

[1] Lorey, Annette: Nelly Mann - die „unglückliche Säuferin"? – Überlegungen zur biographischen Wahrnehmung von Heinrich Manns zweiter Ehefrau, in: Heinrich Mann-Jahrbuch 32/2014. Hrsg. Von Andrea Bartl, Ariane Martin und Hans Wißkirchen, Lübeck 2010)

für deutsche Verhältnisse von besonderer Brisanz ist: sie umfasst die Weimarer Republik, die nationalsozialistische Herrschaft, die die kulturelle Elite der deutschen Schriftsteller:innen und Künstler:innen in das europäische und US-amerikanische Exil trieb, die Widerstandsbewegung gegen Hitler-Deutschland im In- und Ausland, bis hin zur Rückkehr der Emigrierten in der Nachkriegsperiode, sofern sie das Exil überlebt hatten. Die historische Einbettung verknüpft die Autorin mit individuellen Schicksalen und Erfahrungen, wodurch man eine Menge über die Existenzbedingungen und beruflichen Möglichkeiten bzw. Unmöglichkeiten so namhafter Kulturschaffender und politischer, jüdischer und nichtjüdischer Emigrierten wie Thomas Mann und seine Großfamilie, Heinrich Mann, Alfred Döblin, Hermann Kesten, Josef Roth, Lion Feuchtwanger, Wilhelm Herzog, Alfred Kantorowicz, Ludwig Marcuse, die Schickeles, Levys, Rottenbergs, Münzenbergs, Lips' u.a.m. erfährt. Diese Mischung aus politischer, sozialer, kultureller Zeitgeschichte und individuell gelebter Erfahrung, rekonstruiert auf der Basis von Briefen, autobiografischen Erinnerungen, Tagebuchaufzeichnungen und sonstigen Dokumenten, macht dieses Buch allein schon lesenswert.

Im Zentrum steht allerdings immer wieder die Person Nelly Kröger-Mann und ihr schweres Schicksal, ein Leben im Exil, in der Fremde und unter Fremden (denn sozial und kulturell trennten sie Klassengrenzen gegenüber all diesen „Größen" der deutschen Exilanten, denen sie *unpassend* schien), das von Verunglimpfungen, Ressentiments, Herabwürdigungen geprägt war, die sie seitens der kulturellen Elite aus unmittelbarer Nähe bis zu ihrem Suizid 1944 erfahren musste. Bis auf wenige Ausnahmen wurde Nelly Mann auch noch nach ihrem Tod zum Objekt von Verachtung und Verleumdung, weil sie *nicht dazu gehörte* – allen voran seitens der Familie Thomas Mann: für Katia Mann war sie eine *arge Hur'*, für Lion Feuchtwanger eine *geile Hündin*, für Ludwig Marcuse eine *Lügnerin* u.a.m. Die abschätzigen Urteile über sie nach dem Muster „schön, aber vulgär und dumm" verbreiteten sich nicht zuletzt über *Klatsch und Tratsch* im Kreis der Emigrierten. Dass sie aus Verzweiflung auch immer wieder zum Alkohol griff, gerät zum Stigma ihrer ganzen Person. Zum verzerrten Bild Nelly Manns als schlichtes Gemüt und Säuferin hat auch Heinrich Breloer mit seinem vielbeachteten Film *Die Manns* beigetragen, in welchem die Nelly-Darstellerin Veronica Ferres fast ausschließlich betrunken und mit der Flasche in der Hand gezeigt wird.

Gegen solche Verzerrungen anzugehen, hat sich Annette Lorey mit ihrer Studie vorgenommen; gelungen ist ihr, dieses vorurteilsbelastete Bild auf der Basis ihrer Recherchen zugunsten eines realistischeren überzeugend zurechtzurücken. So schreibt sie im Schlusskapitel *Dunkle Spiegel*, mit Blick auf Monografien über die Emigration und den hiervon handelnden Roman von Joachim Seyppel (1975), in dem Nelly Mann unverkennbar vorkommt:

Der Boden ist bereitet für das eindimensionale, ikonische Bild einer Frau, deren Körper das Beste zu sein scheint, was sie zu bieten hat. Daran orientiert sich bis heute die Literatur über Nelly Mann, mal mit dem Dünkel des Bildungsbürgertums, mal mit moralischer Verachtung, meistens aus der Schlüssellochperspektive und immer mit hohem Unterhaltungswert. Die oft mit Hochmut vorgetragenen Verleumdungen verfolgten stets das gleiche Ziel: *die soziale Vernichtung einer Frau, die nichts weiter getan hat, als selbstbestimmt zu lieben und zu leben – und das in politisch schwierigsten Zeiten. Einer Frau, die auch deshalb provozierte, weil sie nicht demütig war, sondern Mut, Beharrlichkeit und Stärke bewiesen hat im Überlebenskampf, aber die dennoch stets auf der Suche war nach Geborgenheit und einem sicheren Leben – und daran schließlich gescheitert ist.*

Loreys Studie ist klar gegliedert – nach Kapiteln über Nelly Krögers ländlicher Herkunft und das *Weimar in Berlin*, wo sich die junge Frau und der bedeutend ältere Heinrich Mann kennengelernt haben, folgt die Darstellung den Stationen des Exils, zunächst in Südfrankreich, dann in den USA in und um Los Angeles. Lebendig geschildert wird das Berliner Nachtleben in Charlottenburg, damals ein Bohème-Viertel im Westen der Stadt, wo die Bars zu beliebten Treffpunkten gerade auch für Linksintellektuelle wie Heinrich Mann gereichten. Der bekannte Schriftsteller wird als *Nonkonformist* geschildert, *distinguiert* und eher *unnahbar*, mit dem *äußeren Schein der Bürgerlichkeit* versehen und einen *unkonventionellen Lebensstil* pflegend, worin er sich sehr von seinem Bruder Thomas unterschied.

Die Autorin hebt auf die politischen Veränderungen des aufziehenden Nationalsozialismus ab, die hier besonders scharf ins Blickfeld gerieten: die Präsenz der SA auf den Straßen, Schlägertrupps, die durch die Kneipen ziehen; schließlich die Reichstagswahlen von 1932, wo Hitler die meisten Stimmen davonträgt – all dies von Heinrich Mann als durch und durch politischer Mensch und Antifaschist mit Sorge beobachtet und kritisch verfolgt.

Die Nähe und das Vertrauen zwischen Nelly Kröger und Heinrich Mann zeigen sich bereits bei seiner unbemerkt gebliebenen Flucht aus Berlin 1933, die sie tatkräftig unterstützt und mit organisiert hatte, um Monate später ihm nach Südfrankreich zu folgen. Sein Interesse an ihr mag auch im Erkennen eines politischen oder Klassen-Instinkts, über den sie wohl qua Herkunft verfügte, begründet gewesen sein; so schreibt sie ihm Briefe mit *versteckten Botschaften*, um ihn über die politische Lage in Deutschland auf dem Laufenden zu halten, ohne ihn zu gefährden; oder darin, dass sie ihm Szenen aus dem Alltagsleben in Nazi-Deutschland schildert, auch aus dem Widerstand (Nelly ist mit einem jungen Kommunisten befreundet), die Heinrich Mann als Stoff für einen Essayband verwendet, um den Franzosen die neue politische Lage in Deutschland zu erklären. Und dass ihn auch die soziale Herkunft seiner Freundin interessiert, die seiner eigenen völlig entgegengesetzt und unvertraut ist, zeigt sich daran, dass er anhand der ausführlichen Schilderungen Nellys über ihre in Armut verlebte Kindheit und Jugend in der Provinz einen Roman verfasst, der unter dem Titel *Ein ernstes Leben* erscheint und sich eng an der Lebensgeschichte Nelly orientiert. Dies zeigt, dass Heinrich Mann von Anfang der Beziehung an mehr in ihr gesehen und erkannt hat als nur ihren schönen Körper und ihre erotische Ausstrahlung.

Beispielhaft dafür, wie schroff die sozialen Gegensätze im Umfeld der untereinander bekannten bis befreundeten Exilierten im Hinblick auf Nelly Kröger waren, soll anhand der Schilderung einer Besuchsszene bei den Feuchtwangers in Südfrankreich, die der Gast René Schickele in seinem Tagebuch aufgezeichnet hat (von Lorey zitiert und teils paraphrasiert), gezeigt werden:

Immer wenn die Unterhaltung eine Wendung genommen habe, ‚die uns andere fesselt, gibt Frau Kröger unzweideutige Zeichen von Langeweile von sich‘ und betrachtet das Gespräch als ‚eine Missachtung ihrer Person, deren Bildungsgrad es ihr nicht erlaubt, ihren Ausführungen zu folgen.‘ Für sie gibt es nur ein Thema: ‚die deutschen Greuel. Das ist das einzige, wo sie anbeißt.‘ Heinrich Mann sitze ‚aufmerksam, ja beflissen‘ neben seiner Freundin, ‚er wird den Lübecker >Anstand< auch im Bordell nicht los, aber seine Haltung verrät, dass er sich des >ungeregelten Verhältnisses< bewusst ist. Als dann Julius Meier-Graefe aus seiner >feudalen Vergangenheit< eine Geschichte erzählt >von einem Korpsbruder, der hinausflog, weil er sich mit einer Landnerin gezeigt hatte<, wird Frau Kröger >rot und blass<, und alle fallen >wie eine Meute über die unbeendete Geschichte her und reißen sie, Frau Kröger zu Ehren, in Stücke.<

Annette Lorey kommentiert mit soziologischem Blick diese Szene wie folgt:

Mokant bis zur Bösartigkeit, aber präzise, wird hier das Modell der Abweichung beschrieben: Nellys äußere Erscheinung, Sprache, Benehmen und Umgangsformen passen ebenso wenig in diese Gesellschaft wie ihre mangelnde Bildung und vor allem ihre angeblich überaus anrüchige Vergangenheit. Schickele drückt aus, was Nelly Kröger in Emigrantenkreisen immer wieder unausgesprochen als Haltung begegnen wird: wir gehören — bei allen Differenzen — zusammen, weil wir die gleiche Herkunft und Bildung haben, wir erkennen einander an vielen scheinbar nebensächlichen Kleinigkeiten. Du hingegen gehörst nicht dazu, denn Du bist anders. So, wie der Burschenschaftler sich nicht mit einer Verkäuferin zeigen darf. Selbst ausgegrenzt im Exil, hebt sich die kulturelle Elite sozial ab und wertet sich dadurch auf.

Drastischer noch fallen die abwertenden bis vernichtenden Kennzeichnungen Nelly Krögers aus dem Kreis der Familie Thomas Mann selbst aus; um nur ein Beispiel anzuführen: da ist die Rede vom *Typ Heinrichbraut*, einer *nicht salonfähigen Weibsperson* (so werden Katia und Golo Mann zitiert). Einig ist man sich auch darüber, dass Nelly *entfernt* werden müsse, da *die Existenz mit dem Weibe unmöglich* sei; Heinrich jedoch weist das Ansinnen einer Trennung empört zurück. Wie schon erwähnt, schlagen auch die mit Heinrich Mann befreundeten Exilierten verbal zu: Joseph Roth spricht von einer *Nutte*, René Schickele von einer *dum-*

men Gans. Auch Alma Mahler-Werfel oder Eva Sternheim halten sich mit ihren abfälligen Urteilen nicht zurück.

Doch es gab auch einige aus dem Kreis der Emigrierten, die sich wertschätzend über Nelly Kröger geäußert und in ihr anderes erkannt haben, nämlich Herzenswärme, Echtheit im Charakter sowie die Befähigung zur guten Gastgeberin, Köchin und Wirtschafterin. Hierzu zählen die Paare Kantorowicz, Levy, Münzenberg, Lips und Rottenberg, die es mit ihrer Zuneigung und brieflichen Korrespondenz geschafft haben, Nelly das Leben im Exil erträglicher zu machen.

Verglichen mit den späteren Erfahrungen im Exil in den USA, geht es Heinrich Mann und Nelly Kröger in Südfrankreich zunächst relativ gut: Er, der die französische Sprache in Wort und Schrift perfekt beherrscht, erfährt hier die Anerkennung, die ein Schriftsteller zum Überleben braucht wie das täglich Brot. Seine Sachen werden nachgefragt, übersetzt und publiziert, die Tantiemen ermöglichen ein halbwegs gutes Auskommen: sie sind *weder begütert noch mittellos.* Politisch wird Heinrich Mann zur *Gallionsfigur des Widerstands* im französischen Exil, der sich überall dort engagiert, wo es wichtig und nötig ist, und seine Stimme zählt, etwa beim Bemühen um die Errichtung einer antifaschistischen Volksfront. Nelly verfolgt dieses politische Engagement durchaus mit Interesse, begleitet ihn auch auf zahlreichen Veranstaltungen und Vortragsreisen.

Ihre Hauptaufgabe sieht sie jedoch darin, Heinrich Mann bei der Organisation des Alltags den *Rücken freizuhalten.* Während er seinen politischen, publizistischen und schriftstellerischen Tätigkeiten bis zur Erschöpfung nachgeht, besorgt und organisiert Nelly den häuslichen Bereich – die „klassische" Arbeitsteilung zwischen den Geschlechtern, hier jedoch von der Notwendigkeit diktiert, alternativlos und solidarisch zu verstehen. Man erfährt auch, dass sie sich die französische Sprache in Form von Wendungen, die sie für den Einkauf von Lebensmitteln braucht, selbst beibringt - mit der Folge, dass Nelly bald die Anforderungen der feine französische Küche meistert, was von verschiedenen geladenen Gästen, selbst aus der Familie Mann, anerkannt wird. Kochen als

Anerkennungsquelle, immerhin. Anhand von Fotos (die Studie enthält zahlreiche Fotografien, die immer wieder als Anschauungsmaterial dienen und den Text belebend auflockern) aus dieser Zeit vermutet Lorey, dass es - trotz immer wieder erfahrener Demütigungen - Nellys *glücklichste Zeit* im Exil war.

Doch das trifft nur für eine begrenzte Zeit zu. Zum einen spitzen sich aufgrund des europaweiten Vormarschs der Hitler-Armee bis zur Belagerung von Paris und der Aufteilung Frankreichs in zwei Zonen die politischen Verhältnisse zu, die die Emigrierten dazu zwingen, Frankreich zu verlassen und die Flucht nach Übersee anzutreten. (Die dramatischen Umstände der Schiffspassagen sowie die Fluchtrouten über die französisch-spanische Grenze in den Pyrenäen, die detailliert von Lorey geschildert werden, sind allein lesenswert.)

Zum anderen erkrankt Nelly Ende 1938 so schwer, dass sie zum *Notfall* wird und einen zweimonatigen Klinikaufenthalt in Nizza über sich ergehen lassen muss. Es ist der Beginn einer schweren psychischen Krankheit, die auch in den USA immer wieder ausbricht und stationäre Behandlungen nötig macht; allerdings werden die Therapien (als *Vorläufer der Psychiatrie*) von der Autorin kritisch gesehen; die Rede ist von Essensentzug, Kältezufuhr des Körpers, sozialer Isolation und anderen drakonisch wie antiquiert anmutenden Maßnahmen mehr, welche die Symptome wie panische Angstzustände, Paranoia, Wahnvorstellungen nur oberflächlich zurückdrängen. Lorey spricht hingegen von einer *sozialen Krankheit* als *Ausdruck ihrer Lebensumstände,* womit die beschriebenen Zustände von Nelly wohl eher zu erklären sind als durch Diagnosen in Richtung von *Nervenschwäche.*

Denn mit der Flucht in die USA und der Wahl von Los Angeles als Exil-Wohnort haben sich diese Lebensumstände erheblich verschlechtert. Was in Loreys Studie ausführlich und plastisch dargestellt wird, auch in sozialer Differenzierung unter den Emigrierten, kann hier nur summarisch benannt werden: Während etwa Thomas Mann in den Vereinigten Staaten zu Ruhm, Ansehen und Reichtum kommt, verarmen die meisten der Emigrierten, die über keine finanziellen Rücklagen verfügen, so auch Heinrich Mann, der hier das Gegenteil an Bedingungen wie im französischen Exil vorfindet: Seine Publikationen werden nicht nachgefragt, er leidet unter Erfolglosigkeit und sozialer Vereinsamung, er beherrscht die englische Sprache nicht und fühlt sich fremd in der neuen Umgebung. Mit ihm leidet seine Frau Nelly (sie sind inzwischen verheiratet), die herkunftsbedingt stets große Angst vor Armut und sozialer Deklassierung hatte, auf ihre Weise an den neuen Bedingungen. Auch mit staatlichen Hilfsprogrammen für die Emigrierten und später, nach deren Auslaufen, mit bescheidener Unterstützung durch die Familie Thomas Mann, sieht sie sich gezwungen, sofern es ihr Gesundheitszustand zugelassen hat, einer niederen Erwerbstätigkeit nachzugehen. In Spitzenzeiten ihrer finanziellen Beschaffungsbemühungen arbeitet sie praktisch rund um die Uhr: Neben den Jobs schreibt sie für Heinrich Mann umfangreiche Manuskripte auf der Schreibmaschine ab, was mit ihrem niedrigen Bildungsstand eine erhebliche Heraus- bis Überforderung dargestellt haben muss und sie immer wieder erkranken lässt. Es ist bisweilen „schwere Kost" zu lesen, wie diese Frau in ihrer Verzweiflung alles daransetzt, den Anforderungen standzuhalten, um daran letztlich doch zugrunde zu gehen. Nach vier missglückten Suizidversuchen „gelingt" der fünfte - dieses Leben war wohl nicht mehr zu retten.

Vom Tod Nellys, auf den die ihr und Heinrich Mann Wohlgesonnenen mit Erschütterung und Mitgefühl, Bruder Thomas und Familie mit Erleichterung reagieren, wird auch in der *Los Angeles Times* ausführlich berichtet. Lorey kommentiert dies nicht ohne Sarkasmus: *Die Frau des deutschen Schriftstellers ist nur deshalb von öffentlichem Interesse, weil ihr Ehemann der Bruder des prominenten Nobelpreisträgers ist.*

Was Nelly Mann letztlich in die Selbsttötung getrieben hat, bleibt im Bereich der Vermutung und Schlussfolgerung aus ihren Lebensumständen:

Nicht nur die ständige Geldnot, ihr ‚armer Kopf' und die Fremdheit des Exils haben ihre Sehnsucht nach ewigem Schlaf übermächtig werden lassen; es war auch die soziale Ausgrenzung, die offene oder verdeckte Ablehnung, die ihr aus der unmittelbaren Umgebung entgegenschlug, trotz all ihrer Bemühungen um Akzeptanz. Und auch davor hatte Heinrich Mann sie nur bedingt schützen können, immer weniger, von Jahr zu Jahr.

Annette Lorey hat mit ihrer umfangreichen Studie im Rahmen der Exilforschung und –literatur mehr als eine Lücke geschlossen. Sie schildert überaus engagiert das Leben einer Frau, die aus kleinen sozialen Verhältnissen stammt; ihr Bemühen, ihre Würde zu wahren, wofür sie einen harten Kampf ausficht, auch wenn sie letztlich daran scheitert. Das abschätzige Bild Nelly Manns, welches seitens der kulturellen Elite der Emigrierten kolportiert wurde, wird mit unzähligen Belegen und Dokumenten gerade gerückt. Das Buch verhilft dazu, ein schweres Schicksal und einen steinigen Lebensweg nachzuvollziehen, eingebettet in eine der übelsten Epochen deutscher Geschichte - und auch zu verstehen, was Heinrich Mann an dieser Frau geliebt hat. Traurig nur, dass nicht allein in der Literatur – wie etwa in Theodor Fontanes Erzählungen (s. meine Besprechung in diesem Band) – *Cross Class*-Beziehungen oder *Mésalliancen* fast immer zum Scheitern verurteilt sind, sondern, wie hier und anderswo, auch im realen Leben.

Klaus Modick: Sunset[2]

Der Roman schildert sehr sensibel die gewiss nicht einfache Beziehung *Feuchtwangers* zu *Brecht*. Man hat sich täglich auf die Lektüre gefreut und sich – nach getaner Arbeit – jeweils eine Stunde Zeit dafür genommen. Der Roman hätte doppelt so lang sein können. Er ist an keiner Stelle langatmig.

Dass Feuchtwanger großen Einfluss auf Brecht gehabt hätte, kann man nicht sagen. Brecht war ein zu eigenständiger und vor allem auch eigenwilliger Kopf, der sich gern die Meinung anderer anhörte und dann selbst entschied, was er davon für sich verwenden konnte. Seine Mitarbeiterinnen und Geliebten und auch *Hans Eisler* hatten sicher stärkeren Einfluss auf Brecht als Feuchtwanger; schon deshalb, weil sie enger mit ihm zusammen arbeiteten. Dass aber Feuchtwanger das Genie Brechts so früh erkannt hat, spricht für ihn.

Sollte man deren Verhältnis charakterisieren, ließe sich sagen: *Freundschaft* wäre ein zu großes Wort für diese Beziehung. Aber sie haben einander respektiert. Das allein reicht aber auch noch nicht: vielleicht sollte man das gute alte Wort *Vertrauen* benutzen. Sie haben einander vertraut, auch in den schwierigen Zeiten, was unter den Exilanten durchaus nicht selbstverständlich war (siehe das schwierige Verhältnis Brechts zu *Thomas Mann* oder *Adorno*); auch die Studie von Annette Lorey über Nelly Mann und die Exilanten zeugt davon.

Das alles kommt in dem Roman gut raus. Er schildert die Atmosphäre des Exils nachvollziehbar: Die ständige Bespitzelung, die kulturelle Fremdheit (Hollywood), die Dominanz des Tauschwerts, die Flachheit und Leere der sozialen Beziehungen u.a.m. Besonders das Kapitel 4, wo es um die Schwierigkeit geht, in einer fremden Sprache zu schreiben, ist sehr beeindruckend. Darunter haben wohl alle gelitten, auch diejenigen, die des Englischen/Amerikanischen mächtig waren. Die Übersetzungen trafen meist nicht den verborgenen Sinn eines Textes. Das gilt vor allem für die Lyrik, die wahrscheinlich ohnehin *unübersetzbar* ist.

---

[2] Gemeinsam mit Joke Frerichs verfasster Text

Modick macht das Problem an einem Wort wie *Eisblume* fest. Man kann es in andere Sprachen übersetzen, trifft aber nicht die eigentliche, tiefere Bedeutung.

Da ist das gleiche Bild und dennoch etwas ganz anderes. Denn die Muttersprache ist nicht nur der Sinn, der begriffliche Inhalt von Wörtern, sondern auch eine Atmosphäre, ein Hauch, ein Stromwechsel zwischen Ober- und Untertönen, die etwas ausdrücken, was jenseits der Bedeutung mitschwingt.

Für Brecht muss das Exil die Hölle gewesen sein. Alles Amerikanische war ihm verhasst; selbst *der Natur begegnete er achtlos. ‚Ich sehe an jedem Baum das Preisschild'*, hat er in seinen *Arbeitsjournalen* notiert. Und: *‚Hier versteht man meine Absichten nicht, weil man nur am finanziellen Erfolg interessiert ist. Die Kunst ist Nebensache; Mittel zum Zweck'.*

Unser Freund *Langerhans* berichtete von einem Besuch bei ihm. Seine ganze Sehnsucht galt dem *Theater am Schiffbauerdamm*, um endlich das Theater machen zu können, das ihm vorschwebte.

Zusammenfassend lässt sich sagen: Modick hat einen überaus interessanten Roman geschrieben. Was ihm hoch anzurechnen ist: Er kommt völlig ohne alles Getratsche aus, das ja unter Exilanten durchaus verbreitet war. Das war ja keine homogene Gruppe. Im Gegenteil: zuweilen war es ein *Haifischbecken*. Es gab politische Differenzen; kulturelle Fremdheit und persönliche Animositäten ohne Ende. All das schildert der Roman, ohne je ins Voyeurhafte abzugleiten. Und er gibt einen Eindruck von der politischen Atmosphäre der USA um diese Zeit: der hysterische Antikommunismus; das Ausmaß an Bespitzelung (die Stasi lässt grüßen); die sozialen Verwerfungen (immer geht es nur ums Geld) usw. Modick schildert all dies plastisch und nachvollziehbar. Vor allem aber bringt er uns die Persönlichkeit Feuchtwangers nahe. Man merkt, dass er sich im Leben und Werk dieses sympathischen Schriftstellers auskennt.

Wenn man nach der Lektüre noch einmal in den *Arbeitsjournalen* von Brecht blättert, wundert man sich, wie oft die Beiden einander begegnet sind und dass es Phasen intensiver Zusammenarbeit gab. Ein Eintrag vom 3.1.1943 mag typisch für diese gewesen sein. Brecht schreibt:

arbeite jeden vormittag mit feuchtwanger an den Visionen der Simone Machard. Die zusammenarbeit geht gut und ist eine erholung nach der filmarbeit, obwohl feuchtwanger von allem technischen oder sozialen (epischer darstellung, v-effekt, aufbau der figuren aus sozialem anstatt ,biologischem' material, gestaltung des klassenkampfs in der fabel usw.) ganz absieht und das lediglich als meinen persönlichen stil akzeptiert…er hat sinn für konstruktion, versteht sprachliche feinheiten zu schätzen, hat auch poetische und dramaturgische einfälle, weiß viel von literatur, respektiert argumente und ist menschlich angenehm, ein guter freund.

Dieses enge Verhältnis hatten wir vorher so nicht wahrgenommen, und es war eine gute Idee von Modick, darüber einen Roman zu schreiben. Das alles regt an, mehr von Feuchtwanger zu lesen.

Lion Feuchtwanger: Goya oder Der arge Weg der Erkenntnis

Der Roman über den großen spanischen Maler, der erstmalig 1951 erschienen ist, beginnt mit den Sätzen: *Gegen Ende des achtzehnten Jahrhunderts war fast überall in Westeuropa das Mittelalter ausgetilgt. Auf der Iberischen Halbinsel, die auf drei Seiten vom Meer, auf der vierten von Bergen abgeschlossen ist, dauerte es fort.*

Damit führt uns Feuchtwanger in das Zeitalter der unheiligen Allianz von Königtum und Kirche, Thron und Altar, die mit strengster Disziplin wie brutaler Unterdrückung der Bevölkerung aufrecht erhalten wurde – das Zeitalter der Inquisition und des Absolutismus, das unzählige Menschenopfer forderte, und unter der besonders auch die Kunst- und Kulturschaffenden zu leiden hatten.

Einer von ihnen war der Maler Francisco de Goya, dessen bewegte Lebensgeschichte hier erzählt wird. Es handelt sich um eine Künstlerbiographie mit romanhafter, fiktionaler Ausschmückung, zugleich ist es ein kritischer Gesellschaftsroman, in dem dem Adel und der Kirche der Spiegel vorgehalten wird. Im Zentrum steht Goya, so wie ihn Feuchtwanger kreiert hat:

Ein Mann aus dem Volke mit bäuerlicher Herkunft (real kommt Goya aus einer Handwerkerfamilie) nimmt mit seiner Kunst den rasanten Aufstieg bis zum Ersten Hofmaler im Hause des Königs Carlos des Vierten und der gewichtigen Königin Maria Luisa. Er erfährt auf dem Gipfel seiner Karriere viel Anerkennung (der ganze Hofstaat wollte sich von ihm portraitieren lassen), hat sogar einen gewissen Einfluss auf den Kunstgeschmack der Herrschenden, muss aber stets auf der Hut sein, mit seinen innovativen Maltechniken und Sujets nicht der Ketzerei angeklagt zu werden. Ein Künstler, den eine unsterbliche Liebe zur Herzogin von Alba, der Cayetana, verbindet (im Roman, real war das Verhältnis nie geklärt), die erst zum großen Glück und dann zu Verstoß und Demütigung, zum großen Unglück führt, eine *Hassliebe*, die nur mit dem Tod der Alba enden kann, weil enden muss. Einer, den eine lebenslange künstlerische wie menschliche Beziehung zu seinem Gehilfen Agustin verbindet, auf dessen Kunstverstand und unbestechliches Urteil er sich stets verlassen kann, auch wenn es schmerzt und dem Untergebenen „eigentlich" nicht zusteht, dem *Freundfeind*. Einer schließlich, der in Taubheit verfällt, als wäre es eine soziale Krankheit, nichts mehr hören zu können und nur noch *malend zu denken*. Goya kommt bis zum Romanende davon – der Großinquisitor und seine Schwergen haben zwar stets und ständig ein Auge auf ihn geworfen, doch im realen Leben bleibt ihm später nur die Emigration nach Frankreich, um zu überleben und das malerische Werk fortzuführen. Feuchtwanger hatte vor, einen zweiten Roman über diese Zeit im Exil zu schreiben, doch darüber starb er.

Aus dem umfangreichen Opus mit seinen vielen Facetten möchte ich einige Aspekte auswählen, die mir besonders aussagekräftig für Goyas Kunstverständnis vorkommen, angefangen mit dem Sichtbaren und dem Verborgenen in der Kunst. Was macht das Wesentliche an oder in einem Bild aus? Am Beispiel des Portraits der Hofdame Dona Lucia Bermudez wird dies deutlich: Goya stellt selbst fest, dass auf dem Gemälde *alles da* war, *und doch war nichts da*, worauf es wirklich ankam, *was fehlte, war alles; das, was sich durch Arbeit nicht erzwingen ließ, worauf man zu achten hatte*. Dies zu beurteilen, ist nur ganz wenigen vorbehalten, allen voran seinem Gehilfen Agustin, über den, als Goya die Lösung endlich gefunden hatte, es heißt: *Er schaute lange. Räusperte sich. ‚Das ist es, Don Francisco', sagte er schließlich heiser. ‚Jetzt haben Sie es. Jetzt haben Sie die Luft und das Licht. Jetzt hast Du Dein richtiges Grau, Francisco.'* Goya strahlte knabenhaft über das ganze Gesicht. *‚Ist das Dein Ernst, Agustin?'*, fragte er und legte ihm den Arm um die Schulter. *‚Ich scherze selten'*, sagte Agustin.

Ein schönes Beispiel für das Verhältnis von Gehilfe und Meister, in dem es nicht um künstlerische Details der Ausschmückung oder ähnliches geht, sondern um das Ganze, um die Stimmigkeit einer Komposition, ob *Luft, Licht* oder ein bestimmtes *Grau*, so dass die Dame auch wirklich getroffen scheint. Der seltene Fall von künstlerischer Übereinstimmung, wie er hier gegeben ist, legt eher ein partner- oder freundschaftliches Verhältnis auf Augenhöhe nahe; es ist auch so zwischen den Beiden, doch spielt immer auch ein hierarchisches hinein, das aus der Differenz der sozialen Stellung und der Meisterschaft Goya herrührt, die Agustin respektiert und anerkennt. Daher auch sein Wechsel von Sie und Du bei der Anrede. Situativ ist die eine oder andere Form angemessen.

Dass es zwischen Goya und Agustin mitunter zu heftigen Auseinandersetzungen kommt, wird beim Thema Kunst und Politik deutlich. Beeinflusst von einer Diskussion, wie sie im (nach-)revolutionären Frankreich geführt wird, befürwortet der Gehilfe die politische Stellungnahme von Künstlern, die sich auch in ihren Werken abzuzeichnen hätte; damit holt er sich beim Meister aber nur Hohn und Spott ein. Agustin wirft Goya vor, *feig neutral* zu bleiben und aus Angst vor einem Reputationsverlust keine Meinung zu zeigen, was den Wert seiner Bilder schmälere.

> *‚Halt's Maul, du trauriger Hanswurst!' befahl er gefährlich leise. – ‚Ich denke nicht daran', antwortete Agustin. ‚Da kleckst und schmierst du deine zehn Stunden am Tag und bist stolz auf deinen Fleiß und deine vielen hundert Bilder. Ich sage dir, du bist faul, leichtsinnig, lasterhaft, schlampig. Du weichst aus, du bist feig, du verdienst deine Begabung nicht.'*

Interessant an diesem heftigen Disput ist, dass das Politische in der Argumentation Agustins inzwischen in den Hintergrund getreten ist – zugunsten des Vorwurfs, künstlerisch in den *alten Schlendrian* (Portraits, die den Auftraggeber schmeicheln etwa) verfallen zu sein, statt an die Entdeckung des Neuen (festgemacht am Portrait der Dona Lucia) anzuknüpfen und dieses weiterzutreiben. Und dann kommt der Gehilfe mit seiner schonungslosen Kritik auf den Kern des Problems: *‚Und warum versagst du so jämmerlich? Weil du stinkend faul bist. Weil du dich nicht konzentrieren willst. Weil du zu geil bist, um dich zu konzentrieren. Eine Schande. Que verguenza! Weil du auf eine Frau wartest, die dir nicht gleich ja sagt, und die es wahrscheinlich nicht wert ist, daß du wartest.'*

Und Goya weiß, dass Agustin recht hat. Nur nach außen entrüstet er sich über die Respektlosigkeit des Gehilfen, doch im Innern ist ihm klar, dass seine Liebe zur Herzogin von Alba ihn daran hindert, mit aller Kraft das Neue und damit die Wahrheit, die wahre Aussage in seine Kunstwerke zu bringen.

Ein Thema, das sich durch den gesamten Roman zieht, ist das Echte und das Unechte, nur Gespielte. Festgemacht wird es an den Majas und Majos, den jungen Leuten aus dem Volke, *das schlaue, nie verzagte, immer lustige, lebenstüchtige Gesindel der unteren Klassen*, und den Hofdamen mit ihren *Puppengesichtern* und *Masken* und *Verkleidungen*, die beim Tanz wie Majas sein wollen, sie aber nur spielen, weil sie sie gar nicht verkörpern können. Goya, der sich selbst als Majo sieht und zu seiner bäuerlichen Herkunft steht, hat nur Verachtung für diese Verlogenheit und Verfälschung übrig. In der Kunst allerdings steckt hierin ein zentrales Problem, nämlich die Aufgabe, das Maskenhafte, Unechte zu durchdringen, um in den Portraits Wahrhaftigkeit und Wesentlichkeit auszudrücken.

Eine große Herausforderung war die Portraitierung der Cayetana. Sie verlangte, dass er sie als Maja darstellt, doch dieses Ansinnen musste er zurückweisen. Nicht nur, weil sie keine Maja war, sondern aufgrund ihrer vielen verschiedenen Gesichter. *Ihre Wandlungen erfolgten jäh, und was sie war, war sie ganz. Sie hatte viele Gesichter, er sah die vielen, das letzte unter den vielen sah er nicht. Es war da, er spürte es, wußte es, doch fand er nicht das Einheitliche, Verbindende hinter den hoffnungslos verschiedenen Masken.*

Auf der Suche nach dem Unsichtbaren hinter der Fassade der Alba blieb Goya, jedenfalls im Roman, trotz zahlloser Versuche ein Leben lang erfolglos. Vielleicht war es die zu große Nähe zu seinem Modell und die emotionale Aufladung, die ihm dies versagten.

Nicht so beim Gruppenbild der Königsfamilie, das unter dem Titel *Die Familie Carlos' des Vierten* bekannt ist. Hatte Goya sich bei Vorstudien wie etwa dem Portrait der *Königin zu Pferde* noch schwergetan aufgrund einer *tiefen Verstrickung* aus Verehrung und Abhängigkeit (die ihm wiederum heftige Kritik seitens Agustin eintrug), so gelingt ihm beim großformatigen Gruppenbild einfach alles: von der räumlichen Aufstellung der 13 Familienmitglieder über deren Kostümierung (auf sein Geheiß hin) bis zum Licht und zu den Farben sowie zur Platzierung seiner selbst in einem versteckten Winkel des Gemäldes, aber mit deutlichem Blick zum Betrachter hin. Nach Vollendung des Werkes war

Goya erschöpft, glücklich. Nun war, was er gesehen hatte, Gestalt geworden, er konnte es nicht mehr verlieren.

Was war geschehen, das seinen Blick, sein Sehen verändert hatte und die malerische Umsetzung dieses Blicks gelingen konnte? Darauf wird zurückzukommen sein.

Noch mitten im Schaffensprozess sucht der Meister anhand von Entwürfen und Skizzen das Gespräch mit seinem Gehilfen; er fühlt sich bemüßigt, ihm sein Vorhaben zu erläutern:

‚Ich will nichts konstruieren‘, sagte er. ‚Ich will's nicht wie Velasquez machen, keine vertrackte Anekdote, verstehst du. Ich stell diese Menschen einfach hin, simpel, kindlich.‘ Er spürte, Worte, vor allem seine Worte, waren zu ungefüg und plump für das Delikate und Komplizierte, was er auseinanderzusetzen trachtete, aber es zwang ihn weiterzureden. ‚Das Einzelne muß natürlich ganz deutlich werden, dabei darf man es überhaupt nicht sehen. Nur die Gesichter müssen auf einen herschauen, hart, wirklich, genau, wie sie sind. Und dahinter ist es dunkel … Siehst du, was ich machen will? Verstehst du's?‘

‚Ich bin doch kein Trottel‘, antwortete Agustin. Und mit stillem, ruhigem Triumpf sagte er: ‚Hombre! Das wird wirklich etwas ganz Großes. Und etwas ganz Neues. Francho, Francho, was bist du für ein Maler!‘

Die Freude, die Agustin angesichts dieses großen Werkes empfindet, geht auch auf seinen Anteil daran zurück; mit unbestechlichem Blick und messerscharfer Kritik hatte er auf Goya eingewirkt, um dessen wahres Können herauszufordern. In diesem Bild sieht er die Früchte seines Bemühens aufgehen. Das folgende Zitat kann in diesem Kontext als Schlüsselstelle des Romans gelesen werden:

Noch eines erkannte jetzt mit tiefer Freude Agustin, daß nämlich ‚Die Familie Carlos des Vierten‘ ein politisches Bild wurde. Allein er hütete sich, diese Erkenntnis laut werden zu lassen. Denn natürlich dachte Francisco nicht daran, ‚Politik‘ zu machen. Er glaubte an das absolute Königtum, er spürte Sympathie für diesen gutmütigen, von seiner Würde erfüllten Monarchen und für diese Dona Maria Luisa, die sich aus dem Kuchen Welt mit unersättlichem Appetit ihr ungeheures Teil herausschnitt. Aber die wüsten Ereignisse, die Spanien heimsuchten, die zerschlagenen Schiffe, der ausgeplünderte Staatsschatz, die Schwäche und

Arroganz der Königin, das Elend des Volkes, das alles war, während er malte, in Goyas Hirn, ob er's wollte oder nicht. Und gerade, weil er keinen Haß malte, sprang aus dem stolzen Leuchten der Uniformen, Orden und Juwelen, aus dem Gefunkel all dieser Attribute des gottbegnadeten Königtums, die armselige Menschlichkeit der Träger dieses Königtums einem jeden mit nackter, brutaler Sachlichkeit ins Auge.

Die Wandlungen, die in Goya und seiner Kunst vorgehen, rühren aus seiner Zeitzeugenschaft gegenüber den hier skizzierten politischen Ereignissen ebenso wie aus persönlichen Erfahrungen und Schicksalsschlägen (Tod seiner kleinen Tochter, Gehörverlust etc.). Tiefe Spuren hinterlässt die (aufgrund einer Einladung durch den Großinquisitor praktisch erzwungene) Teilnahme an einem sogenannten *Autodafé*, einem Verhör vor dem *Heiligen Tribunal* der Inquisition, auf welchem der Angeklagte der Ketzerei überführt werden soll. Davon seinem Vertrauten zu erzählen, fällt ihm schwer:

Goya schwieg. Er fand die Worte nicht. Was er erlebt hatte, war zu verwickelt. Er hatte mehr gesehen als den Jammer des Olavide und den brutalen Fanatismus seiner Richter. Er hatte Dämonen gesehen, die um die Richter, Ketzer, Gäste flogen, krochen, kauerten, jene bösen Geister, die immer um einen waren, und er hatte ihre fratzenhafte Freude gesehen. Und das Unerklärliche an diesem makaberen Schauspiel, diesem Gemisch aus häßlicher Wirklichkeit des Verhörs und visionärer Verzerrung desselben durch Ungeheuer und böse Geister, war, dass er sich bei allem Mitleid mit dem Opfer *der Freude der Dämonen mitgefreut* hatte. *Diesen Wirrwarr aber, diese verfilzten alten und neuen Gesichte und Gefühle, konnte man nicht in Worten aussagen. – Malen konnte man sie.*

Dies ist die Geburtsstunde der berühmten Caprichos, deren berühmtestes den Titel: *Der Schlaf der Vernunft gebiert Ungeheuer* trägt.

Goya hatte bereits in früheren Schaffensperioden immer mal wieder Zeichnungen angefertigt, in denen er nicht nur seine eigenen Seelenqualen, sondern auch soziale Schieflagen, Mißstände, Häßliches mittels Tierköpfen, Fratzen, eben Ungeheuern zum Ausdruck brachte. Diese Bilder, die er anfangs *Satiren* nannte, erregten sofort die Aufmerksamkeit seiner Umgebung, allen voran Agustins, der auch sofort den inneren Zusammenhang erkannte: sie sind von sparsamer *Fülle*, das Grausige, Dumpfe, Dunkle wirkt heiter wie die *spanische Freude*. Und selbst der Kirchenfürst sieht in dem Bild namens *Inquisition* nicht Ketzerei, sondern den *wohltätigen Schrecken* bestätigt, den das Heilige Offizium anstrebt.

Später dann zeichnet Goya seine Caprichos in größerer Zahl, als Serie oder Reihe. Sie entstehen aus tiefer Verzweiflung und sind ein Mittel, damit umzugehen. Das folgende Zitat trägt die Umstände und Gefühlslagen des Malers zusammen und gilt auch als stilistisches Beispiel; es ist in Versform gehalten, so wie Feuchtwanger jedes Kapitel in dieser Form abschließt:

So jetzt zeichnet Goya Tag für
Tag. Wirft hin, was durch den Sinn ihm
Geht. Läßt seinen Träumen freien
Lauf. Läßt sie heraus aus seinem
Kopfe kriechen, fliegen, die
Dämonen, die Gespenster, ratten-
Schwänzig, hundsgesichtig, kröten-
Mäulig, Cayetana immer
Unter ihnen. Zeichnet sie mit
Wüt'ger Inbrunst, hält sie fest, es
Ist ihm Qual und Lust, sie so zu
Zeichnen, ist ein beßrer Wahn, fast
Lustig, nicht so tierisch schmerzhaft
Wie der Wahn, der ihm die Brust und
Ihm den Kopf zerdrückt, wenn er nur
Sitzt und denkt und wird nicht fertig
Mit dem Denken. Nein, solang er
Zeichnet, darf er närrisch sein. Es
Ist hellsicht'ger Wahn, er freut sich
Seiner, er genießt ihn. Und er
Zeichnet.

Agustin, der den künstlerischen Wert dieser Bilder sofort erkennt (*Das ist deine richtige Kunst*) und sie als Offenbarung feiert, hatte ein neues Druckverfahren entwickelt, mittels dessen nicht nur die leichtere und präzisere Vervielfältigung, sondern zudem eine *nie dagewesene Tönung*, eine *neue Form* möglich war, die die Zeichnungen noch *reicher, schärfer, bösartiger* machte. Erkannt hatte der Gehilfe auch die politische Sprengkraft der Caprichos: *Diese Blätter waren gefährlich, auf den Tod*, denn alle werden und müssen sie verstehen, sie sind *Idioma Universal*.

Auch in seinem näheren Umfeld erfährt Goya Bestätigung und Anerkennung für seine Bilder. Die von ihm portraitierte Dona Lucia etwa bemerkt: ‚*Ich glaubte ... ich hätte das Gesindel durchschaut. Aber erst Sie machen einen richtig sehen, wie schauerlich Dummheit und Gemeinheit ineinandergehen.*‘ *Sie schüttelte sich.*

Und der Abate, selbst ein von der Inquisition Verfolgter und Gebrochener (Goya sieht ihn als *Toten*), bemerkt: ‚*Das sollen sechsundsiebzig Zeichnungen sein? Es sind tausend! Es ist die ganze Welt! Es ist die ganze spanische Größe und das ganze spanische Elend!*‘ Und Goya erkennt in dieser Situation: *Diese Caprichos waren die Rache aller Getretenen, die Rache auch des Abate; auch er schrie in den Caprichos den frechen Mächtigen seinen Haß und seine Verachtung ins Gesicht.*

Idioma Universal – das sind Zeichen oder Ausdrucksformen von allgemeiner Gültigkeit und Verständlichkeit, ein jeder, ob aus dem Volke oder den Machteliten, kann sich in den Caprichos wiedererkennen, kann sie verstehen und deuten. Und das macht sie so gefährlich, wie Agustin erkannt hat. Im Freundeskreis um Goya wird hitzig über die Veröffentlichung des Zyklus diskutiert; im Angesicht der Gefahr der Konfiszierung durch die Inquisition kommt der Maler selbst auf den listigen Einfall, die Mappe dem Königspaar als Geschenk zu überreichen und damit die eigene Haut zu retten. Zudem verspricht er sich davon, dass es der Verbreitung und dem Absatz der Drucke förderlich sein könnte.

Der historische Roman, in dem Lion Feuchtwanger auch darum bemüht ist, die Sprache des ausgehenden 18. Jahrhunderts zu adaptieren, zeichnet mit drastischem Realismus ein lebendiges Bild der gesellschaftlichen Verhältnisse in Spanien, der Monarchie und des Klerus anhand ihrer Repräsentanten (neben der Königsfamilie beispielhaft ausgewählte Adlige), deren Sinnen und Trachten voller Hinterlist und Intrigen steckt. Eine Künstlerbiografie, die so lebensnah und voller Empathie geschrieben ist, dass man sich beim Lesen in das Geschehen hineinversetzen kann. Und die einem reichliches Kunstverständnis über das Ringen um Licht, Form und Farbe beibringt.

Hans Mayer: Deutsche Literatur 1945-1985

Manche Bücher sind es wert, aus ihrem antiquarischen Status herausgeholt und neu gelesen zu werden. So auch die Studie von Hans Mayer von 1989, die als Taschenbuchausgabe 1998 im Siedler Verlag erschien.

Um sich dieser besonderen Literaturgeschichte zu nähern, ist der Klappentext eine hilfreiche Informationsquelle. Darin heißt es: *Als Kritiker und Germanist hat Hans Mayer wie kein zweiter die deutsche Literatur nach 1945 begleitet und geprägt. Seine beiden Bücher ,Die umerzogene Literatur' und ,Die unerwünschte Literatur' … sind mittlerweile zu Standardwerken geworden. Mayers Rückblick auf vierzig Jahre deutsche Literatur ist keine gewöhnliche Literaturgeschichte. Denn hinter Buchtiteln und Autorennamen stehen für ihn Menschen, Begegnungen und persönliche Erfahrungen. Er war Lehrer von Uwe Johnson und Christa Wolf, scharfzüngiger Wortführer der Gruppe 47, Freund von Heinrich Böll und Günter Grass. Brillant sind Mayers Interpretationen der Werke von Uwe Johnson, Peter Weiss oder Elias Canetti. Ebensosehr beeindrucken aber seine schonungslose Abrechnung mit der DDR oder seine scharfsinnigen Betrachtungen zur Studentenbewegung. Denn Mayer, der stets ein Suchender zwischen dem Osten und dem Westen Deutschlands gewesen ist, findet in der Literatur immer auch den Widerhall von Politik und Gesellschaft in beiden deutschen Staaten.*

Aufschlussreich sind zunächst Mayers Einschätzungen über die Emigration und die Emigranten; er selbst war als Jude beteiligt und spricht aus Erfahrung (er emigrierte 1933 nach Frankreich und weiter in die Schweiz), und dies vor dem Hintergrund seiner hohen sozialen und soziologischen Kompetenz. Mit der Emigrantenliteratur geht Mayer äußerst kritisch um; er bescheinigt ihr eine Unfähigkeit, die Sachverhalte der *neuen Heimatlosigkeit* so zu erzählen, dass sich aus unterschiedlichen Erfahrungen dennoch ein gemeinsamer Erlebniszusammenhang herauskristallisiert. Den Grund dafür sieht er im Kern darin, *daß der Begriff Exil selbst nichts war als eine Fiktion.* Das heißt, obwohl es *gemeinsame Schwierigkeiten mit Paß und Visum, Auswanderung und Einwanderung* gab, existierte kein Zusammenhalt, kein Verständnis füreinander und keine Verständigung unter den Emigranten, das sie Trennende war dominant; *nirgendwo stärker als vor der Tatsache des Exils offenbarte sich die gesellschaftliche Ungleichheit*. Diese Ungleichheit bezog sich auf die ökonomische Grundausstattung der Einzelnen und der damit verbundenen Privilegien wie auf die differente Motivation zur Emigration. *Man bildete keine ‚verschworene Gemeinschaft' im Exil. Gegensätze der politischen und unpolitischen Emigration; die jüdischen und nichtjüdischen Flüchtlinge. Fortdauer der ideologischen Gegensätze.* An dieser Stelle verweist Mayer auf eine Szene aus *Furcht und Elend des Dritten Reiches* von Bertolt Brecht, in der dieser schildert, *wie alle Auseinandersetzungen der Epoche vor 1933 noch im Konzentrationslager fortdauerten.* Ähnlich ging es in den Emigrantenkreisen zu. *Alle Volksfront- und Schriftstellerkongresse der Emigration täuschten darüber nicht hinweg.* Zu den bezeichneten Differenzen von sozialer Ungleichheit und Motivation offenbarten sich denn auch auf dem 1. Schriftsteller-Kongreß 1947 zusätzliche, die sich in der Konfrontation und im Unverständnis zwischen Ost und West sowie zwischen Emigraten und Vertretern der Inneren Emigration ausdrückten.

So radikal und schonungslos kann das nur einer wie Hans Mayer beurteilen, der selbst über entsprechende Erfahrungen und Hintergründe verfügt. Und er nutzt diese, um mit Mythen und Legenden über das Exil und die Emigranten aufzuräumen. (S. auch die Studie von Annette Lorey, besprochen w.o.)

*

Herausragend auch Mayers Kafka-Interpretation, von dem er sagt, sein Werk sei *letztlich nicht interpretierbar*, zumindest nicht nach gängigen Methoden wie etwa die theologische oder die existentialistische Auslegung. Auch mit einem Gegensatzschema von Verfremdung und Einfühlung, von dem Brecht in seiner dialektischen Dramaturgie ausgeht, werde man der Erzählkunst Kafkas nicht gerecht:

Kafka gibt Zustände und betreibt eine Art der erzählerischen Verhaltensforschung. ... Kafka hat keinerlei Sympathie für die verschiedenen K's oder Samsas. Er denkt mit ihnen, wie man vielleicht einen Schritt weiterkommen könnte und beschreibt diese Überlegungen. Niemals jedoch erfährt man ..., wie der Erzähler die Ereignisse und Personen beurteilt, mit denen seine Gestalten sich herumschlagen. Wo die Romanfigur einen Zustand der Korruption zu entdecken glaubt, läßt uns Kafka gänzlich ohne Antwort, wenn wir ihn fragen, was er dazu sagt. / Er versteht seine Figuren, fühlt sich aber nicht in sie ein. Als Erzähler beschreibt er Gedankengänge und Taten, allein er hütet sich, durch Psychologie nachhelfen zu wollen. Das macht: er glaubt nicht mehr an die alten Kausalitäten. Seine Figuren verändern sich nicht, erleben keinerlei klassische Wandlung, weder Schuld noch Sühne, sind weder verstehbar noch unverstehbar. Sie verhalten sich bloß. Kafka beschreibt ihr Verhalten in doppelter Weise: als Reflexion und als Aktion.

Mayer, der auch immer rezeptionsgeschichtlich argumentiert, erklärt die Tatsache, dass Kafka in der Nachkriegszeit zu den meistgelesenen Schriftstellern zählte, damit, dass seine Erzählweise einen *parabolischen Charakter* aufweise, also gleichnishaft ausgerichtet sei, was unter anderem Brecht begierig aufgegriffen habe.

Mit der Zuspitzung seiner Interpretation auf das *bloße Verhalten* der Figuren Kafkas legt Mayer eine Gedankenschärfe an den Tag, die dem Werk und Autor wahrscheinlich ziemlich gerecht wird; gleichwohl ist auch sie nicht leicht zu verstehen und bedarf weiteren Kafka-Lesens und Nachdenkens.

*

Im Kapitel über Wolfgang Koeppen und Heinrich Böll stellt Mayer zwei zentrale Repräsentanten der westdeutschen Nachkriegsliteratur vor. Doch während sie seit Mitte der fünfziger Jahre *wie ein Doppeldenkmal einer neuen, vielleicht nicht besonders umerzogenen Literatur* präsentiert wurden, vergleichbar mit Paarungen wie Schiller und Goethe, Keller und Meyer, Musil und Broch, stellt Hans Mayer über das Gemeinsame hinaus in seiner Argumentation vor allem auf die Differenzen zwischen diesen beiden Autoren ab: *Die Gemeinsamkeit ... besteht nur als Gleichzeitigkeit ihres Hervortretens und ihrer Lebenszäsur, die sie, gleich vielen Zeitgenossen, literarischen und anderen, als Narben tragen müssen. Im Übrigen ist kaum ein größerer*

51

Gegensatz denkbar. Böll ist ein Erzähler, der seinen Zorn hinausschreien muß; Koeppen frißt die Erbitterung in sich hinein. Böll betrachtet sich weitgehend als Zurechnungspunkt für Erlebnisse; wichtig an ihnen scheint ihm vor allem, daß sie nicht nur ihm selbst zustießen, sondern auch anderen seinesgleichen. Wolfgang Koeppen sieht sein eigenes Erleben nicht als stellvertretendes Erleiden, sondern als ein – höchst persönliches – Geschlagensein. Böll versucht immer wieder, das subjektive Geschehen, welches ihm zustieß, zu objektivieren. Er ist vor allem ein bewußter Zeitgenosse. Koeppen bemüht sich immer wieder, das Geschehen, das seiner Generation zustieß, … zu subjektivieren: wichtig ist vor allem die Form, in welcher es ihm selbst und an ihm selbst geschah. Er möchte ein bewußter Außenseiter bleiben.

Wolfgang Koeppen, der vor allem durch seine *Trilogie des deutschen Alltags* (*Tauben im Gras*, *Das Treibhaus* und *Tod in Rom*, zwischen 1951 und 1954 erschienen) bekannt wurde, repräsentiert für Mayer die *literarischen Widersacher* zur von ihm so bezeichneten *fröhlichen Restauration* der unmittelbaren Nachkriegszeit.[3] Als Beleg zitiert er Passagen aus Koeppens Darmstädter Dankrede anlässlich der Verleihung des Georg-Büchner-Preises von 1962, kulminierend in der Aussage: *Der Schriftsteller ist kein Parteigänger, und er freut sich nicht mit den Siegern.*

Das zielte auch auf Gottfried Benn, mit dem sich Koeppen immer wieder kritisch auseinandersetzte.

Es war eine Rede über sein Selbstverständnis und die Verantwortung als Schriftsteller, in der Koeppen aus heutiger Sicht auch eine enorme Weitsicht bezüglich der technischen Entwicklung und des medialen Einflusses auf das Bewusstsein der Massen durchblicken lässt: *Ich versuchte, Ihnen vom Schriftsteller als Einsamen, als Beobachter, als Außenseiter, als dem Mann allein an seinem Schreibtisch zu sprechen. Aber ich meine nicht den armen Poeten in seiner Dachkammer, den Künstler als Spitzweg-Erscheinung. Der Schreibende, so sehr er Mikrophon und Kamera und Scheinwerfer scheuen mag, wird sich dem neuen heraufziehenden Analphabetentum von Bildzeitungen,*

---

[3] Mit diesem Begriff bezeichnet Mayer eine restaurative Kulturpolitik in der Adenauerzeit, die von christlich-kleinbürgerlichen Moralvorstellungen geprägt war und nach *gut christlicher Hausvaterart* das Fühlen und Denken der Menschen zu bevormunden trachtete; Thomas Mann sprach vom Unwesen der *kulturellen Saubermänner und Sauberfrauen.*

Comicstrips, Fernsehen und auf höherer Ebene von technischen Formeln, die uns manipulieren, automatisieren, vielleicht zum Mond führen, stellen müssen."

Solche Aussagen zeugen von einer skeptischen Weltsicht wie von einer politisch basierten Verantwortungshaltung als Schriftsteller, die in der Tat weder *fröhlich* noch *restaurativ* ist, wohl aber hoch sensibel für Gefahren und Fehlentwicklungen, denen sich der Schreibende zu stellen hat. Dass Hans Mayer eine tiefe Sympathie für Wolfgang Koeppen hegt, daraus macht er kein Hehl. Obwohl mit Heinrich Böll befreundet, steht er offenkundig, wenn es um den Gegensatz beider Autoren geht, auf der Seite des ‚Außenseiters'. Nicht zuletzt belegt auch der Exkurs über das *Reisen mit Koeppen*, in welchem Mayer diese ungewöhnlichen wie originellen Reisebücher vorstellt, (in denen der Autor sich in historische Figuren verkleidet, um mit ihnen in die Vergangenheit zu reisen) diese Affinität.

*

Über die Gruppe 47 ist viel geschrieben worden, und natürlich widmet sich Hans Mayer dieser in Ausführlichkeit, was besonders aufschlussreich ist, da er als Beteiligter und Mitglied mit Innenansichten aufwarten kann. So berichtet er über Auseinandersetzungen und Konflikte ebenso wie über die herausragenden Leistungen Einzelner wie des Kreises insgesamt, auch im Sinne des Zusammenhalts. Dass die Gruppe so lange existierte (von 1947 bis 1967), ist nach Mayers Einschätzung (die von vielen Mitgliedern und Externen geteilt wird) vor allem das Verdienst des langjährigen ‚Chefs' Hans Werner Richter. Über die Gruppe und ihn schreibt er: „*Die Gruppe 47 ... hat stets das Gegenteil sein wollen einer literarischen Schule mit Doktrin und allgemein anerkannter Arbeitsweise. Noblesse und freundschaftliche Toleranz des Chefs hätten da nichts bewirken können im Sinne irgendeiner Programmatik. Glücklicherweise war Hans Werner Richter das Gegenteil eines Fundamentalisten. Er besaß Autorität; folglich brauchte er sie nicht zu postulieren. Der bisweilen hämisch gemachte Einwand, Richters Autorität habe darauf beruht, daß er literarisch nicht recht mithalten konnte, ist ebenso ungerecht wie töricht. Sein Urteil zählte, auf sein Urteils-*

vermögen war Verlaß. Die wirklich bedeutenden Literaten des Kreises wußten genau, daß die scheinbare Naivität des Chefs ein Rollenspiel meinte, das man zu respektieren hatte. Wehe dem, der darauf hereinfiel.

Und in einer Art Resümee über den auch politischen Stellenwert der Gruppe 47 vermerkt Mayer: *Es war gemeinsamer Widerstand gegen die Fröhliche Restauration der Fünfziger Jahre. Und es war Freundschaft.*

*

Im Kontext von Mayers Abhandlung über die Schriftsteller und Schriftstellerinnen der DDR, die sich in den ersten Nachkriegsjahren hervortaten, sei hier zunächst auf die Bedeutung der Literaturzeitschrift *Sinn und Form* hingewiesen, die diesen ein hochklassiges Forum bot. Mayer schreibt: *Zu Beginn des Jahres 1949 erkämpfte sich Johannes R. Becher eine eigene Literaturzeitschrift. Er nannte sie ‚Sinn und Form‘ und wollte damit bewußt an Thomas Manns Exilzeitschrift ‚Maß und Wert‘ anknüpfen. Chefredakteur des Herausgebers Becher wurde Peter Huchel. Er hat die Zeitschrift … bis Ende 1962 geleitet. Dann nahm man sie ihm weg. Wer die Jahrgänge heute anschaut, begehrte Raritäten, wird feststellen, daß hier, unter scheinbar hemmenden Arbeitsbedingungen, die bedeutendste deutsche Literaturzeitschrift der Nachkriegszeit entstanden war. Peter Huchel veröffentlichte selbstverständlich die wichtigsten Autoren des Ostblocks und der später sogenannten Dritten Welt, doch nicht einen einzigen Text der einfältigen Agitationsliteratur. Aber Walter Benjamin wurde da zum ersten Mal in Deutschland wieder gedruckt oder Adorno und Bloch und der Österreicher Ernst Fischer und die russischen ‚Formalisten‘ der Zwanziger Jahre.*

Hans Mayer versteht es, mit großem Sachverstand und Feingefühl die literarischen Spitzenleistungen einzelner Autorinnen und Autoren der DDR, allen voran Uwe Johnson, Christa Wolf, Bruno Apitz, Anna Seghers, Heiner Müller, durch seine klugen Interpretationen herauszustellen, so dass sie denen der westdeutschen gleichwertig und ebenbürtig zur Darstellung kommen. Nicht zuletzt wird deren Verdienst vor dem Hintergrund von ‚Systemzwängen‘ in Form von Versuchen der Gängelungen und Bevormundung, politischbürokratischer Einflussnahme, Leitbildern und Normierungen (‚sozialistischer Realismus‘), Privilegierungen und Benachteiligungen als besonderes Erschwernis gewürdigt, jedoch stets anhand literarischer und literaturkritischer Maßstäbe und Beurteilungen. Diese Abhandlung bildet dann die Grundlage dafür, dass Mayer im Fortgang seiner Studie eine ‚Grenzüberschreitung‘ vornehmen kann, indem er nicht länger nach Ost und West scheidet, sondern nach thematisch-inhaltlichen Aspekten die Schreibenden; so führt er ihre Werke zusammen und kann sie vergleichend beurteilen.

Der erste Band schließt ab mit einer Zäsur, die sich Mitte der Sechziger Jahre herauskristallisiert: Das Ende der *fröhlichen Restauration*.

Der Umschlag vom entfremdeten kleinbürgerlichen Alltag zur jähen Anklage eines politischen Mitläufertums erfolgt erst um 1965. Zwanzig Jahre nach Kriegsende. Nun stellen die nachwachsenden, nur scheinbar umerzogenen Schriftsteller, angesichts einer fröhlichen Restauration die Frage nach der Schuld der Schuldlosen. Belegt wird dieser ‚Umschlag‘ etwa mit Werken von Siegfried Lenz und seinem Stück *Zeit der Schuldlosen – Zeit der Schuldigen* oder denen von Nossack, Eich, Koeppen, Böll, Walser, Frisch, Hochhuth, Dürrenmatt, Kluge, Johnson, Seghers, Apitz u.a.m. Sie alle eint der Zweifel an der Schuldlosigkeit der Mitläufer bzw. die Frage nach den (Mit)-Schuldigen an den Verbrechen des NS-Regimes sowie die Anklage mit literarischen Mitteln, der ein hoher Aufmerksamkeits- und Aufklärungswert zugekommen ist. *Gestellt war die Frage nach der Schuld der Nichttäter.*

*

So bedeutet denn auch die Studentenbewegung und das Jahr 1968 für Hans Mayer eine Zeitenwende, die er – wie eher selten in seiner Generation – gebührend würdigt. Für ihn sind Rudi Dutschke oder Wolf Biermann Repräsentanten eines frischen Windes, der dem *Muff unter den Talaren* entgegenbläst und dem ‚System Springer‘ Paroli bietet. Dutschkes tragischer Tod als Folge des Attentats auf ihn berührt Mayer merklich, denn er war ihm eine Art Symbol- oder Leitfigur dieser Zeitenwende.

Literarisch sieht er in Hubert Fichte mit seinem Roman *Die Palette* und Christa Wolf mit *Nachdenken über Christa T.* beispielhafte Werke, die er mit dem Jahr 1968 verbindet. Ihnen widmet er sich jeweils mit eingehenden Werkinterpretationen. So heißt es über Fichtes Werk: *Das literarisch Besondere ... dieses Buches aus dem Jahr 1968 liegt darin, daß ein durchaus neuer, ungewohnter Themenkreis nunmehr Einzug hält ins wohlbehütete und auch von den Autoren der Gruppe 47 bisher im wesentlichen respektierte Haus der Schönen Literatur.* Themen wie Langeweile und Entfremdung sind es, auf die Mayer eingeht und die literarischen Vorbilder wie Proust oder Genet herbeizitiert. In Fichtes Roman heißt es etwa: *Nun hat sich eine seiner Sehnsüchte in die Palette gebohrt. Das Gefühl der Langeweile. Die Sehnsucht. Die Enttäuschung. Die Langeweile. Und es langweilt Jäcki, wieder aufzubrechen, wie er sonst aus den Langeweilen aufbrach.* Und Mayer kommentiert: *Alles ist für den Erzähler wohlbekannt, alles bleibt fremd, fast undurchdringbar. In all seinen Büchern hat Fichte auf irgendwelche Bewertungen genauso verzichtet wie auf das Ich. Stets bleibt er distanziert, auch zu Jacki. Warum Jäcki, abgesehen von der Langeweile, in die 'Palette' gehen will, immer wieder, wird nicht erläutert. Wozu auch?*

Das Außenseitertum seiner Hauptfigur Jacki und die Abwesenheit des Ichs in Fichtes Roman bildet für Mayer eine thematische Brücke zu Wolfs *Christa T.*: beide Werke sind ihm Zeugnisse einer Identitätsproblematik und als Resultat eines langen Prozesses der Selbstvergewisserung und -findung zu verstehen. Und obwohl sie anscheinend mit der 'Austreibung und Revolte' dieser Zeit nichts zu tun haben, ist das gemeinsame Erscheinungsjahr 1968 mehr als ein Zufall.

Auch Christa Wolf wartet mit einer Romanheldin auf, die die DDR-Literatur bisher nicht gekannt hat. Geschildert wird das biografische Geschehen einer *Unzeitgemäßen* als *Lebensvorgang* und gleichzeitig als *Kunstvorgang. Diejenige Gestalt des Buches, die nachdenkt über Christa T. nach deren Tode, kramt in Erinnerungen, wühlt in Briefen, um das erinnerte Leben der Freundin aus der verlorenen Zeit in die wiedergefun-*

dene Zeit zu verwandeln. Hans Mayer geht dem Geheimnis der Identität zwischen der Romanautorin und der Kunstfigur gleichen Vornamens akribisch nach, um auf die *bewußte Konturlosigkeit* beider aufmerksam zu machen. Die (Vor-)Namensgleichheit sowie die Tatsache, dass beide dazu noch Germanistinnen und Schriftstellerinnen sind, gipfelt in der Vermutung, es handele sich auch bei Christa T. um die Autorin selbst. *Aber es geht noch weiter. Nicht nur die Lebenskonturen der Christa T. präsentieren sich in kunstvoller Undeutlichkeit; stärker noch verschwinden die Grenzlinien zwischen derjenigen, die nachdenkt über Christa T. –, und dem Objekt ihres nachdenkenden Erinnerns.* Die Lösung für dieses Verwirrspiel, das Christa Wolf betreibt, findet Mayer darin, dass es sich – egal, wer nun wer ist – um einen besonderen Emanzipationsprozess der Identitätsfindung handelt. *Die Schriftstellergestalten bei Christa Wolf, sowohl das Subjekt wie das Objekt des Erzählens, behandeln den Vorgang einer Befreiung durch Schreiben. Christa Wolf fasst diesen Prozess, der die geheime These des Buches darstellen dürfte, in das Wort von der Schwierigkeit, ‚ich‘ zu sagen.*

Und diese Schwierigkeit beim Ich-Sagen, zu der die Charakterisierung als ‚Unzeitgemäße‘ ebenso passt wie die Erfahrung, dass es *keine Lücke* für sie gäbe im Leben (man denke nur an Christa Wolfs Roman *Kein Ort, nirgends*) wird nicht nur von beiden Christas geteilt, sie eint vor allem die erfahrene Gewissheit, dass dieser Lernprozess nur über das Schreiben realisierbar ist.

*

Es ist im Rahmen dieser Sekundäranalyse der Studie von Hans Mayer nicht möglich, auf alle Perlen, die sie aufweist, näher einzugehen. Ich kann vor dem Hintergrund meiner bisherigen Ausführungen nur empfehlen, sich mit dem Original zu befassen. Wer – wie ich – beispielsweise von der Schwierigkeit weiß, Uwe Johnsons *Jahrestage* oder Robert Musils *Mann ohne Eigenschaften* oder Peter Weiss' *Ästhetik des Widerstands* lesend und verstehend sich anzueignen, dem oder der seien die umfänglichen wie aufschlussreichen Interpretationen Mayers nahegelegt. Wer wissen möchte, dass und wie beispielsweise Johnson auf Proust, Joyce und Musil zurückgreift, wird hier fündig. Anregend und frisch

57

kam mir der Hinweis daher, dass Johnsons „*Jahrestage*" und Musils großer Roman auch als ‚Gegenentwürfe' zu Thomas Manns *Zauberberg* zu lesen seien. Oder dass die ‚Dialektik von Melancholie und Utopie', Satire und ‚unglücklichem Bewusstsein' eine Brücke schlägt zwischen augenscheinlich so disparaten Werken und Autoren wie Günter Grass, Thomas Bernhard und Heiner Müller u.a.m.

So etwas ist schon erhellend und kann die eigene Lesart von Literatur befruchten, ohne dass man sich mit einer Art Vorgabe von Interpretationsmöglichkeiten beeinflusst vorkäme. Es sind die Anregungen eines Kenners, auf dessen Urteil meist Verlass ist; dass dies nicht immer der Fall ist, zeigt sich leider am Beispiel von Christa Wolfs Roman *Kindheitsmuster* (s. meine nachfolgende Besprechung).

Christa Wolf: Nachdenken über Christa T.

Die Lektüre und Verarbeitung von Hans Mayers Studie über Deutsche Literatur 1945-1985 hat mich veranlasst, diesen Roman nach Jahren erneut zu lesen, zumal ich ihn im Rahmen des Essays über Christa Wolf mit Blick auf die Besonderheiten ihrer weiblichen Hauptfiguren unter dem Titel *Mater dolorosa – Christa Wolf und ihre Hauptfiguren* (veröffentlicht im *Blog der Republik* vom 24.12.2019) nur unter anderem behandelt, also eher gestreift hatte.

Dieser Roman über die namensgleiche Christa T. fällt – um es salopp zu sagen – aus dem Rahmen: es ist die Erzähltechnik, changierend zwischen persönlicher Erinnerung und Reflexion über Nachforschungen der Autorin Wolf auf Basis von Briefen, Tagebüchern, Notizen von Christa T.; es ist auch ein Erzählen gegen die Chronologie einer Lebensgeschichte in ihrem dramatischen Ablauf; und es ist eine Art Vexierspiel zwischen Wirklichkeit und Fiktion, weil man nie sicher sein kann, ob diese Christa T. tatsächlich gelebt hat oder im wesentlichen eine Romanfigur ist, die viel mehr mit ihrer Schöpferin Christa Wolf zu tun hat, als es zunächst den Anschein haben mag.

Wie auch immer: geschildert wird eine Frau namens Christa T. mit all ihren unangepassten Bestrebungen, Wünschen, Hoffnungen, Ansprüchen an das Leben, die weder extravagant noch versponnen, sondern einfach unkonventionell ist, der Wirklichkeit (doch was ist das?, so wird gefragt) und Wahrheit (dito) verpflichtet, die auf der Suche ist, ein Leben lang, bis sie an dessen frühzeitigem Ende herausfindet, dass sie sich selbst als Ich sucht und dieses einzig und allein im Schreiben findet (davon zeugt besonders Kapitel 19). Dramatisch auch die Schilderung ihrer tödlichen Krankheit (Leukämie), ihres Sterbens und Todes, die Wolf in einer unnachahmlichen Weise zur Sprache bringt. Und schließlich erfährt man viel über die Bedeutung des Schreibens als Medium der Selbstfindung und -verwirklichung, sowohl für die eine wie die andere Christa.

Hier nun ausgewählte Stellen aus dem 19. Kapitel:

In den nachgelassenen Skizzen und Manuskripten heißt es etwa: *Schreiben ist groß machen.* Denn: *Das Kleine und Kleinliche sorgt für sich selber.* Der Sinn dieser Aussagen könnte sein, dass im Schreiben eine Art Vergrößerung stattfindet, die den vermeintlich kleinen Dingen im Leben ein Gewicht gibt, das ihnen im normalen Alltagsgeschehen nicht zukommt.

Immer wieder auch der eine Satz: *Die große Hoffnung oder über die Schwierigkeit, ,ich' zu sagen.*

Zum *Geheimnis der dritten Person* heißt es aus der Perspektive Christa Wolfs: *SIE, die weiß, daß sie immer wieder neu zu sein, neu zu sehen hat, und die kann, was sie wollen muß. SIE, die nur die Gegenwart kennt und sich nicht das Recht nehmen läßt, nach ihren eigenen Gesetzen zu leben.*

Hatte Christa T. also in der Distanz, die schreibend eher in der Er/Sie-Form als in der ersten Person zu erlangen ist, die Chance erkannt, sie zur Erweiterung der Spielräume des Lebens zu nutzen? Oder geht es um eine Identitätsproblematik, der auf dem Umweg der Sie-Form vielleicht beizukommen wäre? Oder um beides: sowohl als auch? Wolf weiter: *Ich begreife das Geheimnis der dritten Person, die dabei ist, ohne greifbar zu sein, und die, wenn die Umstände ihr günstig sind, mehr Wirklichkeit auf sich ziehen kann als die erste: ich. Über die Schwierigkeit, ich zu sagen.*

Über den Wert der Präzision des Ausdrucks beim Schreiben heißt es: *Sie hatte Angst vor den ungenauen, unzutreffenden Wörtern. Sie wußte, daß sie Unheil anrichten, das schleichende Unheil des Vorbeilebens, das sie fast mehr fürchtete als die großen Katastrophen. Sie hielt das Leben für verletzbar durch Worte.*

Man sieht: die Differenz zwischen Leben und Schreiben schwindet in solchen Formulierungen.

Das Diktum, man sollte sich beim Schreiben an die ,Tatsachen' halten, wird von Christa T. zugleich akzeptiert wie hinterfragt: *Aber was sind Tatsachen? ... Wie könnte denn alles, was passiert, für jeden Menschen zur Tatsache werden? Sie hat sich die Tatsachen herausgesucht, die zu ihr paßten – wie jeder, sagte sie still. Übrigens war sie süchtig nach Aufrichtigkeit.*

So werden aus den von Wolf zusammengestellten Notizen Umrisse eines ästhetischen Konzepts über das Schreiben, und zwar nach Christa T.s ureigenen Vorstellungen von Realismus. *Sie vertrat unser Recht auf Erfindungen, die kühn sein sollten, aber niemals fahrlässig.*

Weil nicht Wirklichkeit wird, was man nicht vorher gedacht hat.

Sie hielt viel auf Wirklichkeit, darum liebte sie die Zeit der wirklichen Veränderungen. Sie liebte es, neue Sinne zu öffnen für den Sinn einer neuen Sache.

Und weiter heißt es in diesem Nachruf der Schriftstellerin auf die gerade sich entpuppende Schreibende:

Jetzt tritt sie hervor, gelassen gerade auch vor der Nichterfüllung, denn sie hatte die Kraft zu sagen: Noch nicht. Wie sie viele Leben mit sich führte, in ihrem Innern aufbewahrte, aufhob, so führte sie mehrere Zeiten mit sich, in denen sie, wie in der ‚wirklichen‘, teilweise unerkannt lebte, und was in der einen unmöglich ist, gelingt in der anderen. Von ihren verschiedenen Zeiten aber sagte sie heiter: Unsere Zeit. … So birgt ihr tiefer und dauerhafter Wunsch für die geheime Existenz ihres Werkes: Dieser lange, nicht enden wollende Weg zu sich selbst.

Welch ein Vermächtnis! Bis zum Schluss bleibt die gerade auch von Hans Mayer in seiner Deutschen Literaturgeschichte (s.o.) aufgeworfene Frage nach der Identität der Namensgleichen weiter offen; zumindest kann man die Behauptung wagen, dass in der Romanfigur, die vielleicht ‚wirklich‘ gelebt hat und mit der Schriftstellerin Christa Wolf eng befreundet war, oder eben eine Fiktion ist, eine ganze Menge von Christa Wolf selbst steckt. Sie, die in späteren Werken immer wieder in große weibliche Rollen wie Kassandra oder Medea ‚geschlüpft‘ ist, um mittels der (distanzierenden) Historisierung und der Fiktion eine sozialkritische Haltung einnehmen zu können, hatte vielleicht in Christa T. auch die Möglichkeit gesehen, auf diese Art geschützt Stellung zu beziehen, etwa in Sachen realistischen Schreibens, Auffassungen und Überzeugungen, die mit den offiziellen Vor- oder Maßgaben zum ‚sozialistischen Realismus‘ durchaus in Nichtübereinstimmung standen. Wer weiß?

Christa Wolf: Kindheitsmuster

Der Roman ist 1976 im Aufbau-Verlag in der DDR erschienen und wurde 2007 auch in der Bundesrepublik bei Suhrkamp verlegt.

Kindheitsmuster ist der autobiografisch grundierte Faschismus-Roman von Christa Wolf, in welchem sie individuelle und kollektiv Erfahrungen der Nazizeit verarbeitet: ein Erinnerungswerk an eine Kindheit in den 1930/40er Jahren, die in Landsberg an der Warthe (Provinz Brandenburg, Regierungsbezirk Frankfurt) spielt, um dann die Erlebnisse einer Jugendlichen namens Nelly und ihrer Familie während des Krieges und auf der Flucht gen Westen zu schildern. Auf einer zweiten Zeitebene reist Nelly rund vierzig Jahre später mit ihrem Mann, ihrem Bruder und ihrer Tochter Lenka (nicht zufällig im gleichen Alter wie Nelly damals) mit dem PKW nach Polen, um die Stätten ihrer Kindheit aufzusuchen.

Ein Buch voller Reflexionen über die Zeit in Form wie im ständigen Wechsel von Vergangenheit und Gegenwärtigkeit; Gedächtnis und Erinnerung; Nationalsozialismus als konkrete Erfahrung in der unmittelbaren Nähe von Familie und Nachbarschaft, von Schule und Lehrpersonal; von Prägungen, Denkmustern, Erziehungsprinzipien, Vorbildern und abschreckenden Beispielen menschlichen Verhaltens. Es geht um nichts weniger als die Frage nach Schuld und Mitschuld der deutschen Bevölkerung an den Verbrechen des Nazi-Regimes, auch und vor allem in Form des stillen Einverständnisses, der Zustimmung, des Mitmachens und der Langzeitwirkung von Prägungen im Spiegel kritischer Selbstbetrachtung einer Autorin, die sich und andere ständig danach fragt: *Wie sind wir so geworden, wie wir heute sind?*

Eine weitere Intention Wolfs ist es, das kollektive Vergessen und (Ver)Schweigen von (bzw. über) Mittäterschaft aufzubrechen, damit sich die *Geschichte nicht wiederholt* – immer wieder gibt es aktuelle Einsprengsel von Szenen aus dem Vietnamkrieg und über den Militärputsch in Chile als Beleg für die Wiederkehr des Schreckens und Grauens.

Mit dem Roman hat die Autorin an bestimmten Tabus der offiziellen Geschichtsdeutung der DDR gerüttelt; zum einen, indem sie aus Erfahrung nachweist, dass das Naziregime auf eine breite Zustimmung in der Bevölkerung gestoßen ist, während sie offiziell als Opfer einer Ideologie angesehen wurde; zum anderen, dass man die Auseinandersetzung mit der NS-Vergangenheit im eigenen Land für abgeschlossen ansah und Wolfs erneute Beschäftigung damit mindestens für unzeitgemäß, wenn nicht für illegitim hielt; des weiteren widerspricht die Darstellung der Massenflucht gen Westen im Roman als einer Flucht vor der Sowjetarmee und *den Russen* der offizieller Darstellung, nach der diese als Retter und Befreier galten. Bedenkt man zudem, dass der Roman in der Zeit der Ausweisung Wolf Biermanns aus der DDR erschien, gegen die sich auch Christa Wolf öffentlich kritisch bekannte, so ‚erklärt‘ sich, dass das Werk seitens der Kritik in der DDR fast vollständig ignoriert, wenn nicht totgeschwiegen wurde – mit wenigen Ausnahmen wie beispielsweise der Würdigung des Romans durch Stefan Hermlin.

Im Westen soll der Roman teils euphorisch gefeiert worden sein, teils niedergemacht. Dem *Spiegel* beispielsweise galt er als literarisches Dokument für den *Mut zur Unaufrichtigkeit* (so der Titel einer Rezension Hans Mayers von 1977), da sich hinter den *scheinbar bloß literarischen Reflexionen die politischen Argumente …* *hervordrängen*, die auf ein *Verschweigen der Wahrheit* hinausliefen. Man fragt sich, warum Hans Mayer zum Erscheinungszeitraum des Romans dieses negative Urteil fällt, während er später in seiner literaturgeschichtlichen Abhandlung *Deutsche Literatur 1945-1985*, erschienen 1988/89, anerkennend und würdigend davon spricht: *Sie hat als Schriftstellerin kein Geheimnis gemacht aus diesem braunen Milieu, in dem sie in Landsberg an der Warthe aufwuchs. Ihr Roman ‚Kindheitsmuster‘ von 1976 ist ihr bisher umfangreichstes Erzählwerk geblieben. Mutig zweifellos in der für damalige DDR-Literatur beispiellosen Entschlossenheit, das Leben in einer Welt von Mitläufern und Gefolgsleuten des Dritten Reiches klar, geschärft durch Kindheitserfahrungen, als breites und allgemeines Kindheitsmuster zu schildern.* Sie habe damit dem offiziellen Bild von der *Kraft der Schwachen* (Anna Seghers) des deutschen Volkes zu Recht widersprochen. *Nichts davon war historisch belegt. Christa Wolf hatte als Kind das Gegenteil erfahren, um es nie wieder zu vergessen.*

Hans Mayer hat (wie w.o. beschrieben) auch den Vorgänger-Roman *Nachdenken über Christa T.* in seiner Literaturgeschichte ausführlich behandelt und literarisch gewürdigt, während er in der besagten Rezension von 1977 auch diesen politisch anzweifelt, indem er ihn in eine Linie zum *Kindheitsmuster* stellt. Um diesen Widerspruch zu erklären, geben die *Tagebücher* von Fritz J. Raddatz, der Mayer gut gekannt hatte, Hinweise; dort heißt es u.a., dass Mayers *ästhetische Urteile … vollkommen nach Laune austauschbar* gewesen seien; ein und derselbe Autor, wie etwa Peter Handke, fiel mal in Gnade, mal in Ungnade; im Fall von DDR-Autorinnen und Autoren liege das auch daran, dass er *mit der DDR beleidigt* gewesen sei, worunter dann die von ihm Besprochenen zu leiden gehabt hatten (F. J. Raddatz, Tagebücher 1982-2001, 54, 865).

Hier nun einige zentrale Aspekte, die zum Verständnis des Romans *Kindheitsmuster* beitragen wie zum (Wieder-)Lesen motivieren mögen:

Ein großes Thema ist die Suche nach Erklärungen für das Massenphänomen der *Übereinstimmung*. Die Autorin fragt sich, wie, aufgrund welcher Prägungen, es entstehen konnte und welche Konsequenzen es gezeitigt hatte. Nelly erfährt wie Millionen anderer als Kind die Erziehung zu Gehorsam und Unterordnung. Etwa in Form der Aufforderung, *Vernunft anzunehmen*. Wenn das Kind dem gehorchend nachkommt, gelingt meist eine *Übereinstimmung* über Jahrzehnte hinweg. *Vernunft als Dämpfer: ein Regelungssystem, das einmal eingebaut, hartnäckig darauf besteht, das Signal für ‚Glück' nur im Zustand vernünftiger Übereinstimmung aufleuchten zu lassen.*

Die Zeiten, in denen Nelly heranwächst, sind von einem spezifisch autoritären Geist des NS-Regimes geprägt, der auf der individuellen Erfahrungsebene die Unterwerfung zu einem Akt freiwilliger Zustimmung macht. Das Mädchen tritt – gegen den Rat ihrer Mutter – freiwillig und *überzeugt* dem *Bund deutscher Mädel* bei, wo sie ihren Dienst so ordentlich versieht, dass sie später zur *Führerin* befördert wird. Christa Wolf reflektiert diese Bereitschaft damit, dass drei Motive im Spiel waren: neben Ehrgeiz und Geltungsbedürfnis ging es um *Kompensation*, eine Art Tauschgeschäft: *Anerkennung und verhältnismäßige Sicherheit vor Angst und übermächtigem Schuldbewußtsein werden ihr garantiert, dafür liefert sie Unterwerfung und strenge Pflichterfüllung. Sie hat erlebt, daß sie den Zweifeln nicht gewachsen ist. Sie nimmt sich jede Möglichkeit zu zweifeln, vor allem an sich selbst.*

Das hier angesprochene Schuldbewusstsein hat zunächst nichts mit der kollektiven Mitschuld an den Nazi-Verbrechen zu tun, sondern ist ein Wesensmerkmal des Mädchens, das sich für alles Mögliche stets und ständig schuldig gefühlt. Durch die Zugehörigkeit zur Organisation BDM löst sich dieser Mangel an Selbstbewusstsein, aber auch der kritische Impetus des Zweifel(n)s in der Hierarchie des Kollektivs scheinbar auf und amalgamiert im Gefühl der Stärke und Überlegenheit.

Dem Mechanismus *vom Ich zum Wir* widmet die Autorin viel Aufmerksamkeit, da es um nichts weniger als eine Identitätsproblematik geht. Die Ausbildung eines *Ichs* wurde zugunsten des Kollektivs verhindert – oder das Ich wurde, wenn es bereits in Ansätzen ausgebildet war, *ausgetrieben*, was fatale Konsequenzen in Form verbreiteter Ich-Schwäche hatte. Man sieht hieran, dass Christa Wolf im Bemühen, solche Phänomene wie Unterwerfung zu erklären und die Mechanismen, die dazu führen, aufzudecken, auf sozialpsychologische Ansätze, wie etwa psychoanalytische, zurückgreift, womit sie auch eine gewisse Objektivität und Verallgemeinerungsfähigkeit ihrer subjektiven Beobachtungen erreicht.

Das zeigt sich auch an der Rolle von Vorbildern. Nellys Idol in der Schulzeit ist eine ihrer Lehrerinnen namens Julia, die ihr zur Identifikationsfigur gereicht. Diese war nicht nur Parteimitglied und überzeugte NS-Verfechterin, sondern verfügte auch über eine gediegene kulturelle Bildung und große persönliche Ausstrahlung. Wolf macht an der engen Beziehung Nellys zu Julia über die *vorbehaltlose Zustimmung* hinaus noch fest, dass es sich nicht nur um Unterwerfung gehandelt hat, sondern um *ein Bündnis, ein Einverständnis von Grund her, dabei allerdings doch auch … eine Art von Gefangenschaft? Nelly lernte die Liebe zuerst als Gefangenschaft kennen.*

Wie ist dieser Ausdruck zu verstehen? Gefangenschaft bedeutet Unfreiheit, Fesselung, Eingesperrtsein, Bestrafung für eine Missetat. Deutet sich hier eine Entwicklungsperspektive des Mädchens im Sinne einer Emanzipation an? Oder geht es wieder um einen Tausch? Das bleibt offen.

Zur Identitätsproblematik gehört über den Mechanismus *vom Ich zum Wir* hinaus für die Schriftstellerin Wolf noch einiges mehr. Interessanterweise fasst sie ihre Hauptfigur Nelly aus der Kinder- und Jugendzeit in der 3. Person ab: *sie*; als erwachsene Frau wird sie zum *Du*, zur 2. Person, mit der die Erzählerin sie anspricht; die 1. Person kommt nicht vor. Wir wissen aus dem Vorgänger-Roman über *Christa T.*, welche Entwicklungs- und Lernprozesse diese Figur zu durchlaufen hatte, bis es ihr gelang, *endlich Ich sagen* zu können. Dasselbe findet sich nun im *Kindheitsmuster*.

Unter Aspekten der Erinnerung heißt es hier:

Es ist der Mensch, der sich erinnert – nicht das Gedächtnis.

Der Mensch, der es gelernt hat, sich selbst nicht als Ich, sondern als Du zu nehmen. Ein Stilelement wie dieses kann nicht Willkür oder Zufall sein. Der Sprung von der dritten Person in die zweite (die nur scheinbar der ersten nähersteht) am Morgen nach einem lebhaften Traum. Neben dem Identitätsproblem leuchtet an diesem Zitat eine 3. Ebene der Konstruktion des Romans auf, nämlich die der Reflexion der Autorin über ihr Schreiben, über Sprache und Stilformen aus jener Zeit, während sie den Roman schrieb. An verschiedenen Stellen hadert sie mit Phänomenen der *Selbstzensur, Selbstbewachung*, ja *Selbstbespitzelung*, die sie anscheinend internalisiert hatte und von denen sie sich über Bewusstmachung befreien wollte, um der Anforderung an sich selbst Genüge zu tun: *ganz anders* zu schreiben, damit *der Riß zwischen dem, was zu sein man sich zwingt, und dem, was man ist, sich schließt.*

Ich halte – auch vor dem Hintergrund der Kritik von Hans Mayer – Christa Wolfs tiefgreifende, kritische (Selbst-) Reflexionen über Erinnerung, Vergessen, Filterungsmechanismen des Bewusstseins etc. für so relevant, dass ich mit einem längeren Zitat zu dieser Problematik aufwarten möchte:

Darauf warst du nicht vorbereitet. Die Schule, die Straße, der Spielplatz liefern Gestalten und Gesichter, die du heute noch malen könntest. Wo Nelly am tiefsten beteiligt war. Hingabe einsetzte, Selbstaufgabe, sind die Einzelheiten, auf die es ankäme, gelöscht. Allmählich, muß man annehmen, und es ist auch nicht schwer zu erraten, wodurch; der Schwund muß einem tief verunsicherten Bewußtsein gelegen gekommen sein, das, wie man weiß, hinter seinem eigenen Rücken, dem Gedächtnis wirksame Weisungen erteilen kann, zum Beispiel die: Nicht mehr daran denken. Weisungen, die über Jahre treulich befolgt werden. Bestimmte Erinnerungen meiden. Nicht davon reden. Wörter, Wortreihen, ganze Gedankenketten, die sie auslösen konnte, nicht aufkommen lassen. Bestimmte Fragen unter Altersgenossen, nicht stellen. Weil es nämlich unerträglich ist, bei dem Wort ‚Auschwitz‘ das kleine Wort ‚ich‘ mitdenken zu müssen. ‚Ich‘ im Konjunktiv Imperfekt: Ich hätte. Ich könnte. Ich würde. Getan haben. Gehorcht haben.

Dann schon lieber: Keine Gesichter. Aufgabe von Teilen des Erinnerungsvermögens durch Nichtbenutzung. Und an Stelle von Beunruhigung darüber noch heute: Erleichterung. Und die Einsicht, daß die Sprache, indem sie Benennungen erzwingt, auch aussondert, filtert: im Sinne des Erwünschten. Im Sinne des Sagbaren. Im Sinne des Verfestigten. Wie zwingt man festgelegtes Verhalten zu spontanem Ausdruck?

Da spricht eine Schriftstellerin, die sich ihrer Verantwortung über alles, was sie sich mit diesem Roman (und darüber hinaus) auferlegt und vorgenommen hat, bewusst ist: über das Thema in seiner Vielschichtigkeit; ihre mögliche Selbstverstrickung und –beteiligung qua Erlebt- und Mitgemacht-Habens; die Fallstricke des Gedächtnisses, der Erinnerung und des Verdrängens von Erleben und Erfahrung; gewünschtes normiertes Verhalten versus Anforderungen an sich selbst, zumal als Schreibende usw. Solche Passagen lesen sich fast quälend angesichts des Ausmaßes an Skrupeln, Selbstvorwürfen, sich selbst-infrage-Stellens – was man bei Christa Wolf auch aus anderen ihrer Werke kennt – , dann aber auch staunend genau darüber: Vor der Klammer steht bei ihr die kritische Selbstbefragung, dann erst kommen Themen wie die Mittäterschaft breiter Bevölkerungsschichten und das Verleugnen von (Mit-)Schuld an den NS-Verbrechen zur Sprache.

Mittäterschaft als Massenphänomen gab es in der Herkunftsregion Nellys und ihrer Familie genauso wie überall in Deutschland und im deutschsprachigen Raum wie etwa in Österreich. In Erscheinung trat sie bekanntlich in verschiedenen Abstufungen und Formen: als Wegschauen bei der Festnahme und Deportation von jüdischen Mit-Menschen; als Zustimmung aufgrund latenter wie offener Abneigung gegen alles Jüdische; als Einräumen von Unrecht im Allgemeinen bei gleichzeitigem Sich-Freisprechen von persönlicher Schuld etc. Unter den Topoi *Wir haben nichts gewusst* sowie *Ja, aber ich/wir doch nicht* verwandelte sich die Mitschuld in eine massenhaft getragene weiße Weste.

Die Freisprechung von Schuld kam auch in Form der Behauptung auf, man sei belogen worden. *Belogen? Das wäre wohl zu einfach gedacht ... Über die wichtigsten Dinge sei ja niemand belogen worden. Habe Hitler nicht von Anfang an mehr Lebensraum für das deutsche Volk gefordert? Das sei für jeden denkenden Menschen der Krieg gewesen. Habe er nicht oft und oft gesagt, er wolle die Juden ausrotten? Er hat es, soweit er konnte, getan. Er hat die Russen zu Untermenschen erklärt. Als solche wurden sie dann behandelt, von Leuten, die glauben wollten, daß es Untermenschen waren...*

Christa Wolf sieht in solchen Schutzbehauptungen wie in solchem Verhalten insgesamt das *schleichende Gift der Zersetzung*, das auch in der Nachkriegszeit weiterwirkt, nicht nur in Redewendungen wie *bis zur Vergasung*.

So gibt sie auch dem Ausdruck der *Massenverbrechen* eine doppelte Bedeutung, wonach er sowohl das *Verbrechen an den Massen* als auch das *massenhafte Auftreten von Tätern und Mittätern* bezeichnet. In der Person des *Emil Dunst*, der Nelly als einer aus der Nachbarschaft bekannt ist, sieht die Autorin den prototypischen Mitmacher: *überall einsetzbar, für alles zu verwenden*, immer tüchtig und pflichtbewusst zu tun bereit, was von einem verlangt wird. Unterwerfung eben. Und, wie ein überlebender Auschwitz-Häftling über den Charakter der SS-Bewacher sagt: *Austauschbar.*

Zum Schluss sei die Aufmerksamkeit noch auf Phänomene wie *Sprach-Unmächtigkeit, Erinnerungs- und Gewissensverlust* in Christa Wolfs Roman gelenkt, die mit Fragen der *Aufarbeitung* und *Bewältigung* der NS-Vergangenheit als Bürde der deutschen Geschichte zu tun haben.

Unter einer in der Bevölkerung verbreiteten *Sprach-Unmächtigkeit* versteht die Autorin eine gewisse Sprachlosigkeit, also die Unfähigkeit des Sprechens über Ereignisse oder Erfahrungen oder Erlebnisse, die als unpassend, also nicht ins Bild, nicht in die gewohnten Ordnungsschemata passend, wahrgenommen oder als peinlich empfunden und deshalb verschwiegen oder verdrängt worden sind. *Diese Sprach-Unmächtigkeit. Gut beleuchtete Familienbilder ohne Worte. Sprachloses Gebärdenspiel auf ordentlich aufgeräumter und abgestaubter Bühne.* Da sie diese befleckte Form der Wohlanständigkeit nicht billigen kann, zieht sie daraus eine radikale Konsequenz: *Wovon man nicht sprechen kann, muß man allmählich zu schweigen aufhören.* Es handelt sich um die Umdeutung einer Aussage von L. Wittgenstein (*Wovon man nicht sprechen kann, darüber muß man schweigen*), deren Sinn hier ins Gegenteil verkehrt wird.

Zum Verschweigen gehört das Verdrängen, zum Verdrängen wiederum der *Erinnerungsverlust*, und dieser geht bei Christa Wolf mit dem *Gewissensverlust* einher. *Chronische Blindheit … Daß die Frage nicht heißen kann: Wie werden sie mit ihrem Gewissen fertig?, sondern: wie müssen die Verhältnisse beschaffen sein, die massenhaft Gewissensverlust zur Folge haben?* Wenn an dieser Stelle von den *Verhältnissen* die Rede ist, dann wird im Roman nicht etwa das Subjekt (individuell wie kollektiv) von Schuld freigesprochen oder zum Opfer derselben erklärt – es ist vielmehr der Versuch einer materialistischen Erklärung von Massenphänomenen wie dem Verlust des moralischen Kompasses in Form von Gewissensverlust.

Wie wichtig der Autorin gerade diese Frage auch als eine auf der subjektiv-individuellen Ebene ist, zeigt sich an folgender Szene: Nelly Mutter spricht mit einem überlebt habenden KZ-Insassen über die Gründe, warum er ins KZ gekommen sei; dieser antwortet: ‚*Ich bin Kommunist.*‘ ‚*Ach so, sagte die Mutter. Aber deshalb alleine kam man doch nicht ins KZ.*‘

Nelly mußte sich wundern, daß sich im Gesicht des Mannes doch noch etwas verändern konnte. Zwar konnte er keinen Zorn mehr zeigen, oder Verblüffung, oder auch nur Erstau-

nen. Ihm blieben nur die tieferen Schattierungen der Müdigkeit. Wie zu sich selbst sagte er, ohne Vorwurf, ohne besondere Betonung: Wo habt ihr bloß alle gelebt.

Natürlich vergaß Nelly den Satz nicht, aber erst später – Jahre später – wurde er ihr zu einer Art Motto.

Das Zitat spricht für sich.

Mit ihrem Roman *Kindheitsmuster* – im Singular verstanden, also nicht diverse Muster als Prägungen, sondern dieses eine, das eine ganze Generation, nämlich ihre, durch das Naziregime geprägt hat – hat Christa Wolf viel für die Aufarbeitung des Faschismus in Ost und West geleistet. Dabei ist unerheblich, wann sie diesen schrieb, denn hier gilt kein Zeitpunkt für richtig oder falsch, sondern das Gelingen eines solchen Projekts: die tiefe Durchdringung von Bewusstseinsphänomenen (inklusive solchen des Unbewussten), die zur Erklärung des Mitmachens, des Daran-Glaubens, der Unterwerfung etc. beigetragen haben. Dazu musste auch erst einmal die Fähigkeit als Schriftstellerin herangereift sein, sich dieser Aufgaben gewachsen zu fühlen. Auch Peter Weiss hat die *Ästhetik des Widerstands* als seinem Roman zur Verarbeitung des Faschismus ‚erst' in den 1970er Jahren geschrieben. Oder Dieter Wellershoff, der sein Buch *Der Ernstfall – Ansichten des Krieges* ebenfalls relativ spät vorlegte. Kurzum: Nicht auf das Wann kommt es an, sondern dass überhaupt diese aufklärende Literatur geschrieben wurde und wie, mit welchem Impetus, dies geschah, ist von Bedeutung.

Luise Rinser: Den Wolf umarmen

Eine bekannte Schriftstellerin wie Luise Rinser (1911-2002), die sich mit ihren Romanen und Gedichten einen Namen gemacht hat, schreibt in den 1970er Jahren ihre Autobiografie. Da fragt man sich sofort, wie sie dieses Projekt als Literatin angelegt hat, und ist gespannt darauf, es lesend zu erfahren. Zumal ich meine, mich in diesem Genre ein wenig auszukennen, da ich mein damaliges literaturwissenschaftliches Studium mit einer Promotion über Autobiografien abgeschlossen hatte (*Bürgerliche Autobiografie und proletarische Selbstdarstellung*, Ffm. 1981). Doch Luise Rinser macht mich wirklich erstaunen: dieses ihr Erinnerungswerk über die ersten 35 Jahre ihres bewegten Lebens ist etwas Besonderes, und zwar in Anlage und Aufbau des Buches wie in den Verknüpfungen von Aspekten und Stadien ihrer Lebensgeschichte mit ihren frühen literarischen Versuchen. Und wenn sie das tut, dann dienen ihr diese zugleich als Gedächtnisstütze wie als ‚Wahrheitstest', d.h. das zeitnahe Erleben und Erfahren, das sich im literarischen Werk spiegelt, regt die Erinnerung an und dient dann auch als Prüfmöglichkeit auf ihren Wahrheitsgehalt. Literarische Texte sind ja frei vom Anspruch auf Authentizität, Fiktion ist sozusagen angesagt, aber ihren Stoff schöpfen die Schreibenden häufig aus Erlebtem und im Leben Erfahrenem. Autobiografien hingegen sollen möglichst authentisch sein, eher faktenbasiert und daher dem Wahrheitsanspruch mehr verpflichtet als das literarische Schreiben. Und so dient der Autorin beispielsweise ihr erster Roman *Die gläsernen Ringe* (Erstveröff. 1941) der Vergegenwärtigung, sie steigt mittels der hier vorgenommenen Literarisierung ihrer schwierigen Kindheit und Jugend *mitten ins Leben* ein, unterscheidet dann aber sorgfältig, was *authentisch* daran und was *erfunden* sei. Auch der Rückgriff auf Briefe aus späteren Lebensphasen ermöglicht ihr diese Vergegenwärtigung, sofern sie als Dokumente erhalten und verfügbar geblieben sind. Während der langjährige briefliche Austausch mit einem guten Freund ihr fast vollständig vorliegt, sind etwa die Briefe von Hermann Hesse, geschrieben in der Nazizeit, von ihr selbst *ins Feuer geworfen*, also vernichtet worden, weil sie zu *gefährlich* waren – was sie allerdings auch nicht mehr vor ihrer Verhaftung bewahren konnte.

Das Datum 1. September

Zurück zum Anfang? Mitnichten. Das Buch beginnt mit dem Datum *1. September 1979*. Könnte es den Zeitpunkt der Fertigstellung ihrer Autobiografie fixieren? Doch wie sich zeigt, meint dieses Datum hier mehreres zugleich; sie schreibt:

Auf den Tag genau vor vierzig Jahren nimmt eine junge Frau, im vierten Monat schwanger, den Wäschekorb voll nasser Wäsche, steigt die steile Betontreppe zum Dach hinauf..., um dann weiter diese alltägliche Handlung und den Kontext, in dem sie geschieht, zu beschreiben. Diese junge Frau ist sie selbst. Rinser wählt die 3. Person statt der ersten, und im Fortgang des Textes wechselt sie zwischen beiden Formen: immer dann, wenn es um die *junge Frau* oder später die *junge Autorin* geht, wählt sie die eher distanzierende 3. Person, wahrscheinlich um den Prozess der Reifung als Literatin besser, d.h. wie von außen beobachten und beschreiben zu können.

Genau vor vierzig Jahren, am 1. September 1939, passiert bei ihr persönlich wie zugleich in der Weltgeschichte etwas Gewaltiges: Sie selbst wird nicht nur Wäsche aufhängen, sondern mit dem Schreiben an ihrem ersten Roman (der autobiografisch angelegt sein wird) beginnen. Und Adolf Hitler überfällt Polen, der Zweite Weltkrieg ist entfacht.

Wir befinden uns also erst einmal in dieser finsteren, bedrückenden Zeit und in der räumlichen Umgebung von Braunschweig, wo Rinsers Ehemann die Stelle des Dritten Kapellmeisters am Staatstheater bekleidet. Und sofort bekundet die in Bayern gebürtige und aufgewachsene Autorin diese Region als *nordisch finstere Welt, fremd, fremd,* wo sie nicht heimisch werden kann. Ihr fehlen die Berge, und zwar die ‚richtigen‘, die für sie nur in den Alpen stehen können. Sie weiß um den Krieg und sie meint, sie könne ihn *hier nicht überstehen. Sie will heim.* Doch als politisch wache Menschen haben sie und ihr Mann *diesen Krieg lange kommen sehen und sich längst im Widerstand gegen den Diktator* befunden. Sie mussten auch ständig damit rechnen, mit ihrer politischen Haltung aufzufliegen, lebten also im permanenten Zustand der Gefahr, wo das Spitzelunwesen selbst im Wohnhaus oder am Theater umtriebig war.

Und genau an diesem 1. September 1939 tut die junge Frau *etwas Unerwartetes, sie selber ganz und gar Überraschendes: sie beginnt zu schreiben, wie gejagt, sie schreibt und schreibt, als gehe es um ihr Leben, und in der Tat, es geht um ihr Leben, sie muß sich retten, der tollwütige Hund ist hinter ihr her, er hechelt und hat Hitlers Augen und Hitlers Stimme, und er hat Polen den Krieg erklärt und der Welt und dem Leben. Sie muß sich retten, des Kindes wegen, und es gibt nur eine Art, sich zu retten: sie muß schreiben.*

Das also ist die Geburtsstunde des Romans *Die gläsernen Ringe*, ihr erstes Buch, dem allerdings bereits erste Schreibversuche aus ihrer Schulzeit etwa in Form von Theaterstücken und Erzählungen vorausgegangen waren. Doch mit dem Roman wird die vorher Unbekannte *mit einem Schlag bekannt*. Nicht nur ihr Mann ist von der Lektüre des ersten Kapitels sofort begeistert und fordert sie auf, es an bekannte Persönlichkeiten wie etwa den Verleger Peter Suhrkamp zu schicken; der sie wiederum inständig bittet, dieses Werk zu vollenden, damit es in seinem Verlag erscheinen kann. Suhrkamp, der auf Rinser bereits als Jugendliche aufmerksam geworden war und Anteil am Zustandekommen des Ringe-Romans hatte, betrachtet sich später als Entdecker eines großen literarischen Talents, vor allem einer *neuen Dichterin*. Und auch Hermann Hesse, mit dem Rinser inzwischen in brieflichen Kontakt steht, würdigt dieses Buch in einem Brief in hohen Tönen (die Passage, dass es sich um ein *Bekenntnis zum Geistigen* handele – in Zeiten der Blut- und Boden-Literatur also einen Kontrapunkt setzend – wird von Rinser mit Stolz zitiert).

Immer wieder reflektiert sie die Bedeutung des Schreibens und den Stellenwert, den ihr erstes Buch damals für sie hatte: *Sie begann den Weg nach innen, den Abstieg ins eigene Wesen. Sie war sich dessen nicht bewußt, sie schrieb träumend, wiewohl nicht ohne Kunstverstand, der war eben da, angeboren.*

So geht es erst einmal weiter mit der Erzählung über die Anfänge ihres Schreibens: die *junge Autorin* ist eingeführt. Bis Rinser zur erwarteten Chronologie, einsetzend mit der Kindheit, kommt, müssen die Lesenden etwas Geduld aufbringen. Die lohnt sich allerdings, denn egal womit Rinser beginnt oder worüber sie schreibt, ob chronologisch oder in zeitlichen und räumlichen Sprüngen dargestellt: alles ist bei ihr durchdacht und reflexiv konzipiert, eben anders, als man es von Lebenszeugnissen sonst erwartet oder gewohnt ist.

Luise Rinser im Kurz-Portrait

Will man diese Autorin vorstellen, so wäre in einem gerafften Portrait (der Ausdruck *Steckbrief* verbietet sich in diesem Kontext und diesen Zeiten) zu vermerken: Streng katholisch-konservativ erzogen; problematisches Verhältnis zu den Eltern; Ungehorsam als Motor zur Selbstbefreiung; Überfliegerin am Mädchengymnasium, die schon als Teenager philosophische Texte von Klassikern liest, aber auch mit einem Einser in Physik ihr Abitur hinlegt; hochmusikalisch; frühe Politisierung; politischer und sozialer Instinkt oder Sinn; Antifaschistin mit politischem Durchblick; geborene Pädagogin, mit Herz und Verstand im Einsatz für die Ärmsten; Sinn für die fernöstliche Kultur (Buddhismus) über Selbstaneignung in jungen Jahren; geborene Schriftstellerin mit ersten Schreibversuchen im Jugendalter; frühe Entdeckung ihres literarischen Talents; im Widerstand gegen die Nazi-Diktatur mit den Mitteln einer Intellektuellen; Verhaftung durch die Schergen der Gestapo aufgrund von Denunziation, Einsitzen im Gefängnis; früher Tod des ersten Ehemannes, gefallen an der sogenannten Ostfront als Kanonenfutter; bittere Armut in der Nachkriegszeit, gleichzeitig Geburtsstunde einer großen Laufbahn als Schriftstellerin; spätere Heirat von Carl Orff (außerhalb der hier erzählten Zeit).

Elternhaus und Erziehung

Dass Luise Rinser sich ausführlich zu ihren Eltern und deren Erziehungsprinzipien äußert, unter denen sie lange gelitten hat, ist mehr als nachvollziehbar, denn hier geht es nicht nur um Unterdrückung, sondern zugleich um die Ausbildung eines Widerstandspotentials, das immer wieder unter dem Vorbehalt der *Sünde* gestanden hat: *Ist Ungehorsam eine Sünde?* fragt sie rhetorisch. So rigoros bis rigide die Mutter, die als gebildet und belesen, aber auch als gefühlskalt charakterisiert wird, versucht, die Freiheitsgrade ihrer Tochter zu begrenzen und ihr später sogar die Vorstellung von einem Studium und einer Ehe abspenstig zu machen, desto mehr gedeihen in der Schülerin die Gegenkräfte. Doch unter dem Vorzeichen einer streng katholisch-bayerischen Erziehung, geht dies nur mit permanent eingegangenen Konflikten einher, begleitet von Gewissensqualen, gegen die elterliche und kirchliche Autorität zu verstoßen. Schließlich bezeichnet sich Rinser selbst als gläubig und religiös.

Viel stärker noch als der mütterliche Einfluss auf das Kind bzw. die Heranwachsende ist der durch den Vater. Zu diesem hat sie eine äußerst schwierige, ambivalente Beziehung, die zwischen emotionaler Bindung und dem inneren Kampf gegen dessen (Über-)Macht pendelt.

Was machte diesen Vater für sie so stark und dominant? Einerseits war er Vorbild in manchem, was der Jugendlichen Halt und Orientierung bot: Seine Liebe zur Musik – er spielte mehrere Instrumente, war musikalisch gebildet, lange Zeit nur Liebhaber, später dann hauptberuflicher Organist – und sein Interesse für Politik. Er war aber auch ein sehr schwieriger Mensch, voller Widersprüche, Brüche und Geheimnisse (aus der Perspektive des Kindes). Rinser versieht ihren Vater mit etlichen Attributen, die auf den ersten Blick sich widersprechen, jedenfalls schlecht zusammenpassen, so bspw.: Er war ein Einsamer, Frommer, ein Patriot, Nationalist, Pazifist und gleichzeitig Kriegsanhänger, Antifaschist, Monarchist, und er war *der scheu um sich blickende Wolf* (hier ist auf den Titel des Buches hinzuweisen; ungewöhnlich genug nennt sie ihre Autobiografie *Den Wolf umarmen*).

Mitten in der Auseinandersetzung mit und Erinnerung an ihren Vater fügt Rinser die folgende Episode ein:

Als mir einmal viel später ein Astrologe das Horoskop stellte, sagte er: Sie haben eine Schicksalsbestimmung durch den Vater; er liegt schwer auf ihrem Leben. Der Saturn. Der strenge dunkle Vater. Der Richter. Der Vollstrecker seiner eigenen Urteile. Der große Unnachsichtige.

Mein Vater, der weint. Mein Vater an der Orgel. Mein Vater, der mit mir Schach spielt ohne Dame. Mein Vater, der mich sein Mädi, sein Trutscherl nannte, der mich nachts auf seinen Armen trug, wenn ich schrie. Mein Vater, der mich in die Oper mitnahm.

Hier werden die widersprüchlichen Emotionen nach Rollen verteilt und gegenüber gestellt: dem Externen wird zugewiesen, die Übermacht des Vaters spekulativ zu bezeugen, ihr bleiben die Beispiele für Warmherzigkeit und Liebe. Erst nach jahrelangen Auseinandersetzungen gelingt ihr die Befreiung aus diesen Verstrickungen. Im Rückblick stellt sie fest:

Vierzig Jahre war mein Vater mein Über-Ich, mein adressiertes Gewissen, der Mann vom moralischen Geheimdienst, der Allwissende, das Auge Gottes. Was immer ich tat, ja was ich dachte: der Vater wußte es, ahnte es, beurteilte es, verwarf es, richtete und bestrafte ... Es war eine Obsession.

Kampf um Emanzipation

Ein so schwieriger innerer Kampf um Emanzipation, wie ihn Rinser durchfechten musste, ist erst im Abstand zum Erlebten und Erlittenen, in der Reflexion darüber, aus der Distanz zu erkennen und beurteilen. Und so stellt sie vieles, was mit ihr geschah und sie belastete, später (wortwörtlich und sinngemäß) „in Frage", um sich damit auseinandersetzen zu können. Immer wieder geht es ihr dabei um die Berechtigung ihrer Auflehnung, ihres Ungehorsams, ihres Widerstandes im Elternhaus wie in der Schule – statt sich *still zu fügen in Befehle und in eine Ordnung, die nicht die ihre war. War ich nicht als ... Rebellin geboren? ... Das aber war's, was meine Eltern wollten: meinen Ungehorsam brechen, mein Anderssein mir austreiben, mich auf ihren Weg zwingen, mich an sie ketten. ... Wie konnte ich begreifen, was in mir vorging, woraufhin ich angelegt war, was sich aus meinen Wirbeln und Widersprüchen einmal ergeben würde! Die ganze Erziehung zielte darauf, mich still gefügig zu machen, kleinzuhalten, immerzu ein nicht in Worte zu fassendes Schuldgefühl zu haben, immer um Verzeihung bitten zu müssen. Ich hatte recht, mich zu wehren, wenn man mich zur Reue zwingen wollte. Ich beleidigte ja nicht Gott, sondern empörte mich nur gegen angemaßte und mißbrauchte Autorität.*

Auseinandersetzungen wie diese bezeugen, welche Bedeutung die Selbstrefle-xion im Kontext ihrer Autobiografie für Luise Rinser hat. Zu vermuten ist, dass erst die literarische Verarbeitung (in ihren ersten Romanen) und später dann die autobiografische ihr die Gewissheit verschafft haben, dass sich dieser Kampf gegen falsche Autoritäten gelohnt hat. Insofern ist dieses Werk viel mehr als eine Selbstdarstellung über ihre Karriere als Schriftstellerin, es ist darüber hin-aus eine intensive Selbstklärung und -erkenntnis ihrer Potentiale und Befähi-gungen, vor allem auch die Berechtigung ihres Kampfes um ihre Befreiung und freie Entwicklung – wenn man von ‚Freiheit' in politisch schwierigsten Zeit überhaupt sprechen kann.

Im Zuge dieser Selbstreflexion berührt sie etliche neuralgische Punkte, wie etwa den Vorwurf, *hochmütig* (gewesen) zu sein, weil sie sich als Schülerin inten-siv und schwärmerisch mit Hölderlins *Hyperion* beschäftigt hat. Im Rückblick kann sie zeigen, was ihr dieses Werk, das sie in weiten Passagen auswendig hersagen konnte, bedeutet hat: es verhalf ihr, so „unreif" sie auch noch war in der Pubertät, zu einer gewissen politischen Orientierung, sogar zu einem kriti-schen Staatsverständnis im Hinblick auf die aufziehende NS-Diktatur (sie zitiert und interpretiert aus dem *Hyperion* entsprechende Passagen, ergänzt mit Stellen von Nietzsche) und damit zu ihrer politischen (Selbst-)Bildung; im Rückblick bewertet Rinser diese Hölderlin-Begeisterung in ihrer frühen Jugend als Bau-stein ihres Sinns für Politik und den großen Bedarf an Aufklärung (etwa zum späteren Verständnis des Faschismus), die in der Schule nicht geleistet wurde, wo eher das Ja-sagende Mitläufertum und die Unterwerfung eingeübt wurden. Auch dass sie in jungen Jahren sich mit der fernöstlichen Philosophie befasste, wurde von den meisten Lehrkräften in der Schule eher als *Arroganz* ausgelegt statt als ungewöhnliches Interesse und Neugier gewürdigt. Erst im späteren Briefkontakt mit Hermann Hesse konnte sie hiermit auf Verständnis stoßen, denn der Dichter war zu ihrem Erstaunen selbst lange Jahre in Indien und kannte sich in dieser Kultur aus. Auch ihre Nietzsche-Lektüre als Abiturientin war jenseits des Schul-Kanons gelegen und verhalf ihr dazu, sich einen politi-schen Durchblick zu verschaffen. Und so gibt es viele Beispiele dafür, dass die

Autorin schon von früh an ihren ‚eigenen Kopf‘ hatte und Interessen entwickelte, die zwar nicht ins Schema der Vorgaben in Sachen Bildung und Erziehung passten, wohl aber für Eigenständigkeit und Autonomie stehen.

Anleitung zum selbstständigen Denken

Auf anderer Ebene liegt ihr früh ausgebildeter Gerechtigkeitssinn; schon immer habe sie gegen Ungerechtigkeit aufbegehrt, sei auch hierin die *geborene Rebellin* gewesen, und nicht zufällig war sie vier Jahre Klassensprecherin. Auch dies wurde als *Renitenz* und Streitsucht ausgelegt. Doch Rinser hatte in der Schule auch Glück mit einigen, wenigen Lehrkräften: In der Oberstufe hatten sie einen Lehrer, der eigentlich die *Geschichte der Pädagogik* unterrichten sollte, was er auch tat, zusätzlich aber – zum Leidwesen der übrigen Klasse – auch seine großen philosophischen Kenntnisse unterbreitete. So lernte Luise in ihrer *spekulativen Phase* Platon und weitere Philosophen kennen: *Er sprach über genau das, was ich wissen wollte, wonach ich hungerte: über die großen Zusammenhänge, über den Sinn des Lebens. Seine Philosophie galt mir als Theologie.* Und sie lernte bei ihm auch einen Pädagogen aus dem 17. Jahrhundert kennen, den Begründer eines neuen Bildungsdenkens. Worüber sich ihr Sinn für eine Pädagogik schärfte, die auf dem *Konzept des selbständigen Denkens* basiert.

Der zweite Glücksfall in der Schule war eine Lehrerin, die genau nach diesem Konzept ihren Unterricht gestaltete.

So überraschte sie uns schon in der ersten Zeit mit dem Auftrag, uns eine Kenntnis Rußlands zu erarbeiten. Gut, aber wie? Wir waren daran gewöhnt, daß die Lehrer den Stoff vortrugen und wir uns Notizen machten und die Sache mehr oder minder wörtlich auswendig lernten. Jetzt aber sollten wir unsere eigenen Lehrer sein. Erinna (so hieß die Lehrerin) zeigte uns, wie man das macht. Wir lernten zunächst einmal verstehen, daß man, um Fragen stellen zu können, schon etwas wissen müßte. Was wußten wir von Rußland? Und so weiter in diesem Konzept, das auf der Reformpädagogik beruhte, zugleich aber voller ‚Empirie‘ war, d.h. ausgereift auf Basis von konkreter Anwendung und Weiterentwicklung im Unterricht.

Es wundert nicht, dass diese aufklärungsgesättigte Pädagogik später zum Maßstab und zur Richtschnur ihrer eigenen beruflichen Tätigkeit als Lehrerin geworden ist. Anleitung zum selbständigen Denken als Grundlage für jegliche Aneignung von Lernstoff im Fächerkanon, das ist es, was ihr selbst so lange gefehlt hatte und bei ihr auf fruchtbaren Boden fällt. Ob sie kurz nach Studienabschluss als Aushilfslehrerin eingesetzt ist oder später mit Festanstellung vor einer Klasse mit Kindern, die der Verwahrlosung in jeder Hinsicht preisgegeben sind – sie versucht unermüdlich und mit überbordendem Engagement gemäß diesem Konzept ihren Unterricht zu gestalten, angefangen mit der Abschaffung der Prügelstrafe: sie zerbricht den Rohrstock vor der Klasse oder fordert die Kinder auf, dies zu tun; es war mehr als eine rituelle Handlung, sondern steht für ihren auf Erfahrung beruhenden wie nahezu angeborenen pädagogischen Humanismus. Als junge Lehrerin schneidet sie bei Prüfungen stets glänzend ab, scheint im richtigen Beruf und Feld, doch ihr weiterer Einsatz als verbeamtete Lehrerin scheitert an inquisitorischen Fragen eines Schulleiters nach ihrem politischen Engagement für den Nationalsozialismus; alle Fragen nach Mitgliedschaften etc. kann sie nur mit *Nein* beantworten und kündigt dann selbst ihre weitere Lehrtätigkeit auf, bevor sie vom Vorgesetzten aus dem Schuldienst „entfernt" und mit Berufsverbot belegt wird.

Versagen der Schule im Vorfeld der NS-Zeit

Doch noch einmal zurück zu Rinsers politische Reflexionen über ihre eigene Schulzeit in den späten 1920er Jahren. Sie beklagt im Rückblick den Mangel an politischer Aufklärung durch die Lehrerschaft. *Unsere Lehrer schienen keine Spur von politischem Instinkt gehabt zu haben. Sie ließen uns die ,Weimarar Verfassung' auswendig lernen und aufsagen, aber sie erzogen uns nicht zu politischem Denken, im Gegenteil: zu Jasagern erzogen sie uns, und das in einer Zeit, in der Hitler schon einen Münchener Putsch, die Nazi-Partei gegründet, die SA geschaffen hatte und im Landsberger Gefängnis 'Mein Kampf' schrieb. ... Ich erinnere mich nicht eines einzigen Worts der politischen Aufklärung, der deutlichen Warnung in unserer Schule. ... Das was die heutige junge Generation uns vorwirft, das, sucht man schon Schuld, geht aufs Schuldkonto jener, die damals unsere*

79

ältere Generation war. Die versäumte es, uns die Schutzimpfung zu machen, die uns immuni-
siert hätte gegen den Hitlerfaschismus. … Einen stillen inneren Widerstand mag es gegeben
haben. Aber das war zuwenig, das war zu billig. Und dabei war unsere Schule eine aus-
drücklich katholische. Witterte das Schaf nicht den Metzger vor der Stalltür?

Das ist die Abrechnung Rinsers mit den damaligen Versäumnissen und Defi-
ziten gerade an Institutionen wie der Schule, die ihrem Bildungsauftrag in diesen Zeiten nicht nachgekommen ist, aus der Perspektive der 1970er Jahre. Ihre
Kritik an den christlichen Kirchen fällt noch radikaler aus, indem sie diesen eine
Mitverantwortung für und Mitschuld an den Verbrechen der Nazi-Diktatur
zuschreibt (etwa im Rahmen einer Rede, die sie anlässlich einer Gedenkfeier zur
Reichspogromnacht im Münchener Maximilianeum gehalten hat).

Mit Hermann Hesse im Briefkontakt

Ergreifend wie erhellend sind zu guter Letzt die Passagen, in denen Luise Rinser den Briefkontakt und die Begegnung mit Hermann Hesse nachzeichnet und
erklärt, welche Bedeutung seine Literatur für ihren Widerstand gegen den Nazi-
Faschismus hatte. So, wie ihr Hölderlins *Hyperion* als Jugendliche Halt und Orientierung gegeben hat, scheint Hermann Hesse diese Wirkung in späteren Jahren auf sie ausgeübt zu haben. In Zeiten der gleichgeschalteten Literatur und
Kunst bedeutete das *Bekenntnis zum Geist*, das sich in Hesses Werk spiegelt,
etwas, das *Trost und Hoffnung gab und zum Widerstand ermutigte. … Wir* (ihr erster
Ehemann und sie) *hatten damals alles gelesen, was er bis dahin geschrieben hatte.* Nach
Aufzählung der Werke, auch mit ästhetisch-kritischen Anmerkungen wie der
Grenze zum *Kitsch*, folgt die Einschätzung der Bedeutung: *Dennoch blieb Hesse für*
uns ein Meister. Er war nicht mehr jung, aber er besaß Jugend, und als ein alter junger Wei-
ser sprach er uns an. Seine Schriften trafen uns in den Lebenskern. Sie waren der eindringli-
che Aufruf zum Ausbruch aus dem Pferch und zur Selbstfindung, oder, wie C. G. Jung es
nannte, zur Individuation.

Der Briefkontakt mit Hesse, der mit einem Brief von ihr aus dem Jahr 1935
begann (und bis 1950 währte), bot die Möglichkeit des Austausch über (östli-
che) Philosophie, Literatur und Politik, aber er war gefährlich, denn der Dichter

galt als *Staatsfeind und Defaitist*. Und was war er noch für sie? *Für mich war Hesse damals die Zuflucht vor dem Nationalsozialismus. Das vor allem. Wem sonst als ihm konnte man trauen? Er war scharfer Gegner Hitlers, und er lebte in der Schweiz, er konnte vieles, alles wagen.*

Dass sie, wie eingangs bemerkt, seine Briefe bis 1944 *in großer Angst und Hast verbrannt* hatte, ist der schmerzliche Verlust eines Zeitdokuments, umso mehr, als Rinser auch mit diesem Opfer nicht ihrer Verhaftung entgehen konnte.

Luise Rinser schließt ihre Autobiografie mit ihrem Leben in der Nachkriegszeit ab (sie hatte ursprünglich einen zweiten Teil über die 1950er bis 1970er Jahre geplant, dieses Vorhaben jedoch später verworfen): eine Zeit, die sie wie viele in bitterer Armut und Not mit zwei Kindern verlebt, in der sie sich gleichwohl politisch als engagiert - im Sinne der Aufarbeitung des Nazi-Faschismus, den Folgen und Folgerungen, die man daraus ziehen sollte. Damit gehörte Luise Rinser zu den wenigen Intellektuellen, die eine kritische Auseinandersetzung mit dem Faschismus auf Basis eigener Erfahrungen betrieben haben, indem sie sich etwa an den Gedenktagen in Form von Vorträgen dazu äußerten. Rinser spricht auch von den damaligen Chancen für Frauen im Feld der Politik und entsprechenden Angeboten, die sie jedoch alle ausschlägt. Denn eines war ihr klar: Sie wollte schreiben! Nur das. Von den Früchten ihrer literarischen Produktion, wozu gerade auch dieses hier besprochene Werk gehört, können wir noch lange profitieren.

Walter Kempowski: Tadellöser & Wolff

Der Autor titulierte dieses Buch, das 1971 erschien und den vierten Teil einer neunbändigen Romanchronik darstellte, als *bürgerlichen Roman*. Damit ist zugleich die soziale Stellung der Familie benannt, um deren Schicksal es in den Jahren von 1938 bis 1945 geht: Die Familie Kempowski gehört dem deutschen Bürgertum an und hat das nationalsozialistische Regime und den Zweiten Weltkrieg hautnah mitbekommen. Die Familiengeschichte in diesem Zeitraum wird aus der Perspektive des jüngeren Sohnes Walter erzählt, der 1938 neun Jahre alt war, und zwar in Form von Collagen aus der unmittelbaren Erlebniswelt und Alltäglichkeit, episodenhaft und detailgenau, erfahrungsnah und lebendig. Dass dabei auch Komik und Sprachwitz im Spiel sind, wird an Textbeispielen noch zu zeigen sein.

Vater Karl, Veteran des Ersten Weltkriegs, ist Reeder in Rostock mit eigenem Kontor und verfügt über ein Vermögen, das den bürgerlichen Lebensstil der fünfköpfigen Familie gut absichert. Mutter Grete ist Hausfrau und stolz auf ihre Abstammung; sie kommt aus einer frommen Hugenottenfamilie namens *de Bonsac* und repräsentiert die gesittete, feinere Lebensart, zu der auch ein gewisses Maß an kultureller Bildung gehört. Der ältere Sohn Robert absolviert nach dem Gymnasium eine gehobene kaufmännische Ausbildung und wird das väterliche Unternehmen beerben; er schwärmt für Jazz, damals als *Niggerjazz* verpönt, und hängt lockeren Lebensformen (in Kleidung, Haltung, Auftreten, Musikgeschmack) an, damit seinem jüngeren Bruder ein Vorbild. Tochter Ulla schließlich macht Abitur, studiert Anglistik und heiratet den Dänen Sven Sörensen, mit dem sie in den 1940er Jahren nach Dänemark zieht.

In der zeitnahen Kritik ist der Roman schlecht weggekommen (Gerhard Henschels Biografie *Da mal nachhaken: Näheres über Walter Kempowski*, 2009, kommt das Verdienst zu, die unzähligen Verrisse in den Feuilletons der späten 1970er Jahre dokumentiert zu haben). Hier sei nur die Tendenz der Kritiken wiedergegeben: Kempowski ergehe sich in der Idylle bürgerlichen Alltagslebens, verharmlose die NS-Zeit; er ignoriere den Holocaust durch Verschweigen der Konzentrationslager und der Naziverbrechen; er versäume es, den *ökonomischen Gesamtzusammenhang* (sic!) darzustellen u.a.m. Da war zeittypisch viel Ideologie im Spiel, aber auch reine Böswilligkeit; statt sich auf Form, Inhalt und Struktur des Romans einzulassen, wenn nicht gar auf die Absichten des Autors, fokussierte man sich auf das, was angeblich zu wünschen übrig ließ, auf das, was nicht drinsteht also. Kurzum: Hier wurde Rufmord begangen.

Will man Kempowski halbwegs gerecht werden, dann stellt sich die Frage, wie eine bürgerliche Familie den Nationalsozialismus und den Krieg erlebt und welche Anpassungsleistungen sie vollzogen hat, um möglichst ungeschoren und unbescholten davonzukommen. Ohne Zweifel gibt es deutliche autobiografische Bezüge, allein schon die Wahl des Familiennamens lässt darauf schließen.

Die Werthaltung der Kempowskis ist konservativ. So sagt Karl von sich, er sei *konservativ bis auf die Knochen, aber doch kein Nazi.* Und Grete hat an ihrem Mann das Überkorrekte beobachtet, dass es ihm zu ihrem Leidwesen sogar verbiete, einmal *was Schönes* und gute Lebensmittel aus dem Krieg mitzubringen, wie andere das tun. Das Alltagsleben der Kempowskis, als noch alle zusammen waren und der Krieg fern, ist regelgeleitet und von Normen bestimmt. Man nimmt die Mahlzeiten gemeinsam ein, und der Vater ist darauf bedacht, vom aktuellen Leistungsstand seiner Kinder in der Schule zu erfahren. Sie werden regelmäßig abgefragt (*ansage mir frisch*), was besonders Robert oft gegen den Strich geht. Der Älteste nimmt sich auch relativ viel heraus und spart nicht mit Widerspruch. So sagt er anlässlich eines Zwistes mit dem Vater einmal: *Was kümmert es die stolze Eiche, wenn sich das Borstenvieh dran wetzt.* Die Empörung über so viel Respektlosigkeit gegenüber der Autorität des Vaters ist groß; nur mit Mühe erlangt er seine Beherrschung wieder, und mit dem Verweis: *früher hätte es so etwas nicht gegeben,* wird eingelenkt.

Insgesamt jedoch sind die Familienszenen vom Bemühen um Harmonie und Eintracht gekennzeichnet. Ja, man pflegt so etwas wie einen Familien-Code, d.h. man verständigt sich mit nur den Mitgliedern vertrauten Wortkreationen – oft aus dem mecklenburgischen Plattdeutsch zusammengesetzt – oder Wortspielen, die eine bestimmte Bedeutung haben. Die Einteilung von allem Bestehenden in Gut und Böse oder Schlecht erfolgt hier nach zwei Zigarrenherstellern (Karl ist leidenschaftlicher Zigarrenraucher): der Gute heißt *Löser & Wolff*, und wenn man *tadellos* sagen will, wird daraus eben der Komparativ *Tadellöser & Wolf*; der Schlechte heißt *Miesnitzdörfer & Jenssen*, und so wird alles benannt, was einem nicht passt und gefällt. Geflügelt auch die Ausdrücke *klare Sache und damit hopp*; *total verbumfeit* (für danebengegangen); *Scheiße mit Reiße*; *gut dem Dinge*; *allerhandlei* (aus allerlei und allerhand); *immerhinque* (sagt der Lateiner); *Jija, jija; primig* (für prima); *Tomatenauto* (für Automat), *völlig iben* (für hin, kaputt, im Eimer) und so fort. Hier sind viel Sprachwitz und Kreativität im Spiel, die bisweilen an Arno Schmidt (den Kempowski sehr verehrt hat) gemahnen.

Auch bestimmte, immer wiederkehrende Redewendungen ziehen sich durch den Roman. Einen besonderen Sprachstil pflegt Mutter Grete. Wenn sie beispielsweise um etwas bittet, sagt sie: *Tut mir die Liebe und …* Oder um sich und andere wieder zuversichtlich zu stimmen, sagt sie: *Das Rad dreht sich, so kann es ja nicht weitergehen.* Oder, wenn sie sich an etwas erinnert, leitet sie ihre Aussage so ein: *Nee, was war das auch immer …* oder: *Oh, wie war das …* Oder, wenn sie mit etwas nicht einverstanden ist, sagt sie: *Wie isses nun zu fassen* bzw. *Wie isses nur möglich …*

Die Normen und Werte, die im Hause Kempowski hochgehalten werden, stehen mit denen des Naziregimes oft in Konflikt, aber im Stillen, unausgesprochen. Nur dann nicht, wenn es um Ordnung und Organisation geht. Sie halten Hitler für einen guten Organisator, etwa was die Versorgung der Bevölkerung und die Vorratshaltung in Kriegszeiten angeht (auch Walters Hamburger Großvater de Bonsac sagt von Hitler, er sei ein *fabelhafter Kerl*), und sie vertrauen ihm auch als Stratege der Kriegsführung (*von Sieg zu Sieg*). Das ändert sich im Laufe der Jahre, als die Verluste allzu groß wurden und die Männer des eigenen Umfeldes reihenweise ‚fallen‘, also zu Tode kommen. Generell halten die K.s es mit dem Regime nach der Devise: Nur nicht auffallen, nicht anecken, sich anpassen, auch wenn man anderer Überzeugung ist, mitmachen, wo es ‚geboten‘ erscheint und immer *auf dem Quivive* sein.

Für eine davon etwas abweichende Haltung, nämlich der zwischen Anpassung und schlitzohriger Verweigerung, steht der jüngere Sohn Walter: er ist unter den *Pimpfen* bei der Hitlerjugend, ob er will oder nicht, und schiebt zweimal wöchentlich *Dienst*; da geht es anfangs noch ganz harmlos zu, noch nicht um *Schliff*, sondern es hat etwas von Geselligkeit. Auch die treusorgende Mutter, die ihren *Putzel* oder *Peterpump* (so wird er von ihr genannt, auch noch mit 15) abgöttisch liebt, hat nichts dagegen.

Erst im Laufe der Zeit (die *Dienste* werden straffer und militanter, die Strafen brutaler) und mit der persönlichen Reifung von Walter gibt es Anzeichen von Widerstand: er lässt sich die Haare lang wachsen, versäumt mehr und mehr den *Dienst,* schreibt sich selbst die Entschuldigungszettel und täuscht vor, seine Uniform sei bei einem Besuch beim Hamburger Großvater verbrannt, weswegen er ohne sie erscheinen müsse – Walter schlägt sich mit dem Mittel durch, strategisch die Unwahrheit zu sagen. Für dieses Verhalten zahlt der Junge einen hohen Preis.

Wie verpönt damals lange Haare bei Jungen waren und in welche Außenseiterposition Walter sich damit brachte, zeigt sich an zweierlei: er wird von den eigenen Kameraden überfallen, die versuchen, ihm das Haar abzuschneiden; und schlimmer noch: er wird in die sogenannte *Pflichtgefolgschaft* zwangsrekrutiert, eine Strafmaßnahme und Disziplinierungseinrichtung für *Schwänzer und Bummelanten,* und auf das Übelste geschliffen, gedemütigt, beleidigt, schikaniert. Aber all das kann die provozierende Haltung des Jungen nicht brechen. An seinen langen Haaren, dem weißen Schal zu langen Hosen, dem Schlips vom Vater, dem Schwärmen für Jazz, Kino und Bücher zeigen sich Elemente einer Gegenkultur (auch zu seinem Elternhaus), die auf Eigensinn und Exzentrik basiert. Der spätere Schriftsteller Kempowski (sofern es sich hier um ein autofiktionales Selbst-Portrait handelt) entwickelt schon früh seine Anlagen.

Ansonsten: Vater Karl, Reserveleutnant, meldet sich freiwillig zum Kriegsdienst, wird wegen Mitgliedschaft bei den Freimaurern zunächst abgelehnt (was ihn tief trifft) und später dann doch eingezogen. Tochter Ulla und Sohn Robert verrichten diverse Arbeits- und Hilfsdienste, ob freiwillig oder erzwungenerma-

ßen, bleibt offen. Mit der Zeit schleicht sich auch so etwas wie eine Militarisie-
rung des Alltagslebens mit festen Feindbildern ein: Walter und seine Freunde
spielen Krieg mit kleinen Holzfiguren und rufen ,Heil! Heil!' Es kursieren
Feindbilder, hauptsächlich von *den Polen* und *den Russen*. Und *die Juden* sind ganz
besondere ,Andere'. Die folgende Szene sagt einiges darüber, wie die Jugendlichen sie voller Vorurteile und Aversionen gesehen haben:

Auf dem Schulweg – ,Seifenheimchen'– kam man an einem sehr schmalen Haus vorbei.
Anno 1903 stand über der Tür.

Im Fenster lagen stets zwei Pekinesen, wenn sie uns sahen, kläfften sie wie rasend.

Gleich gegenüber die ausgebrannte Synagoge, mit einem zerbrochenen Davidstern am gußei-
sernen Tor.

,Da wohnen noch richtige Juden', sagte Manfred. Er habe im Adressbuch nachgeschlagen.
,Abraham Glücksmann, Synagogendiener'.

Im Patriotischen Weg habe man abgeschnittene Finger gefunden, das Werk Israels. Die
mordeten Christen, zerstückelten sie und schmissen sie weg. Das war für die eine gute Tat. In
jeder Synagoge existiere ein verkrusteter Blutkeller. Dafür kämen sie in'n Himmel.

Und auf dem jüdischen Schlachthof würden die Tiere alle erstmal gemartert und dann
langsam zu Tode gequält.

Man fragt sich, wie solche zu Schreckbildern gewandelten Ammenmärchen
in die Köpfe der Kinder gekommen sind. Alles ist auf den Kopf gestellt: nicht
Christen morden Juden, sondern umgekehrt; sog. Blutkeller gibt es vielleicht in
den KZs, aber wohl eher nicht bei ,den Juden'; und das Schächten ist reine
Tierquälerei und grausamer als das Schlachten. Alles nur so daher gesponnen
und ohne jegliche Prüfung einfach übernommen von Erwachsenen.

Interessant der Hinweis des Schülers Manfred, dass dort ,noch richtige Juden' wohnen; also hat ,man' doch das ,Abholen' ganzer jüdischer Familien irgendwie mitbekommen? Weiß man doch vielleicht von den Massendeportatio-
nen, die auch die Rostocker Bevölkerung von den Juden ,gesäubert' haben?
Und ,Seifenheimchen' – eine Wortkreation vom Schlage Arno Schmidt – kann
als Verweis auf die KZs gelesen werden, wo aus den verbrannten Leichenkno-
chen der Juden Seife gesiedet wurde.

Über die Konzentrationslager gibt es, wenn überhaupt, nur ein Raunen und Gemunkel. Man weiß ja nichts Genaues.

Dann dämpfte man die Stimme und schaute sich um.
Im Nachbarrevier habe man KZ-Häftlinge arbeiten sehen.
‚Fahren Sie schnell weiter‘, habe der SS-Mann gesagt.
Die hätten böse ausgesehen. Schlimm.
‚Konzertlager‘ wurde gesagt, und: ‚Das rächt sich.‘
Aber bloß den Mund halten – ‚Junge, hörst du?‘ – Herr Hitler müsse es ja wissen.

Kempowski arbeitet auch hier wieder mit den Mittel der Sprache: *Konzertlager* für Konzentrationslager ist eine bitterböse Verharmlosung und Verballhornung einer grausamen Wirklichkeit, von der die erdrückende Mehrheit der Bevölkerung nichts wissen oder nichts gewusst haben wollte. Auch Karl Kempowski verwendet einmal diese Bezeichnung. Diese Ignoranz und Gleichgültigkeit verschafft den Protagonisten des Romans wahrscheinlich eine Gewissensentlastung. Aber der Zusatz, dass sich das räche, spricht dafür, dass die Verleugnung von Schuld ihren Preis haben wird. Es sind Feinheiten wie diese, die den Wert des Romans ausmachen.

Entlang der Chronologie der Ereignisse wird am Beispiel der Familie Kempowski deutlich, dass und wie zunächst das ganz normale Alltagsleben in bürgerlichen Verhältnissen weitergelebt wird – ohne große Einschränkungen und Entbehrungen, aber doch in der Gewissheit, dass es Krieg geben wird. Solange dieser aber noch fern ist – man liest in der Zeitung oder sieht in der Wochenschau von Großangriffen auf *Coventry* und *Exeter* – berührt einen das nicht weiter. Doch die Vorstellung von einem nahenden Angriff auf deutsche Städte versetzt Grete schon in einen ängstlichen Zustand des *Schon wieder*. Denn die Erinnerung an *den Weltkrieg* ist, da sein Ende erst 20 Jahre her ist, noch wach; sie denkt in Versorgungskategorien und befürchtet Verknappung und Rationierung.

Und dann kommt der Krieg wirklich, Rostock wird wie andere Städte schwer bombardiert, und die Familie fliegt (im Einsatz der verschiedenen Dienste) auseinander. Nur Grete und Walter bleiben zurück und leben zwischen Wohnung und Luftschutzkeller in Angst und Schrecken. Sohn Robert hat als Aufseher den Überblick über das Ausmaß an Zerstörung und berichtet regelmäßig. Er und seine Freunde meinen, *Gott sei Scheiße*, weil er den Krieg zulasse. Das ist zu viel für die gläubige Protestantin Grete, sie sucht Rat und Trost bei dem von ihr hochgeschätzten *Professor Knesel*, der immer so schön *über Blumen und Tiere* predigt. Und der spricht auf ihr Bitten zu den jungen Leuten wie folgt:

Man müsse das anders sehen, sagte er zu den ‚Boys'. Gott sei nicht Schiete, wie sie in ihrem so sympathischen jugendlichen Überschwang behaupteten – übrigens wirke dieser Ausdruck seines Erachtens im Plattdeutschen keineswegs anstößig – das sei wie ein Reinwaschen, dieser ganze Krieg, ein Reinwaschen von Schlechtigkeit. Ein durch und durch schmerzhafter Prozeß. Das könnten sie ihm glauben. Durch den müßten wir hindurch.

Spricht so ein Humanist? Nichts von Schuld, Verbrechen und Verantwortung, sondern Krieg als Gottes Prüfung, aus der eine Katharsis entsteht? Das ‚Reinwaschen' lädt wiederum zur Assoziation mit ‚Säuberung' ein – genaues Lesen ist geboten. Dann erschließt sich aus solchen Stellen beispielhaft die Stellung der Kirche zu Krieg und Nationalsozialismus.

Zum Schluss soll noch auf die Figur des Sven Sörensen eingegangen werden, der als gern gesehener Gast bei der Familie Kempowski wohnt und sich hier in einer Art Auslandsaufenthalt (nah an seinem Zuhause) befindet. Der Autor konturiert den jungen Dänen als eine Art Gegenspieler zu Karl: er sieht Deutschland von außen, und mit diesem Blick entwickelt er einen feineren Sinn für so manche Widersprüche und Unstimmigkeiten, angefangen bei der deutschen Nationalhymne, wo in der ersten Strophe die Flüsse *Belt* und *Etsch* eingedeutscht und damit *einverleibt* würden, statt sie Dänemark und Italien zuzusprechen. Bei seinen Reflexionen über Sprache und Denken stellt er einen gravierenden Unterschied zwischen Deutsch und Dänisch fest, und er befürchtet, sich mit dem Deutschsprechen schon zu sehr an das Deutschdenken angepasst zu haben: *Sein Charakter verbiege sich womöglich, weg von Klarheit und Wahrheit des dänischen Denkens, hin zum Mystisch-Dunklen, wie die Deutschen eben seien.* Sörensen, obwohl so nahe an der Kempowski-Familie dran, scheut sich auch nicht, die Deutschen als *Kriegstreiber* zu bezeichnen – Mutter Grete besteht darauf, dass sie aber auch *Kulturträger* seien – und wirft unverblümt die Frage der Kriegsschuld auf. So deutliche und kritische Worte sind die K.s nicht gewöhnt. Auch Roberts klares Feindbild von den Russen hinterfragt der zukünftige Schwager:

> *Sörensen sah Robert an und sagte: ,Feinde? Wie meinst du das?'*
> *,Na, Russen, das sind doch unsere Feinde.'*
> *,So?'*

Alles in allem: Ein Roman mit vielen Facetten. Bitterernste Sujets wie Krieg, Zerstörung und Judenverfolgung sind eingebettet in Szenen aus dem fast normalen Alltagsleben, dem Banalen und Nebensächlichen, und dies wiederum ist gewürzt mit sprachlichen Finessen, die es in sich haben und die es zu entschlüsseln gilt. Nur vordergründig waltet die ohnehin fragile Harmonie des bürgerlichen Familienlebens, darunter brodeln nicht nur die gefährlichen Zeiten und Zustände, sondern es klafft auch der politische und moralischen Abgrund. Wenn es beispielsweise immer wieder heißt: *Wie sie so sanft ruhn all die Toten* (ein Zitat des Kirchenliedes von F. G. Klopstock/F. B. Beneken), dann ist damit nicht der Friedhof von nebenan gemeint. Wenn Frau Kempowski so stolz ist auf ihre Herkunft (*ganz feines Blut*) und man in der Verwandtschaft der Überzeugung ist, der Name *de Bonsac* komme schlicht von *Bohnensack,* dann wird hier auf liebevolle Art und mit den Mitteln des Sprachwitzes bürgerlicher Hochmut aufs Korn genommen und lächerlich gemacht. *Tadellöser & Wolff* hat auch nichts von einem Regionalroman; obwohl er regional verankert ist, sind seine Aussagen mehr als überregional: Sie erklären, wie es möglich war, dass ein ganzes Volk an seinen Führer geglaubt hat und mitgelaufen ist, vor allem auch das Bürgertum, für das die Familie K. eine gutes Beispiel abgibt.

All das, gerade auch die Anspielungen auf das NS-Regime und seine Verbrechen, hat die zeitnahe Literaturkritik leider ignoriert – ob sie es nicht erkannt hat oder nicht wahrhaben wollte, sei dahingestellt.

Der Roman ist unter der Regie von Eberhard Fechner mit einer großartigen Besetzung 1975 verfilmt worden; eine gelungene Ergänzung und Veranschaulichung des Buches.

Ingeborg Bachmann: Erzählungen

Bei meiner Suche nach Anschlusslektüre stieß ich auf Ingeborg *Bachmanns Erzählungen*; ein antiquarisch erworbener Band mit sämtlichen Erzählungen dieser genialen Autorin befindet sich glücklicherweise in unserem Bücherregal. Zufällig fing ich mit *Im dreißigsten Jahr* an, und die Autorin hat mich sofort stark angesprochen. Es ist diese besondere Sprache der Verletzlichkeit, aus der Innenwelt einer sensiblen, empfindsamen Seele, zur Wahrnehmung all der Zumutungen, Kränkungen, Beleidigungen, Entwürdigungen angetan, die der ganz normale Alltag zu bieten hat. Der junge Mann, um dessen 30. Lebensjahr es geht, versucht aus diesem zu fliehen, kommt aber auf seiner symbolisch anmutenden Reise aus dem Regen nur immer wieder in die Traufe, kein Ort nirgends für ihn, keine haltbaren Freundschaften oder Liebschaften, Fremdheit allenthalben. In jeder Hinsicht ein Suchender, der nicht findet: *Wie alle Geschöpfe kommt er zu keinem Ergebnis. Er möchte nicht leben wie irgendeiner und nicht wie ein Besonderer. Er möchte mit der Zeit gehen und gegen sie stehen. Es lockt ihn, eine alte Bequemlichkeit zu loben, eine alte Schönheit, ein Pergament, eine Säule zu verteidigen. Aber es lockt ihn auch, die heutigen Dinge gegen die alten auszuspielen, einen Reaktor, eine Turbine, ein künstliches Material. Er möchte die Fronten und er möchte sie nicht. Er neigt dazu, Schwäche, Irrung und Dummheit zu verstehen, und er möchte sie bekämpfen, anprangern. Er duldet und duldet nicht. Haßt und haßt nicht. Kann nicht dulden und kann nicht hassen.*

Auch das ist ein Grund zu verschwinden.

Der Zustand der Orientierungslosigkeit dauert an, bis der junge Mann nach schwerem Autounfall mit geflickten Knochen zu einer Art Besinnung kommt: entscheidend sei, dass er lebe (und nicht, wie der Fahrer, umgekommen ist). Aber welchen Weg er dann mit Dreißig gehen wird, bleibt offen. Das Zeug zur bürgerlichen Normalbiographie hat er nicht gerade.

Alles – eine der merkwürdigsten Vater-Sohn-Geschichten, die ich je gelesen habe. Der Ich-Erzähler kann das Kind nicht annehmen, nicht lieben, keine emotionale Nähebeziehung zu ihm aufbauen, paradoxerweise, weil er es vor den ganz normalen Beschädigungen bewahren will. Wie der Name des Kindes: *Fipps* (man assoziiert: der Affe, eine Figur aus Wilhelm Buschs Geschichten), so sein Verhalten: ein Sonderling wächst heran. *Er geriet uns nach. Aber nicht nur Hanna und mir, nein, den Menschen überhaupt. Doch es gab Augenblicke, in denen er sich selbst verwandelte, und dann beobachtete ich ihn inständig. Alle Wege waren ihm gleich. Alle Wesen gleich. Hanna und ich standen ihm gewiß nur näher, weil wir uns andauernd in seiner Nähe zu schaffen machten. Es war ihm gleich. Wie lange noch?*

Er fürchtete sich. Aber noch nicht vor einer Lawine oder einer Niedertracht, sondern vor einem Blatt, das an einem Baum in Bewegung geriet. Vor einem Schmetterling. Die Fliegen erschreckten ihn maßlos. Und ich dachte: Wie wird er leben können, wenn erst ein ganzer Baum sich im Wind biegen wird und ich ihn so im unklaren lasse!

Alle Erziehungsbemühungen, Fürsorge und mütterliche Liebe bewahren den Jungen nicht davor, gewalttätig gegenüber anderen Kindern in der Schule zu werden. Er stirbt mit zehn Jahren durch einen Unfall, und wiederum paradoxerweise trauert der Vater um ihn, indem er nun seine Nähe zu dem toten Jungen verspürt. – Eine hoch reflexiv geschriebene Erzählung, die den bürgerlichen Alltag mit seinen Normalitätserwartungen aus den Fugen hebt und alles verkehrt und radikal hinterfragt.

Unter Mördern und Irren – Wien zehn Jahre nach Kriegsende. Eine Männerrunde trifft sich regelmäßig an einem Abend in der Woche zum *Reden, Trinken, Meinen.* Die Personen sind heterogen in Alter, Kriegserfahrung, Beruf und Status: man hat sich gegenüber der Situation von 1945 *neu gemischt* und auch *neu geschieden.* Mit steigendem Alkoholpegel werden die alten Geschichten hervorgeholt, natürlich über die Hitlerzeit und den Krieg. Bachmann wählt das raffinierte Mittel, die Einzelnen zu charakterisieren, indem sie sie von einem Straßenmaler porträtieren und die Zeichnungen vom Erzähler, einer der Beteiligten, deuten lässt. So erfährt man ihre Verschiedenheit auch im Denken und Meinen. *Und so sah der Alte (der Maler, P.F.) Ranitzky (einen aus der Runde, P.F.): Mit einem eilfertigen Gesicht, dem Schönwettergesicht, das schon nicken wollte, ehe jemand Zustimmung erwartete. Selbst seine Ohren und seine Augenlider nickten auf der Zeichnung.*

Es sind alte Nazis darunter genauso wie Mitläufer, Duckmäuser und Feiglinge, ,Helden' und arme Würstchen, aber auch Andersdenkende, Durchblickende, jedenfalls aus späterer Sicht – gleichwohl reichen die Übereinstimmungen und Gemeinsamkeiten als Band, das sie zusammenhält.

Das Hin und Her zwischen ihren Erinnerungen und der Gegenwart kommt einer Zerreißprobe gleich. *Alle operierten sie … in zwei Welten und waren verschieden in beiden Welten, getrennte und nie vereinte Ich, die sich nicht begegnen durften. Alle waren betrunken jetzt und schwadronierten und mußten durch das Fegefeuer, in dem ihre unerlösten Ich schrien, die bald ersetzt werden wollten durch ihre zivilen Ich, die liebenden, sozialen Ich mit Frauen und Berufen, Rivalitäten und Nöten aller Art. Und sie jagten das blaue Wild, das früh aus ihrem einen Ich gefahren war, und solange es nicht mehr zurückkehrte, blieb die Welt ein Wahn.*

Im Nebensaal grölt eine Gruppe von ehemaligen Frontkämpfern, die sich zu einem Jubiläum treffen. Plötzlich betritt ein Unbekannter den Saal und gesellt sich zu der Runde. Er gibt sich als einen aus, der zum Mörder gemacht sei. Er konnte seinen Einsatz im Krieg gar nicht abwarten, wollte statt auf den *Kriegsschauplatz* auf den *Mordschauplatz*; doch es war ihm nicht möglich zu schießen, mit der Begründung: Auf eine *Abstraktion wie den Russen* konnte er nicht schießen, er wollte *einen Menschen* erschießen! Er wurde vom Dienst suspendiert, verurteilt wegen Feigheit vor dem Feind und Zersetzung der Wehrkraft und schließlich in eine Irrenanstalt gesteckt. Er war zwar ,geheilt', konnte aber immer noch nicht schießen. Beim Verlassen des Lokals wird dieser merkwürdige Fremde von der Horde der grölenden Frontkämpfer gepackt, rausgezerrt und erschossen. – Eine Erzählung, die mir angesichts meiner langen Beschäftigung mit dem Thema Krieg und Nachkrieg reichlich unter die Haut ging. Auch die dialektische Methode, die I. Bachmann hier anwendet: die Verkehrung von Schuld und Unschuld, Krieg und Mord, Wahn und Wirklichkeit, hat es in sich und zeugt von ihrem großen schriftstellerischen Format.

Ein Schritt nach Gomorrha – Charlotte, die Hauptfigur, spielt die Möglichkeiten einer Liebes- oder Paarbeziehung unter Frauen durch. Mara, eine Studentin, die sich selbst für untalentiert und ohne eigene Interessen erklärt, klammert sich an sie nach einer durchzechten Nacht in einem Lokal. Sie gehen in Charlottes Wohnung, wo sie allein sind, denn ihr Mann ist auf Reisen. Sie ist eine bekannte Musikerin, die erfolgreiche Auftritte zu verzeichnen hat. Mara hat sie im Fernsehen gesehen. Die nächtlichen Szenen in der Wohnung sind wie ein Kammerspiel konzipiert, in dem das Innenleben Charlottes, ihre Zweifel und Enttäuschungen, zur Aufführung gelangen. Mara wirkt hilflos und liebesbedürftig. Charlotte wehrt zunächst ab. Die Anlehnungsbedürftigkeit und der Annäherungsversuch der Jüngeren, erst recht noch ihre Aufmüpfigkeit und provozierende Art veranlassen sie zum Nachdenken und Räsonieren in Form eines inneren Monologs. Zentrales Thema ist die Mann-Frau-Beziehung: der *Zustand der Ehe*, die geschlechterdifferente Sprache, die Fremdheit in der Wohnung ihres Mannes, die Unterwerfung und die unterdrückten Begehren.

Der Hochmut, auf ihrem eigenen Unglück, auf ihrer eigenen Einsamkeit zu bestehen, war immer in ihr gewesen, aber erst jetzt traute er sich hervor, er blühte, wucherte, zog die Hecke über sie … Sie betrauerte Franz wie einen Toten; er wachte oder schlief jetzt in dem Zug, der ihn heimtrug, und er wußte nicht, daß er tot war, daß alles umsonst gewesen war, die Unterwerfung, die sie selber, mehr als er, betrieben hatte, weil er gar nicht hätte wissen können, was an ihr zu unterwerfen war. Charlottes Phantasien malen eine zweite Chance für ihr Geschlecht im Garten Eden aus, damit die Frauen zu anderen Erkenntnissen gelangen: *Ein anderes Erwachen, eine andere Scham erleben. Dieses Geschlecht war niemals festgelegt. Es gab Möglichkeiten. … Sie war frei. So frei, daß sie noch einmal in Versuchung geführt werden konnte. Sie wollte eine große Versuchung und dafür einstehen und verdammt werden, wie schon einmal dafür eingestanden worden war.* Und sie träumt sich in ein neues Leben mit Mara, die als Frau mehr vom weiblichen Körper verstehe, als es einem Mann je möglich gewesen sein könne. In ihrer Sehnsucht nach Selbstbestimmung schwankt Charlotte zwischen Selbsterniedrigung und Machtphantasien: *Mein Gott … ich lebe nicht heute, nehme teil an allem, lasse mich hineinreißen in alles, was geschieht, um nicht auch eine eigenen Möglichkeit ergreifen zu können. Ich bin noch nicht einmal. Ich will bestimmen, wer ich bin, und ich will mir auch mein Geschöpf machen, meinen duldenden, schuldigen, schattenhaften Teilhaber. Ich will Mara nicht, weil ich ihren Mund, ihr Geschlecht – mein eigenes – will. Nichts dergleichen. Ich will mein Geschöpf, und ich werde es mir machen.*

Die Erzählung endet damit, dass sich beide Frauen für tot erklären, einen symbolischen Tod erleiden, wie schon Charlotte ihren Mann Franz totgesagt hatte. Hier stirbt die Idee, die Möglichkeit eines anderen Lebens und Liebens – auch wenn beiden Frauen zum Schluss nebeneinander im Bett einschlafen: todmüde sozusagen.

Ein Wildermuth – oder: alles über die Wahrheit. Einer wie der Oberlandesgerichtsrat Anton Wildermuth hatte es mit ihr von Kindesbeinen an zu tun: sein Vater hielt ihn dazu an, immer die Wahrheit zu sagen. Doch Bachmann fängt nicht mit seiner Biographie an, sondern mit dem Ende eines Prozesstages, an dem AW einen Schrei ausgestoßen hatte, der der Auslöser einer fiebrigen Erkrankung war. Ein Nervenzusammenbruch bei der Suche nach der Wahrheit im Fall des Landarbeiters Josef Wildermuth – namensgleich, aber nicht verwandt und verschwägert mit dem OLG-Rat – dem der Mord an seinem Vater zur Last gelegt wird. Dem Prozess ist der erste Teil der Erzählung gewidmet, der Biographie des OLG-Rats der zweite.

In einem Strafverfahren wie diesem geht es immer um die Wahrheitsfindung und die Feststellung von Tatsachen und Beweisen. Gerne holt man sich externen Sachverstand hinzu, in diesem Fall einen *Experten von hervorragendem Ruf: ein europäischer Knopf- und Fadenspezialist.* Es entbehrt nicht der Ironie, diesen Sachverständigen wie die Karikatur seiner selbst vorgeführt zu bekommen: man staunt nur so, was es alles mit Knöpfen auf sich haben kann. Doch im Kern geht es um einen armen Teufel, eine *gequälte Seele*, wie der Verteidiger es beschwörend formuliert, der aus Verzweiflung den Mord begangen hat und durchaus geständig ist. *Und die Wahrheit, von der er (der Verteidiger, P.F.) Aufhebens machte, erschien wie eine alte solide Kommode mit vielen Schubladen, die knarrten, wenn man sie herauszog, aber in denen dann auch alle ableitbaren kleineren Wahrheiten schneeweiß, brauchbar, sauber und handlich dalagen. Da lag das Herz, das der Angeklagte an seine früh dahingegangene Mutter gehängt hatte, da lag der verwirrte Sinn, der ihm nach Geld stand; da lagen die Begierden eines braven Arbeiters nach einem Glas Schnaps, nach ein wenig Mensch-lichkeit und Wärme; da lagen auf der anderen Seite die pünktliche und treue Pflichterfüllung, das gute Zeugnis des Arbeitgebers. Da lag schließlich auch die Holzhacke mit einem Blut-fleck, die den friedlichen Bürger erschaudern und die Gesellschaft nach Schutz schreien ließ.*

Was ist dagegen so ein lächerlicher Knopf und die abgerissenen Fäden als Beweisstück, von deren *Oberflächenbeschaffenheit* der Experte Rückschlüsse auf den Tathergang zu ziehen trachtet. *Ich weiß nicht, worauf Sie hier hinauswollen, meine Herren, aber ich sehe meine Pflicht darin, Ihnen klarzumachen, daß Sie so nicht über den Knopf, so nicht über die Fäden reden können. Auch die Wahrheit über einen Knopf ist nicht so leicht herauszubekommen, wie Sie vielleicht glauben. Dreißig Jahre lang habe ich mich damit beschäftigt, gemüht, alles über den Knopf zu erfahren, und ich sehe jetzt, daß Ihnen eine halbe Stunde zuviel ist, sich damit ernsthaft zu beschäftigen.*

Das ist guter ironischer Stil, der nicht nur das prozeßbegleitende Publikum erheitert. Doch nach den scharfen, zur Ordnung rufenden Worten des Staats-anwalts (*er schrie nach der Wahrheit*) passiert es, dass OLG-Rat Wildermuth seiner-seits aus der Haut fährt und schreit. *Es war ein Schrei, der eigentlich nur darum son-derbar war, weil er nichts mit dem Prozeß zu tun hatte, nirgends hingehörte, mit niemandem zu tun hatte. Einige sagen, er habe geschrien: Wenn es hier noch einmal jemand wagt, die Wahrheit zu sagen …! Andere sagen, er habe geschrien: Schluß mit der Wahrheit, hört auf mit der Wahrheit …! … Fest steht der Schrei.* Damit endet der erste Abschnitt der Erzählung.

Im biographischen Teil ist Wildermuth der Ich-Erzähler. Die Erziehung zum Sagen der Wahrheit führt dazu, dass der Junge sich in die letzten Details verliert – ob gute oder böse Gedanken, ob gute oder schlechte Taten: *Wenn es nur Wahrheit war, dann war alles gut!* Doch er lernt auch, dass manches von den Eltern nicht abgefragt wird, über das er keine Rechenschaft ablegen muss, das sich abspielt wie auf einer *dunklen Hinterbühne. Auf sie zog ich mich zurück, wenn ich meinen Auftritt für die Wahrheit gehabt hatte, und dort erholte ich mich von den anstrengen-den Auftritten und machte den Kraftverlust wett, den mich das Wahrheitsagen jetzt schon kostete. … Auf der Hinterbühne spielten meine von niemand geahnten Traumabenteuer,*

Traumdramen, Fantastereien, die bald so üppig ins Kraut schossen wie die Wahrheiten im Rampenlicht. Vorsichtig und spöttisch nannte ich diese Welt manchmal meine ‚katholische‘ Welt, obgleich es mit diesem Ausdruck nichts auf sich hatte, ich nur eine Welt damit bezeichnen wollte, die sündig, farbig und reich war, ein Dschungel, in dem man lässig sein konnte und der Gewissenserforschung entzogen war. Es war für mich eine Welt, die ich mit der Welt meiner Mutter in Zusammenhang brachte, für die ich sie verantwortlich machte. Die naive Wahrheit der Kindheit transformiert sich in der Jugend in eine, die die verborgene Welt der Träume und Phantasien einschließt oder ermöglicht.

In der Studienzeit macht Wildermuth dann die Erfahrung, dass es eine *höhere Wahrheit* gibt, nämlich die der Wissenschaften, der er sich fürderhin verschreibt. Es beginnt ein lebensbegleitender Suchprozess: nach der Wahrheit über sich selbst; über die Welt der Dinge, z.B. über seinen Schreibtisch, der ihm heilig ist, während er mit den gedrechselten Füßen für seine Frau Gerda nur ein Staubfänger ist; über den lebendigen Körper, die Sexualität und sein Eheleben:

… jetzt … bleibt mir nur an unserer Ehe herumzurätseln, die so ohne Geheimnis ist, so gut, gleichförmig und vertrauensvoll verläuft. Was gibt es da zu rätseln, meint man. Und doch gibt es Momente, in denen mir diese Gespräche und Umarmungen wie etwas Entsetzliches vorkommen, etwas Schandbares, Unrechtmäßiges, weil ihnen etwas fehlt, ja also doch die Wahrheit. Weil wir unser System der Zärtlichkeiten haben, nicht weiter suchen, nichts darüber hinaus, weil alles tot und gestorben ist, für immer gestorben. Die Routinen und die Gewöhnung in der Zeit haben die Leidenschaft abgetötet. Umso mehr ist Gerdas *Blumensprache* ihm wegen des Mangels an Wahrhaftigkeit und Nicht-Übereinstimmung von Sagen und Empfinden zuwider.

Jedes Wort in rosa Schrift, alles untadelig, nie vulgär, nie aus der Rolle fallend. Weiß Gerda, wieviel, wie wenig davon übereinstimmt mit dem, was sie sagt, und dem, was sie fühlt? Was will sie verschleiern mit ihrer Sprache, welchen Mangel wettmachen und warum will sie mich auch so reden machen?

Und so gerät Wildermuth in den Zustand der Verzweiflung, je mehr er nach der Wahrheit sucht und alles und jedes, das ihn umgibt, hinterfragt. Seine Zweifel wachsen noch, nachdem er auch die Suche nach der *inneren Wahrheit* für vergeblich erklären muss. *Meine Lieben, es ist etwas Fürchterliches um die Wahrheit,*

weil sie auf so wenig hinweist, nur auf sehr Gewöhnliches, und nichts hergibt, nur das Aller-
gewöhnlichste. Ich habe in all den Jahren von ihr nichts herausbekommen als dieses Feststel-
len, dieses Beichten, das erleichternde Beichten von Tatsachen. Mehr war wirklich nicht von
ihr zu haben. Man kann sagen: hier ist einer irregeworden an der (Suche nach
der) Wahrheit. Oder ist es ein Aufbegehren, wenn es zum Schluss heißt:

Ich will ja meine Robe und mein Barett ablegen, mich hinhocken an jede Stelle der Welt,
mich hinlegen auf Gras und Asphalt und die Welt abhören, abtasten, abklopfen, aufwühlen,
mich in sie verbeißen und mit ihr übereinstimmen dann, unendlich lang und ganz –

Bis mir die Wahrheit wird über das Gras und den Regen und über uns:

Ein stummes Innewerden, zum Schreien nötigend und zum Aufschrei über alle Wahrhei-
ten.

Eine Wahrheit, von der keiner träumt, die keiner will.

Vergegenwärtigt man sich die Themen und Sujets in den Erzählungen Ingeborg
Bachmanns, so steht die Suche nach Sinn und Orientierung, Identität und Iden-
tifikation vielleicht obenan. Es geht oft um die Geschlechterbeziehungen und
den kritischen Blick auf die Institution der Ehe; aber auch allgemeiner um Kon-
formität und Normalitätserwartungen, Rollenklischees und die Versuche, sie zu
sprengen; um Machtbeziehungen und vermeintlich freiwillige Unterwerfung;
um symbolische Tode, die im Alltagsleben mit seinen Routinen und Gewohnheiten gestorben werden; um die symbolische Gewalt in der Sprache; um Verlogenheit und Verdrängung, insbesondere im Umgang mit der Nazi-Vergan-
genheit, aber auch im Alltag der Gegenwart; um Aufbegehren und den Aufschrei gegen Unrecht und Ungerechtigkeit ebenso wie gegen bestimmte vorgezeichnete Verhaltenszumutungen. Entscheidend ist dann, wie Bachmann solche
Themen behandelt und verarbeitet: ihre Sprache und ihr Stil sind nicht einer
oberflächlichen Widerstandsrhetorik geschuldet, sondern von subtiler Messer-
schärfe der genauen Beobachtung, auch Selbsterfahrung, getragen. Sie sind
Ausdruck des Leidens an Zuständen und Verhältnissen ebenso wie der Verletzlichkeit und des feinen Sinns für das Falsche im Umgang der Menschen untereinander. Die Autorin greift auch zu den Mitteln der Ironie, wenn es um die

Absurditäten im Leben geht, und sie malt Phantasiegebäude aus, wenn sie Alternativen aufzeigen möchte. Das alles macht die Größe ihrer Literatur aus.

John Cowper Powys: Wolf Solent

John Cowper Powys ist ein weithin unbekannter Autor (1872-1963). Auch wir sind eher durch Zufall auf ihn gestoßen (antiquarisch erwarben wir eine Ausgabe seiner gesammelten Werke, erschienen im Verlag Zweitausendeins). Es handelt sich um einen englischen Gelehrter und Schriftsteller, der mit diesem Roman zunächst in England, später auch auf europäischer Ebene den Durchbruch schaffte.

Wolf Solent, auf Deutsch erstmals 1930 erschienen (im Original 1929) galt in England bereits als moderner Klassiker, während der Roman in Deutschland erst einmal als Geheimtipp gehandelt wurde. Doch gerade die zeitgenössische literarisch-kulturelle Elite (von Hermann Broch bis Hermann Hesse) feierte das Werk als etwas Besonderes, gar als eine *Offenbarung*, sei es wegen seiner phantastischen Naturschilderungen, seines psychologischen Gehalts oder seines mythisch-philosophischen Tiefgangs. In der Nachkriegszeit und bis in unsere Tage gilt der Roman unter Literaten wie Alfred Andersch oder Peter Handke als *Juwel der Literaturgeschichte*. Kurzum: Der Autor Powys wurde als *der englische Dostojewski und das größte unbekannte Genie des 20. Jahrhunderts* gefeiert (so in einem Feuilleton-Beitrag).

Powys behandelt in seinem Werk die Geschichte des Wolf Solent im Verlauf eines Jahres. Geografisch setzt dieser Lebensabschnitt in London ein, wo der 35Jährige als Geschichtslehrer wegen einer unstatthaften Tirade gegen den technischen Fortschritt vor der Klasse seine Stellung verliert; sodann spielt er über das Jahr hinweg in der Provinz (Dorset, Somerset), wo Solent die Stelle eines Privatsekretärs bei dem Gutsherren Mr. Urquhart antritt. Hier bekommt er den Auftrag, beim Verfassen einer Chronik über die Region behilflich zu sein, deren Schwerpunkt auf Obszönitäten, Perversionen, Verbrechen und anderen sittlichen Verfehlungen liegen soll. Urquhart begründet das wie folgt: *Natürlich müssen wir auswählen, mein Freund. Wir müssen auswählen. Wir dürfen nur aufnehmen, was Mark und Saft und Salz hat. Ehebrüche, Morde, Unzüchtigkeiten...* Und in der Tat ist das Landleben von Dorset, speziell in dem kleinen Ort Blacksod, der Wirkungsstätte Solents, von solchen Verfehlungen geprägt, die im Roman dann auch zum Thema werden.

Doch sie sind es nicht, die das Wesentliche des Romans ausmachen. Es ist auch nicht die Art und Weise, wie damit umgegangen wird, wie sich Geheimnisse auftun, und wie sie vertuscht werden, welche Machenschaften hier am Werke sind, wer schuldig ist und wie die Schuld geahndet wird. Das alles mag Gegenstand der Chronik sein, aber für den Roman ist das eher belanglos, wenn auch mit konstitutiv, was die Story angeht. Die ‚Handlung‘ spielt sich auf mehreren Ebenen ab; vor allem im Bewusstsein Solents, der sich in einer nahezu permanenten Selbstfindung und mythologischen Reflexion seines Lebens befindet, der seiner *Lebensillusion* anhängt, die sich aus dem Geistigen seiner Existenz speist und die sich über das normale, profane, äußere Leben erhebt.

Das ist sogleich im ersten Absatz des Romans zu erkennen. *Vom Waterloo-Bahnhof bis zu dem kleinen Städtchen Ramsgard in Dorset dauert die Fahrt nicht länger als drei oder vier Stunden, doch da er das Glück hatte, ein Abteil für sich allein zu finden, konnte sich Wolf Solent einer solchen Orgie konzentrierten Denkens hingeben, dass diese drei oder vier Stunden sich zu etwas ausdehnten, das allem Menschenmaß entrückt war.*

Bereits im ersten Kapitel ist angelegt, in welcher Welt Solent lebt und welchen tiefschürfenden Gedankenkonstrukten er anhängt. Im Zentrum steht dabei das, was er *seine Mythologie* nennt. Darunter versteht er das *Versinken in seine Seele*, das *in einem gewissen Heraufbeschwören einer unterbewußten magnetischen Kraft auf die Oberfläche seines Geistes (bestand), einer Kraft, die von jenen frühen Tagen in Weymouth, da er von dem Bogenfenster aus das leuchtende Glitzern der Sonne und des Mondes auf dem Wasser beobachtet hatte, darauf vorbereitet schien, solchen Beschwörungen zu gehorchen.*

Diese bereits in seiner Jugend in ihm angelegte und empfundene Kraft, die ihm dazu verhilft, Naturerscheinungen nicht nur sinnlich wahrzunehmen, sondern sich in sie zu versenken und zu etwas Höherem zu transformieren, erfährt Solent wie eine Art Bestimmung. Der Glaube daran hat etwas Mystisches oder Messianisches. Und in der Tat führt uns Powys gleich zu Anfang des Romans auf die Spur von Jesus Christus. Solent hat auch mit seiner besonderen Sicht auf den Sohn Gottes so etwas wie eine eigene Religion; Christus ist seiner Überzeugung nach *verschieden von Gott*, jedoch bezweifelt er zutiefst seine Menschwerdung: *Christus ist kein Mensch. Er war n i e ein Mensch ... und er wird mehr sein als ein Gott, wenn Gott gestorben ist.*

Solents Auslegung des christlichen Glaubens: Christus sei kein oder anders oder mehr als Gott, aber auch kein Mensch, sondern *eine Idee*, die selbst Gott überlebt, ist so speziell wie seine sogenannte Mythologie und sein Verständnis von Philosophie: stets geht es darum, die eigene Wahrnehmung und geistige Durchdringung zum Ausgangspunkt seines Denkens zu machen und nicht vorgefertigten Dogmen oder philosophischen Systemen nachzuhängen. Der Primat des Geistig-Spirituellen vor allem, was die Welt der Dinge ausmacht, der äußeren Wirklichkeit, ist das Credo Solents, welches zum Kernthema des Romans gereicht. Häufig ist dabei die Natur in all ihren Erscheinungsformen zugleich Objekt und Medium seines Gedankenganges, seiner Sinndeutungen und seiner Versuche der Selbstfindung.

Man könnte den Eindruck gewinnen, hier überhebt sich einer, wenn er sich mit Christus in Beziehung setzt und übersinnliche Kräfte in sich verspürt; vielleicht haben wir es sogar mit einem Hochstapler oder modernen Mystiker zu tun? Doch Powys – dies sei vorweggenommen – stattet seinen Helden mit Eigenschaften aus, die ihn immer wieder zweifeln und auch verzweifeln lassen; Solent durchläuft Krisen und Konflikte, die ihn stets aufs neue zu Boden reißen, erschüttern und bis zur Zerstörung seiner Identität führen; er wird als Quasi-Messias scheitern.

Der Roman hat in seiner spirituellen Ausrichtung auch einen hohen Symbolgehalt, wobei das Gesicht eines Mannes, dem Solent zufällig in London an der Waterloo Station begegnet, eine zentrale Rolle spielt. Dieses Gesicht taucht in Solents Gedanken so oft auf, dass man von einer Art Urerfahrung sprechen kann. Was hat es damit auf sich?

Die träge Verzweiflung in dem Gesicht, das dieser Mann ihm zugewendet hatte, trat jetzt zwischen ihn und einen von knospenden Buchen bedeckten Hügelabhang. Das Gesicht wiederholte sich viele Male unter jenen großen geschwungenen Massen smaragdklaren Laubes. Es war ein englisches Gesicht. Es hatte die Veränderlichkeit proteischen Weines. Es war bloß das Gesicht eines Mannes, eines sterblichen Mannes, gegen den sich die Vorsehung – bösartig wie ein toller Hund – gewendet hatte. Und das Leid auf dem Gesicht war von solch einer Art, daß Wolf sofort wußte: keine erdenklichen sozialen Verbesserungen oder reformierenden Revolutionen konnten es jemals sühnen – konnten jemals die einfache, nie wiedergutzuma-chende Tatsache aus der Welt schaffen, daß es eben so gewesen war, w i e es gewesen war!

Die Art, wie Solents Begegnung mit dem Obdachlosen geschildert wird, ist symptomatisch für den Stil des Romans: der Blick auf das Gesicht des Mannes wird eingebettet in eine Naturerfahrung, die den schärfsten Kontrast zu diesem bildet: hier die Schönheit und Farbenpracht, dort das nackte Elend und die stumpfe Verzweiflung. Interessant dann die sozialkritische Kommentierung dieses Elends, das nicht zu sühnen ist. Auch wenn Solent die Ursachen für Armut und Verelendung breiter Bevölkerungsschichten letztlich in dem von ihm so vehement kritisierten technischen Fortschritt im Kapitalismus sieht, kommt er nicht umhin, in diesem Gesicht auch das Leiden Jesu Christi, der alles Leid der Menschheit auf sich genommen hat, wiederzuerkennen, also es auch spirituell zu überhöhen. Und so, wie Solent die Christus-Figur als alles umspannende Idee wahrnimmt, hat für ihn alle Natur eine Seele, sie ist – im Unterschied zur Gesellschaft - *beseelt.*

Er fragte sich träge, wie es wohl kam, daß er die Natur, vor allem diese einfache pastorale Natur, die keinen Versuch machte, grandios oder auch nur malerisch zu sein, um so viel erregender fand als jegliche menschliche Gesellschaft, die er jemals gefunden hatte.

Gleichwohl begibt sich Solent nolens volens in diese Gesellschaft; her-untergebrochen auf die Ebene der englischen Provinz in Dorset, hat er es mit einem Kreis von Personen zu tun, mit denen er in Kontakt steht oder dazu etwa qua Sekretärsanstellung verpflichtet ist. Neben Mr. Urquhart, seinem Brotgeber, sind dies: seine Mutter, die ihm von London aus nachgezogen ist; deren Rivalin Miss Gault, die ein Verhältnis mit seinem Vater hatte und nun für dessen Grabpflege sorgt; der Freund Darnley Otter und dessen Bruder, ein Dichter, der mit Solent konkurriert; und allen voran die zwei Frauen, mit denen Solent eine Liebesbeziehung eingeht.

Diese Frauen bilden ein klassisches Gegensatzpaar: Gerda, die Tochter eines Steinmetzes, aus einfachen Verhältnissen stammend, zeichnet eine ungewöhnliche Schönheit aus, sie verkörpert Sinnlichkeit und Begierde. Christie, eher ohne körperliche Reize, ihrem Vater, einem Buchhändler und Antiquar, den Haushalt führend, gibt sich vor allem der klassischen Literatur und Philosophie hin, sie steht für das Geistige, den Intellekt und die Reinheit der Seele. Zu beiden Frauen fühlt sich Solent hingezogen.

Der Gedanke an Gerdas Wärme verursachte ihm einen wollüstigen Schauer, unmittelbar, irdisch, voll ehrlichen und natürlichen Verlangens. Aber er erkannte jetzt, daß über der Persönlichkeit dieses anderen Mädchens (Christie, P.F.) etwas subtileres schwebte – ja, nichts Geringeres als jene flüchtige Aura geheimnisvoller Mädchenhaftigkeit –, sozusagen die platonische Idee des Geheimnisses aller jungen Mädchen, das für ihn das magischste Ding auf der ganzen Welt war.

Wie im Verhältnis zur Natur, so neigt Solent auch in dem zu Frauen zur Idealisierung; seine Vorstellung von Mädchenhaftigkeit, mitsamt der Konnotation von Unschuld und Reinheit, wird metaphysisch verklärt, jedoch haftet ihr auch die Kraft und Schönheit seiner Gedanken und Phantasien an.

Die Beziehungen zu beiden Frauen gestalten sich gemäß ihrer Verschiedenheit: Solent heiratet Gerda, nachdem er sie verführt hatte, und bindet sich dadurch auf für ihn und seine geistigen Bestrebungen fatale Weise; mit Christie verbindet ihn der philosophische Diskurs, die Seelenverwandtschaft und etwas, was in Solents Vorstellung reiner ist als eine platonische Liebe: die *unsterbliche Seele*, die er in ihr verkörpert sieht.

Gewisse menschliche Ausdrücke, die für den Philosophen die eine Bedeutung hatten und eine ganz andere für das einfache Volk, waren stets von besonderem Reiz für Wolf gewesen. Sein Geist begann jetzt auf den Silben der Worte ‚unsterbliche Seele‘ zu verweilen, bis durch eine ihm vertraute Transformation diese erschrecklichen Klänge eine schattenhafte eigene Persönlichkeit angenommen hatten – nämlich die Gestalt Christie Malakites – und in dieser Gestalt schwankend über die Felder hin verschwanden wie eine dünne spiralförmige Wolke!

Damit wird die junge Frau, obwohl aus Fleisch und Blut und mit Wünschen und Sehnsüchten ausgestattet, zu etwas Geistigem, zu einer *entkörperten Wesen-*

heit, man könnte auch sagen: zu einer Idee; und es ist wohl kein Zufall, dass Powys ihr den Namen Christie gegeben hat, so dass sich die Assoziation mit der Christus-Figur aufdrängt.

Im Fortgang des Romans zeigt sich, dass sie sich in dieser Rolle (als Frau) nicht hinreichend wahrgenommen und zugleich überfordert fühlt. Sie empfindet sich auch aufgrund ihrer problematischen Familiengeschichte (ihr Vater hat ihre ältere Schwester sexuell missbraucht und mit ihr ein Kind gezeugt, das Christie später betreut) als *unwirklich*. Und sie erklärt Solent ihre Gefühlslage mit diesen Worten: *Mein Leben war so niedergedrückt und stumpf, daß ich alles von irgendeinem Punkt außerhalb meiner Person zu betrachten schien, als ob mein Gemüt ein kalter, harter, fühlloser Spiegel gewesen wäre, der nur reflektierte, was da war, aber nichts fühlte. Aber jetzt, seit ich Sie kenne, ist alles anders geworden. Mein Gemüt ist wieder erwacht.*

Die Tragik dieser von Solent als geistig-spirituelle Liebe definierten Beziehung liegt darin, dass Christie beim Versuch, diese auch auf eine körperliche zu erweitern, zurückgewiesen wird. Einer jungen Frau, die gerade ihre Emotionalität und Sexualität nach Jahren der Unterdrückung erst entdeckt, so etwas anzutun, hat hier zur Folge, dass sie sich mehr und mehr von Solent zurückzieht; statt in der Beziehung zu einem Mann findet sie ihre ‚Bestimmung‘ als Ersatzmutter ihrer kleinen Nichte.

Auch die Ehe mit Gerda wird auf den Prüfstand gestellt. Von der überaus dominanten Mutter Solents mit Standesdünkel von vornherein nicht akzeptiert und anerkannt – ihr Sohn habe eine *manierlose Proletarierin* geheiratet –, hat Gerda einen schweren Stand. Allerdings lässt sie sich von ihrer Schwiegermutter nicht alles gefallen; es kommt zu einer Auseinandersetzung, bei der Gerda die Ehre ihrer Familie verteidigt: *‚Und das sind die noblen Leute, von denen Sie glauben, daß sie umso viel besser sind als achtbare, einfache Menschen wie mein guter Alter! … der niemals in seinem ganzen Leben ein böses Wort auf jemanden gesagt hat.‘*

Hintergrund des Disputs ist, das man in Gerdas Familie Bescheid wusste über den Mord an einem jungen Mann, der vor Solent den Sekretärsposten bei Urquhart innehatte; dieses Verbrechen wurde von den sogenannten feinen

Leute im Ort als geheimnisumwittert vertuscht und zum Suizid erklärt. Solent ist angesichts dieser Szene, in der Gerda seine Mutter vorführt, überrascht vom *Scharfsinn* und *Stolz* seiner Frau. Selbstredend verfügt die Mutter über ein Verhaltensrepertoire, mit welchem sie Gerda ihre Verachtung und die eigene soziale Überlegenheit immer aufs Neue spüren lässt.

Doch nicht nur am Zerwürfnis mit der Mutter gerät diese Ehe in die Krise – es ist etwas viel Existentielleres. Solent hatte seine Stelle bei Urquart gekündigt, nimmt sie aus Geldnöten später wieder auf, allerdings in Form eines – heute würde man sagen – Werkvertrages, d.h. er sichert seinem Chef zu, in drei Monaten die Chronik fertigzustellen, wofür der einen Scheck in Höhe von 200 Pfund ausgehändigt bekommt. Diesen Scheck ist er nach Vertragserfüllung jedoch nicht geneigt einzulösen; denn plötzlich wird Solent sich über die von ihm ins Tragische gewendete Bedeutung dieses Geldbetrags bewusst: er sieht in ihm das *Blutgeld für den Verkauf seiner 'Mythologie'. Er hatte dieses kostbare Besitztum wieder zurückgemaust ... verzweifelt, feige, niedrig ... durch sein wenig schönes Benehmen zu Christie. Die Stücke des zerrissenen Schecks auf Urquarts Tisch zu schleudern, wäre eine Entschädigung für manches schlangenartige Sichdrehen und Winden.*

Solent empfindet die Einlösung des Schecks als Marter, und er verzweifelt an seiner eigenen Unentschlossenheit, vom *Elend der Unschlüssigkeit* ist die Rede. Denn er ist nicht frei in seiner Entscheidung: Gerda besteht auf dem Geld, das sie als Lohn für harte Arbeit und viele Entbehrungen ansieht und für die Erfüllung ihrer Wünsche beansprucht. Sie ist nicht bereit und in der Lage, die Argumente ihres Mannes nachzuvollziehen. Denn während es für sie um schöne Dinge des Lebens geht, die sie kaufen möchte, spricht Solent vom *Verkauf seiner Seele*, vom *Verlust seiner Lebensillusion, seines Stolzes, Willens, seiner Persönlichkeit*. Und in der Tat ist er, nachdem der den Scheck gegen seine tiefste Überzeugung eingelöst hat, ein gebrochener Mann. *Er nahm die Hände vom Gesicht und taumelte ein wenig gegen den Tisch, schwindlig von seinem seelischen Kampf. Es nütze nichts. Seine ,Mythologie' würde ihm nie wieder helfen. Mit jener Ekstase, mit jener Flucht aus der Wirklichkeit war es vorbei.*

So entschlüsselt sich die Bedeutung dessen, was Solent seine Mythologie nennt, erst mit ihrem Verlust. Er versteht darunter ein Gedankenkonstrukt, das sich von der menschlichen Gesellschaft und ihrem profanen Verständnis von Wirklichkeit abgrenzt, das vom Primat des Geistes gegenüber der Materie, von der Unsterblichkeit der Seele ebenso wie von der Glückseligkeit und der Vollkommenheit der Natur eingenommen ist – im Grunde eine Art Privatphilosophie, in deren Zentrum sein eigenes Ich steht; Solent führt innere Monologe in Permanenz, um sich selbst zu finden, zu erkennen und die Fähigkeit auszubilden, die unsichtbaren Welten hinter der Wirklichkeit zu erkennen, die wirklicher als diese sind. In einem der vielen Selbstgespräche, die er vor seiner Lebenskrise geführt hatte, heißt es:

Ich habe keine Gewißheit ... Ich glaube an keine Realität. Ich glaube nicht, daß diese Straße und dieser Himmel wirklich sind. Ich glaube nicht, daß diese unsichtbaren Welten hinter dieser Straße und diesem Himmel irgendwie wirklicher sind als diese. Träume innerhalb von Träumen! Alles ist, wie ich es erschaffe. Ich bin der elende Demiurg des ganzen Schauspieles. Allein ... allein ... allein! Wenn ich Schönheit erschaffe, i s t Schönheit. Wenn ich Abscheulichkeit erschaffe, i s t Abscheulichkeit! Ich muß diesen knarrenden Mechanismus meines Geistes in die richtige Stellung bringen; und dann folgt alles daraus.

Solent nimmt sich als Demiurg, als Schöpfer wahr, was nach Selbstüberhebung klingt (da es sich um ein religiöses Bild handelt, wonach die Schöpfung Gott vorbehalten ist), jedoch in seinem Verständnis von Philosophie und Mythologie mit einem spezifischen Subjekt-Objekt-Verhältnis in Zusammenhang steht, wonach es kein *Ding an sich* (Kant) gibt, sondern der subjektive Geist das Objekt erschafft. Gleichwohl sei noch einmal an die Bedeutung der Christus-Figur im Roman erinnert, an das Gesicht des Bettlers auf den Stufen der Waterloo Station und an die einzige Person, nämlich Christie, die ihn versteht und seinen Gedanken, Empfindungen, Idealen folgen kann. All diese Bezüge sind symbolisch durchdrungen und aufgeladen, so dass sich ein Verständnis eher nicht auf der wörtlichen Ebene erschließt. Solent ist selbstredend ein Träumer, ein Schwärmer, doch auch einer, der auf der Suche nach Erkenntnis und

Selbsterkenntnis ist. Wenn ihm nun in der tiefen Provinz und im Mikrokosmos der ländlichen Gesellschaft alles genommen wird, was seinen Glauben und seine Gewissheiten ausgemacht haben, ist es nur allzu verständlich, dass er sich als ein Verlorener ansieht und resigniert. Der Roman hat ein offenes Ende – er könnte auch zum Suizid führen.

Virginia Woolf: Die Fahrt hinaus

Es ist ihr erster Roman, und sie tat sich schwer daran: schrieb ihn immer wieder (genau genommen fünfmal) komplett um, weil sie höchste Ansprüche an seinen Stoff und seine Form hegte, bis er 1915 endlich erscheinen konnte. Das Buch handelt von nichts Geringerem als von den Geschlechterbeziehungen, den verinnerlichten Normen, die auf Ungleichheit und deren selbstverständlicher Hinnahme in den Mann-Frau-Beziehungen beruhen, von der Schwierigkeit, über Gefühle zu sprechen, weil es für sie keine Sprache, auch keine literarische Sprache gibt, und schließlich von der ungestillten Sehnsucht nach Freiheit und Gleichheit auch im Geschlechterverhältnis, nach gemeinsamer und egalitärer Emanzipation. Und das in einer Zeit (Anfang des 20. Jahrhunderts), in der traditionelle Vorstellungen von hierarchischen Geschlechterverhältnissen noch nahezu ungebrochen dominierten. Die bürgerliche Ehe galt als ideale Lebensform. Die frühe Frauenbewegung steckte noch in den Anfängen; das Frauenwahlrecht wurde erst 1918 in Großbritannien durchgesetzt.

Virginia Woolf versucht, ihr Thema am Beispiel einer jungen Frau namens Rachel Vinrace abzuhandeln, die sich auf einer *Fahrt hinaus* befindet – von vorn herein ist der Titel auch als Metapher zu verstehen: zum einen unternimmt sie mit ihrer Tante und ihrem Onkel (Mr. und Ms. Ambrose) in der Tat eine weite Überseereise nach Südamerika für etliche Monate, in denen sie auf Mitmenschen trifft, die ihrer individuellen Entwicklung förderlich sind, vor allem in Gestalt von zwei jungen Männern, mit denen sie intensive Sinngespräche führt; zum anderen deutet der Titel auf Prozesse der Bewusstwerden und Befreiung von Unmündigkeit, von Zwängen und Unterdrückung, eben auf Emanzipation hin; und die Ferne, das *Hinaus*, soll vielleicht auf die Schwierigkeit dieser Prozesse, die Mühsal der Erlangung von Fortschritten der eigenen Entwicklung verweisen. Der dafür gewählte fiktive Ort in Südamerika, in dem eine Gruppe von Akteuren wie in einem Mikrokosmos agiert, könnte – anders als die Großstadt London – der Überschaubarkeit und Transparenz des Geschehens dienen.

Während die einheimische Bevölkerung dieses Orts nur am Rande eine Rolle spielt, sind es britische Urlauber:innen, die allesamt in einem Hotel untergekommen sind, unter denen sich auch die Ansprech- und Kontaktpersonen für Rachel und ihre Tante befinden. Dies sind vor allem: ein junger Schriftsteller namens Terence Hewet, ein belesener, kritisch und quer denkender Zeitgenosse, und sein Freund St. John Hirst, der sich als eigensinniger Denker mit eher theoretischen Veranlagungen entpuppt. Für die bis dahin illiterarische, weltfremde und naiv-unerfahrene, aber dadurch auch unverbildete Rachel, die einzig dem Klavierspiel anhängt, spielt sich das von Langeweile und Gleichmut geprägte Urlauberdasein der Hotelbewohner als fremde Welt ab, das es bestenfalls zu beobachten gilt, statt es zu teilen. Doch bei Gelegenheit von selbstorganisierten Picknicks und Ausflügen kommt man sich näher und lernt sich kennen. Es bilden sich je nach Sympathie und Interessen wechselnde Gruppierungen, aus denen auch erotisch motivierte Beziehungen hervorgehen.

Doch von zentraler Bedeutung sind die Gespräche, die zwischen den drei jungen Leuten immer wieder zustande kommen. V. Woolf legt ihnen sozusagen die sie selbst bewegenden Fragen über existentielle Probleme in den Mund. So, wenn es über das Verhältnis von Individuum und Gesellschaft heißt: *In Wahrheit ist man doch nie allein und nie in Gesellschaft,* meint Hewet, der Schriftsteller. Karl Marx hatte in einem ähnlichen Zusammenhang von der *Vereinzelung* des Individuums gesprochen, die im höchsten Maße *in der Gesellschaft* stattfindet, was nur vermeintlich ein Widerspruch ist, wenn man die Vereinzelung als Form der Entfremdung begreift.

Auch über das Verhältnis von geistigen und emotionalen Fähigkeiten geht der Disput, etwa mit der Frage, ob sich *Verstand, Geisteskraft und Intelligenz* einerseits und *Einfühlungsvermögen, Verständnis und Zuneigung* andererseits gegenseitig ausschließen, was Hirst bezweifelt. Eine aufgeklärte Haltung, wenn man bedenkt, dass die Geisteskraft stereotyp und bipolar als männliche Befähigung und die Empathie als weibliche angesehen wurden.

Brisant und bis heute relevant ist die Frage nach der Machtstellung in den Geschlechterbeziehungen, insbesondere auch nach dem Anteil der Frauen an ihrer Unterdrückung und Unterordnung. Hewet meint dazu:

,Die Hochachtung, die Frauen, selbst gebildete, sehr eigenständige Frauen vor Männern haben. … Ich glaube, wir müssen die Art von Macht über euch haben, die wir angeblich für Pferde haben. Die sehen uns dreimal so groß, wie wir sind, sonst würden sie uns niemals gehorchen. Eben aus diesem Grund neige ich dazu zu bezweifeln, daß ihr je etwas anderes tun werdet, selbst wenn ihr das Wahlrecht hättet.' Er blickte sie nachdenklich an. Sie erschien ihm sehr weich und empfindsam und jung. ,Es wird wenigstens sechs Generationen brauchen, bis ihr dickhäutig genug seid, um an die Gerichte und die Geschäftszimmer zu gehen. Bedenken Sie doch, was für ein Tyrann der Mann gewöhnlich ist', fuhr er fort, ,der gewöhnliche, hart arbeitende, einigermaßen ehrgeizige Anwalt oder Geschäftsmann, der für die Familie aufzukommen und eine bestimmte Position zu verteidigen hat. Und dann müssen die Töchter natürlich hinter den Söhnen zurückstehen; die Söhne brauchen eine Ausbildung, sie müssen schließlich schuriegeln und rackern für ihre Frauen und Familien, und so geht das alles wieder von vorn los. Und im Hintergrund gibt es währenddessen noch die Frauen … Glauben Sie wirklich, daß das Wahlrecht Ihnen irgendetwas einbringen wird?'

Auf die Spitze getrieben ist Hewet der Auffassung, dass die Frauen das Vorrecht des männlichen Geschlechts verinnerlicht haben, und somit ihre Schlechterstellung auf einer quasi freiwilligen Unterwerfung beruht; das Bild, das sie vom Manne haben und zurückspiegeln, ist ein Zerrbild aufgrund von enormer Vergrößerung desselben. Und solange sich die Frauen dieses Mechanismus' nicht bewusst werden, solange sie sich in diese materielle und symbolische Ordnung fügen, wird auch das Wahlrecht ihnen keine Befreiung und nicht mehr Gleichheit bringen. Mit dieser Haltung nimmt Hewet sozusagen einen feministischen Standpunkt ein, der auf seine Gesprächspartnerin Rachel positiv im Sinne von Bewusstwerdung zu wirken scheint.

Das zeigt sich auch daran, dass sie sich anlässlich eines Kirchenbesuchs – einer bis dahin von ihr selbstverständlich vollzogenen allsonntäglichen Handlung – erstmals dieser Form der *sklavischen Ergebenheit* und *Unterwerfung* unter eine Institution bewusst wird und diese kritisch hinterfragt.

111

Der junge Schriftsteller ist es auch, der sich für das *stumme Leben* der Frauen, vor allem auch der älteren, interessiert; alles, was Rachel ihm über dieses verborgene Leben am Beispiel ihrer beiden alten Tanten, die sie anstelle ihrer verstorbenen Mutter großgezogen haben, erzählt, ist für ihn bedeutsam; er weiß nichts davon, weil es auch in der Literatur nicht vorkommt, begreift aber schnell, wie die Mechanismen funktionieren: alles, was diese Frauen tun *für den feingewirkten Stoff des Lebens daheim* und wie sie sich verhalten, geschieht mit unhinterfragter Selbstverständlichkeit, und die Männer in den Familien begegnen ihnen *gutmütig, aber herablassend*. Das alles ist auch Stoff für Hewets literarisches Projekt; er hat vor, einen *Roman über das Schweigen, das Unausgesprochene* zu schreiben, in dem er die Erzählungen Rachels verwerten kann.

Die Nähebeziehung der drei jungen Leute hinterlässt auch Spuren der emotionalen Verstrickung; sie fragen sich wechselseitig, ob sie verliebt seien, und wenn ja, dann wer in wen, und was das überhaupt sei, dieses Verliebtsein und die Liebe. Unweigerlich stellt sich dann auch die Frage nach eventuellen Konsequenzen in der Perspektive des Heiratens und der Ehe – zumal Anfang des 20. Jahrhunderts, als Liebe und Sexualität jenseits der ehelichen Gemeinschaft verpönt waren. Und es ist abermals Hewet, dem eine Reihe *unerfreulicher Bilder* von Ehe und Ehepaaren in den Sinn kommen, die ihn zu dem Entschluss führen, niemals zu heiraten.

Er verband damit unmittelbar das Bild von zwei Menschen, die allein am Kaminfeuer saßen; der Mann las und die Frau nähte. Dem folgte ein zweites Bild. Er sah einen Mann aufspringen, seiner Frau eine gute Nacht wünschen, ihre Gesellschaft verlassen und sich mit dem lammfrommen und zugleich verstohlenen Ausdruck dessen, der sich zu einer bestimmten Art von Glück davonschleicht, aus dem Staub zu machen. Beide Bilder waren gleichermaßen unerfreulich und mehr noch ein drittes, das Ehemann und Ehefrau und den Freund zeigte; die Ehegatten warfen einander flüchtige Blicke zu, als erfüllte es sich mit Genugtuung, sich wortlos untereinander zu verständigen, da sie sich im Besitz der höheren Wahrheit befanden.

Diese Schreckbilder von der Ehe hat sich der junge Schriftsteller nicht ausgedacht, sondern sie beruhen auf Beobachtung in seinem Umfeld. Jedes der drei Beispiele steht für eine Problematik, die mit der Institution der Ehe in

direktem Zusammenhang zu stehen scheint: strikte und unhinterfragte Rollen-
teilung; heimliche Flucht des Mannes aus der Gemeinsamkeit als partielle Befreiung von Zwängen; stummes Einverständnis aufgrund von Anpassung und
Abschleifung von Differenz, dargeboten als Übereinstimmung und Überlegenheit gegenüber Dritten. Und Hewet fragt sich, wo denn die Autonomie und
Freiheit der Einzelnen bleibe, wenn sie sich gebunden haben. Er findet sie nicht
unter Verheirateten, wohl aber unter den Nicht-Verheirateten:

*Als er ... an unverheiratete Leute zu denken begann, sah er sie als tätige Wesen, denen
ganze Welten offenstanden; vor allem standen sie sämtlich auf ein und demselben Grund,
gleichermaßen ohne Schutz und Privileg. Die menschlich vollkommensten unter seinen Freunden und die ausgeprägtesten Persönlichkeiten waren sämtlich Junggesellen und Junggesellinnen;
tatsächlich stellte er zu seiner eigenen Überraschung fest, daß die Frauen, die er am meisten
bewunderte und am besten kannte, unverheiratet waren. Die Ehe schien den Frauen noch
schlechter zu bekommen als den Männern.*

Das ist natürlich Virginia Woolf in reinster Form; es sind ihre eigenen Lebens-
erfahrungen und ihr verzweifelter Versuch, nach Lebensformen zu suchen, um
jenseits der bürgerlichen Normen auch im Zusammenleben von Mann und
Frau den Fesseln und Festlegungen nach Geschlecht zu entkommen und
Emanzipation zu ermöglichen. Die Kritik an der Institution der Ehe wird im
Roman nicht abstrakt geführt, sondern immer wieder am lebendigen Objekt
ihrer Protagonist:innen, hier am Beispiel der Urlaubsgäste oder mit Blick auf
das eigene Umfeld daheim. Anhand konkreter Fälle wird dann zur Verallgemei-
nerung geschritten, um die Wirkungen der Institution und der Strukturen auf
die Menschen zu resümieren: da ist zum einen die *Verhäuslichung* als Problem zu
nennen, zum anderen die permanente Kompromissbildung. Hewet denkt an
Eheleute in der Krise, wenn er meint:

*Es stand außer Zweifel ..., daß es für die Welt weitaus besser gewesen wäre, wenn diese
Paare sich getrennt hätten. Selbst noch die Ambroses, für die er tiefe Bewunderung und
Hochachtung empfand – war nicht auch ihre Ehe bei aller Liebe, die mit im Spiel war, ein
Kompromiß? Sie gab ihm nach; sie verhätschelte ihn; sie erledigte tausend Dinge für ihn; sie,*

die doch anderen gegenüber die Wahrhaftigkeit in Person war, war ihrem Gatten gegenüber nicht wahrhaftig, war es auch ihren Freunden gegenüber nicht, wenn die in Konflikt mit ihrem Gatten gerieten. Es war ein rührender, seltsamer Makel ihres Wesens. Vielleicht hatte Rachel ja recht, als sie damals abends im Garten gesagt hatte: ‚Wir bringen das Schlechteste am andern zum Vorschein – wir sollten getrennt voneinander leben.‘

Eine radikale Kritik an der Ehe wird hier formuliert: selbst als Liebesdienst zieht die Frau den Kürzeren und scheint es nicht zu merken; das Arrangement als modus vivendi; Geborgenheit und Gemütlichkeit auf Kosten von Autonomie und Freiheit; Verhäuslichung (auch des Mannes) als Einschränkung, als Rückzug vom öffentlich-gesellschaftlichen bzw. gemeinschaftlichen Leben.

Wie ihre Schöpferin, ringen die Protagonist:innen im Roman nach Auswegen und Lösungen; dabei stellen sie sich dem Problem der Wahrhaftigkeit und Authentizität des sprachlichen Ausdrucks; sie machen das Sprechen und Schreiben über Gefühle und Empfindungen zum Ausgangspunkt, in ihren Augen *das Schwierigste* überhaupt. Was ist das Glück? Was macht glücklich? Was ist die Liebe, unter welchen Bedingungen kann sie gedeihen? Wie spricht man darüber, und welchen Anforderungen muss das Schreiben darüber genügen? Es ist das Ringen um eine Sprache für Emotionen jenseits der Lüge, Vertuschung und Verleugnung, damit eine ehrliche, authentische Verständigung darüber gelingen kann. Des Weiteren geht es den Beteiligten um alternative Lebensformen, die die besagten Einschränkungen durch die herkömmlichen zu überschreiten versprechen. Es ist Evelyn, die ihren Traum vom Besseren und Mehr im Leben entfaltet; Ausgangspunkt ist bei ihr auch wieder die Kritik am Bestehenden:

Alles schön und gut, die Liebe und der heimische Herd, die Einfamilienhäuser mit ihrer Küche unten und ihrem Kinderzimmer oben, die so abgeschlossen und selbstgenügsam waren wie Inselchen im reißenden Strom der Welt; aber die wirklich wichtigen Dinge waren doch wohl die großen Ereignisse, die moralischen Feldzüge, die Kriege, die Ideale, die Dinge eben, die draußen in der großen weiten Welt stattfanden und sich unabhängig von den Frauen vollzogen, die sich mit so schöner Gelassenheit den Männern zuwandten.

Sodann unterbreitet sie die Idee, einen Klub zu gründen:

... einen Klub, der alles Mögliche bewirken sollte, der wirklich tätig werden würde. Sie redete sich in einen wahren Feuereifer hinein, denn, so beteuerte sie, sie war sich ganz sicher, mit zwanzig Leuten – nein, zehn würden schon ausreichen, wenn sie Köpfchen hätten -, die entschlossen wären, wirklich etwas zu tun, statt nur davon zu reden, könnten sie nahezu jeden Mißstand abhelfen, der existierte. Was gebraucht wurde, war Grips. Wenn nur Leute mit Grips – natürlich würden sie auch einen Raum brauchen, vorzugsweise in Bloomsbury, wo sie sich einmal wöchentlich treffen könnten ...

Es ist bezeichnend, wie V. Woolf diese Evelyn kennzeichnet: emphatisch, auch etwas wirr, leicht elitär und voller Tatendrang. Sie spricht von der *großen weiten Welt*, die am Leben der Frauen vorbeigeht, weil sie in ihren vier Wänden ihr kleines Glück suchen. Sie will gebildete und gescheite Leute um sich versammeln und einen geistigen wie emotionalen Austausch organisieren. *Nur reden* reicht ihr nicht, sie will im Kreis Gleichgesinnter etwas *tun*, um den *Mißständen* zu begegnen. Dieser leicht utopische Überschuss in ihrem Plädoyer soll vielleicht auf die Schwierigkeiten bei der Realisierung dieses Projekts verweisen, und die Autorin weiß, wovon sie spricht: es gab diesen Klub in Bloomsbury wirklich, in dem sie sich mit ihrem Ehemann und einem Kreis von Vertrauten und Freunden zwecks Austausches über politische, wissenschaftliche und literarische Fragen regelmäßig trafen. Das war ein Anfang, doch von alternativen Lebensformen konnte noch keine Rede sein.

Alles in allem stellt dieser Roman sehr viel an eingefleischten Mustern und Strukturen des bürgerlichen Lebens und der Geschlechterbeziehungen in Frage, so dass ihm eine Vorreiterrolle in der feministischen Bewegung zukommt. Manches liest sich wie aus heutiger Zeit geschrieben, und es wird auch morgen noch seine Gültigkeit haben. Denn das Streben nach einem selbständigen, selbstbestimmten Leben und freier Entfaltung der Person ist ein unerschöpfliches Thema und für die allermeisten noch lange nicht erreicht.

William Faulkner: Schall und Wahn

Woher kommt es, dass dieser Roman so schwer zugänglich ist? Es war mein wiederholter Versuch, ihn zu lesen, und diesmal (in der schönen, gebundenen Ausgabe), auch mit Hilfe des Nachworts von Frank Heibert, dem Neu-Übersetzer, habe ich es endlich geschafft, den Sinn und die Bauplan des Werkes zu verstehen.[4] Alles erschließt sich erst vom letzten Kapitel her. Von den insgesamt vier Teilen sind drei auf April 1928 datiert; nur der zweite Teil auf 1910. Er ist aus der Perspektive des an der Harvard-Universität studierenden, ältesten Sohnes Quentin der Familie Compson geschrieben und behandelt den letzten Tag seines jungen Lebens vor dem Suizid. Im ersten Teil kommt dieser Quentin, 18 Jahre nach seinem Tod, jedoch immer noch vor; und die Verwirrung wird noch dadurch gesteigert, dass es zudem eine 17jährige junge Frau (Tochter der Schwester Candace) gleichen Vornamens gibt, so dass man nur aus dem Artikel schließen kann, um welche:n Quentin es sich gerade handelt. Das wiederum liegt daran, dass dieser erste Teil aus der Perspektive eines Schwachsinnigen, nämlich des jüngsten Sohnes der Compsons, geschrieben ist. Und bei diesem Benjamin, dessen 33. Geburtstag zu Ostern 1928 begangen wird, geht alles durcheinander: er kennt keine Vergangenheit oder Gegenwart, nimmt nur die Gleichzeitigkeit aller Geschehnisse und in sie involvierten Personen wahr, so dass die Kindheit der Geschwister beim Spielen am Bach genauso präsent ist wie der längst tote Bruder Quentin und der gestorbene Familienvater Jason senior. Bis ich dies erkannt hatte, musste ich die Lektüre des ersten Teil resigniert nach der Hälfte abbrechen und mit dem zweiten Kapitel fortfahren, um schließlich von Ende her die Struktur zu erfassen. Es zeugt, so betrachtet, natürlich von höchster literarischer Qualität, wenn Faulkner hier den Versuch macht, die Gleichzeitigkeit im Ungleichzeitigen als ein Spezifikum der Wahrnehmung eines ‚Irren' zu literarisieren. Benjamins Sinnesorgane sind in permanenter Turbulenz, was aber auch zauberhafte Verstörungen hervorbringt: er ist

---

[4] Um Zugang zu einem literarischen Werk zu bekommen, ziehe ich in der Regel keine Sekundärliteratur heran, da ich ihm gerne selbst auf die Spur kommen möchte.

stumm, er sabbert und stöhnt, er weint bei jeder kleinen Irritation, er kann auch brüllen; doch er hört das Dunkel, er riecht die Umgebung, statt sie zu sehen, er ist fasziniert vom Feuer, das ihn beruhigt; und es ist die Seele des Hauses, nämlich die schon ewig der Compson-Familie dienende, schwarze Domestikin Dilsey, die in ihrer Warmherzigkeit es als einzige versteht, Benjamin zu ,nehmen'.

Es heißt, auf der Familie laste ein Fluch oder das Unglück. Aus dem *Appendix* erfahren wir, dass die Compsons eine ehrbare Ahnenschaft aufweisen können: unter den männlichen Vorfahren von Jason senior waren Gouverneure und erfolgreiche Geschäftsleute; doch es gab auch früh schon tragische Schicksale wie Suizide und anderes Unglück. Im Roman, der dreißig Jahre Familiengeschichte abbildet, geschehen neben Quentins Freitod (er hat sich in den Fluss gestürzt, weil er mit der imaginierten Sünde des Inzestes mit seiner Schwester nicht fertig wurde) weitere Katastrophen: Jason senior, der sich als Versager auf abschüssiger Bahn wahrnimmt, säuft sich zu Tode. Die Tochter Candace heiratet einen von Quentin so verachteten und gehassten Blender, wird schwanger und aus Eifersucht vom Ehemann vertrieben. Ihre Tochter Quentin wird ihr abgesprochen und von den Großeltern aufgezogen. Nach dem Tod des Großvaters übernimmt Jason junior das Kommando in der Familie, ein von dieser Aufgabe völlig überforderter, jähzorniger, ewig nörgelnder Südstaaten-Despot mit rassistischem Gedankengut, der seine Nichte kontrolliert und drangsaliert. Die Mutter Caroline leidet an permanentem Kopfschmerz als sozialer Krankheit, völlig unfähig, das Haus zu führen, eine Aufgabe, die sie an Dilsey und deren Familie abgetreten hat.

Interessanterweise habe ich die literarisch schönsten Stellen im vierten Teil gefunden, der aus der Perspektive von Dilsey geschrieben ist. Hier ein paar Zitate, die diese Feststellung belegen sollen.

Benjamin wird von Dilseys Sohn Luster gefüttert: *Ben hörte auf zu wimmern. Er beäugte den Löffel, der auf seinen Mund zukam. Es war, als wäre auch die Gier in ihm* muskelgesteuert und der Hunger selbst sprachlos, nicht ahnend, dass es Hunger war. Luster fütterte ihn geübt und gleichgültig.

Jason junior und seine Mutter warten auf die vermeintlich unfolgsame Quentin: ‚Quentin‘, sagte sie. Als sie zum ersten Mal rief, legte Jason Messer und Gabel ab, und er und seine Mutter schienen, einander gegenübersitzend, in identischer Haltung zu warten; der eine kalt und gerissen, mit dichtem braunem Schopf, der links und rechts von der Stirn zwei eigensinnige Wirbel bildete, die Karikatur eines Barkeepers, darunter nussbraune Augen mit schwarzumrandeter Iris wie Murmeln, die andere kalt und streitsüchtig mit leuchtend weißem Haar und hervortretenden Augen, die verblüfft dreinschauten und so dunkel waren, als bestünden sie nur aus Pupille oder Iris.

Luster, der Ben betreut, soll seiner Mutter eine Säge wiedergeben: *Er stellte die Säge weg und brachte ihr den Schlägel. Dann jammerte Ben wieder, hoffnungslos und langgezogen. Es war nichts. Nur ein Tönen. Als wären alle Zeitläufte, alle Ungerechtigkeit, alles Leid mit einem Mal Stimme geworden durch das Zusammenspiel der Planeten. … ‚Komm, Benjy‘, sagte Luster. Er ging die Stufen wieder hinunter und packte Ben am Arm. Der kam gehorsam mit, weiter jammernd, mit jenem mählichen heiseren Ton, den Schiffe von sich geben und der einzusetzen scheint, bevor er ertönt, und aufzuhören, bevor er verklungen ist.*

Jason auf der Suche nach seiner Nichte, die einer Verfolgungsjagd gleichkommt, kann aufgrund einer Migräneattacke nicht mehr weiterfahren und braucht Hilfe: *Er saß eine Zeitlang da. Er hörte, wie eine Uhr halb schlug, dann zogen Menschen in Sonn- und Festtagskleidung an ihm vorbei. Einige betrachteten ihn, den Mann, der da ruhig hinter dem Steuer eines kleinen Wagens saß, von seinem unsichtbaren Leben umschlockert wie von einer ausgeleierten Socke, und gingen weiter.*

Dilsey bringt Ben zu Bett: *Dilsey führte Ben zum Bett und zog ihn neben sich, dann nahm sie ihn in die Arme und wiegte ihn, wischte seinen sabbernden Mund mit ihrem Rocksaum ab.*

Letzte Szene: Luster zügelt das Pferd Queenie falsch herum, so dass es durchgeht; das versetzt Ben in Panik: *Einen Augenblick lang blieb für Ben alles stehen. Dann brüllte er. Brüllte und brüllte mit immer lauterer Stimme und kaum einer Pause zum Atemholen. Jetzt lag mehr als Erstaunen darin: Entsetzen, Schock; blicklose, sprachlose Qual; schieres Tönen, während Lusters Augen sich für einen kurzen, weißen Augenblick verdrehten. ‚Himmelherrgott!‘, sagte er. ‚Still! Still! Himmelherrgott!‘ Er wirbelte wieder herum und schlug Queenie mit der Gerte.*

Im Original heißt der Roman *The Sound and the Fury*, was eine deutlich andere Konnotation hat als der deutsche Titel (s. die Erörterung des Übersetzers hierzu). Ton und Zorn, Klang und Wut, Geräusch und Raserei, wie immer man es zu verstehen hat, die Worte scheinen auf die *sprachlose Qual* und das Brüllen von Benjamin ausgerichtet zu sein, in denen vielleicht mehr Menschlichkeit und menschliches Empfinden zum Ausdruck kommt als in den Wahrnehmungen und Verhaltensweisen der ‚Normalen‘. Vielleicht ist das die Botschaft des Romans.

Hermann Hesse: *Narziß und Goldmund*

Hesse zeichnet mit seinen beiden Hauptfiguren ein Gegensatzpaar, nicht nur der Charaktere, sondern auch der Lebensformen nach: Goldmund verkörpert den Künstler, Narziß den Gelehrten; erster steht für Ästhetik und Sinnenfreude, zweiter für Wissenschaft und Askese. Interessant ist nun, dass dieser Gegensatz in der Entwicklung gezeigt wird; die beiden treffen im Jugendalter in dem Kloster aufeinander, in welchem Narziß trotz seiner jungen Jahre bereits eine Lehrtätigkeit ausübt und Goldmund zu seinen Schülern zählt; erst im reiferen Alter begreift ein jeder von ihnen, welche Bedeutung der je andere für ihn hatte und welche Entwicklungsstufen man durchlaufen musste, um das zu erkennen. Goldmund, der dem Klosterleben bald entflicht und sein Glück als heimatloser, fahrender Geselle in Freiheit, bei den Frauen und in der Kunst sucht, sieht sein Leben in drei Phasen: der Zeit der Abhängigkeit von Narziß und der Lösung davon folgt die Zeit der Wanderung, Erweiterung und Entbehrung, der wiederum die der Rückkehr, Einkehr und Reife folgt. Narziß hingegen, der im Kloster aufstrebt und es bis zum Abt bringt, erkennt erst mit der Wiederkehr von Goldmund, wie sehr er diesen Freund liebt und als einzigen immer geliebt hat, und ihn überkommen Zweifel am eigenen Lebenskonzept aufgrund der Vereinseitigung und des Verlustes aller Sinnlichkeit; dieser Mangel wird ihm aber erst bewusst, als er in seinem Freund eine nahezu ideale Verbindung des Gegensätzlichen sieht: die Sinnenfreude und die Schöpferkraft. Doch da überschätzt oder idealisiert er Goldmund bzw. weiß nicht, wie der Freund das selbst erfahren hat. Denn auch Goldmund schlägt sich mit dem Gegensatz von Leben und Kunst herum, wenn er sich vom Leben selbst *genarrt* fühlt: Gibt man sich ganz der Lust hin, gibt es keinen Schutz gegen die Vergänglichkeit; sich ganz der Kunst zu widmen, heißt wiederum, aufs Leben zu verzichten, um ihm ein Denkmal zu setzen; in der Verknüpfung läge das Ideal, so wie Narziß es in ihm verkörpert sieht, doch auch er hat es nicht zu realisieren vermocht.

Den tieferen Grund dafür sieht Goldmund darin, dass alles im Leben auf Gegensätzen beruht, die unüberbrückbar und unversöhnlich erscheinen.

Es schien alles Dasein auf der Zweiheit, auf den Gegensätzen zu beruhen; man war entweder Frau oder Mann, entweder Landfahrer oder Spießbürger, entweder verständig oder gefühlig – nirgends war Einatmen und Ausatmen, Mannsein und Weibsein, Freiheit und Ordnung, Trieb und Geist gleichzeitig zu erleben, immer mußte man das eine mit dem Verlust des anderen bezahlen, und immer war das eine so wichtig und begehrenswert wie das andere! … Der Riß ging durch die Schöpfung, sei es nun, daß sie mißglückt und unvollkommen war, sei es, daß Gott eben mit dieser Lücke und Sehnsucht des Menschendaseins besondere Absichten haben mochte, sei es, daß dies der Sinn des Feindes war, die Erbsünde? Aber warum denn sollte diese Sehnsucht und Ungenüge Sünde sein? Entstand nicht aus ihr alles Schöne und Heilige, was der Mensch geschaffen hatte und Gott als Dankesopfer zurückgab?

Mit solchen tiefgreifenden Gedanken plagt sich der alte Goldmund herum, und er, der Künstler, wird damit selbst zum Philosophen und Theologen, denn es sind Grundfragen der menschlichen Existenz und des Glaubens, die hier aufgeworfen werden.

Von großer Schönheit und tiefer Erkenntnis sind auch die Stellen, in denen Hesse seine beiden Figuren über Kunst und Philosophie debattieren und räsonieren lässt. Die Bedeutung von Kunst besteht in der Überwindung der Vergänglichkeit. Doch sie ist mehr als nur das Abbild, in Stein gehauen, in Holz geschnitzt, in Farben ausgemalt; sie ist selbst Geist und Idee, und hat ihren Sitz in der Seele des Künstlers. Sie sprechen von *Urbildern*, um diesen Gedanken festzuhalten. Soweit stimmen sie überein und ergänzen sich wechselseitig. Doch ein Sinngespräch unter den Freunden geht nicht ohne Gegensatz und Widerspruch; diesmal ist es der von Bild und Begriff, Kunst und Philosophie. Für die Kunst sind die Bilder das Medium, für die Philosophie die Begriffe; das Denken, so Narziß, vollzieht sich unabhängig von Bildern und Vorstellungen. Die Werkzeuge der Philosophie sind Logik und Abstraktion. Goldmund will es nicht einleuchten, dass das Denken frei von Vorstellungen und Bildern vonstattengehen könnte. Darauf erwidert Narziß:

Aber gewiß kann man ohne Vorstellungen denken! Das Denken hat mit Vorstellungen nicht das mindeste zu tun. Es vollzieht sich nicht in Bildern, sondern in Begriffen und Formeln. Genau dort, wo die Bilder aufhören, fängt die Philosophie an. Dies war es ja, worüber wir einst als Jünglinge so oft gestritten haben: für dich bestand die Welt aus Bildern, für mich aus Begriffen. Ich sagte dir stets, du seist zum Denken untauglich, und sagte dir auch, daß dies kein Mangel sei, da du dafür ein Herrscher auf dem Gebiet der Bilder bist. Paß auf, ich werde es dir klarmachen. Wärest du, statt damals in die Welt zu laufen, ein Denker geworden, so hättest du Unheil anrichten können. Du wärest nämlich ein Mystiker geworden. Die Mystiker sind, kurz und etwas grob gesagt, jene Denker, welche nicht von den Vorstellungen loskommen können, also überhaupt keine Denker sind. Sie sind heimliche Künstler: Poeten ohne Verse, Maler ohne Pinsel, Musiker ohne Töne. Es sind höchst begabte und edle Geister unter ihnen, aber sie sind alle ohne Ausnahme unglückliche Menschen. So einer hättest du auch werden können. Statt dessen bist du, Gott sei Dank, ein Künstler geworden und hast dich der Bilderwelt bemächtigt, wo du ein Schöpfer und Herr sein kannst, statt als Denker im Unzulänglichen steckenzubleiben.

Auch wenn Narziß seinen Freund nicht restlos überzeugen kann – Goldmund hat ja durchaus recht, wenn er das Denken von den Vorstellungen nicht abtrennen will, gibt es doch philosophische Schulen und Richtungen wie etwa den später aufgekommenen Empirismus, in denen beides zusammenläuft – gezeigt werden sollte mit Stellen wie diesen, welcher Tiefsinn in dieser Erzählung von Hermann Hesse steckt und in welch schönem Gewande (Form, Stil, Sprache) er daher kommt.

Theodor Fontane: *Irrungen – Wirrungen* und *Stine*

Zugegeben: ich lese ihn immer wieder gerne, den alten Märker mit seiner ruhigen Erzählweise und seinem Blick aufs Soziale. Die Sensibilität für soziale Ungleichheit in Zeiten der preußischen Monarchie Ende des 19. Jahrhunderts, in denen die Gesellschaft in Stände und Klassen tief gespalten und extrem hierarchisch strukturiert war, zeigt sich in beiden Prosastücken in der Zuspitzung auf das Geschlechterverhältnis. Ihr Thema sind sogenannte Mésalliancen, also standesübergreifende Liebesbeziehungen. Es war schlicht unstatthaft, ja undenkbar, als männlicher Abkömmling einer Adelsfamilie eine Frau aus den Volksklassen zu ehelichen; und es war den Angehörigen dieser niederen Stände und Klassen gleichermaßen klar, dass nicht sein durfte, was nicht sein konnte bzw. umgekehrt. Das Unglück war vorherzusehen. Was aber tun, wenn man sich verliebt? Anhand zweier ähnlich gelagerter Fälle von Cross-Class-Liebesbeziehungen schildert Fontane in diesen Erzählungen die menschliche Tragödie des Scheitern, aber auch – bevor alles zu Bruch geht – das Aufgebot an Emotionen, warmherziger Mitmenschlichkeit und Güte jenseits der Konventionen und herrschenden Moralvorstellungen.

Fontane sah den Roman *Irrungen – Wirrungen* und die Erzählung *Stine* in einem Komplementärverhältnis: *„Stine' ist das richtige Pendant zu ‚Irrungen – Wirrungen', stellenweise weniger gut, stellenweise besser. Es ist nicht ein so breites, weite Kreise umfassendes Stadt- und Lebensbild wie ‚Irrungen – Wirrungen', aber an den entscheidenden Stellen energischer, wirkungsvoller.*

Er schrieb die Werke in Teilen parallel, den Roman beendete er 1887, die Erzählung zwei Jahre später.

Der Roman spielt in einer Randlage von Berlin. Die junge Weißwäscherin Lene Nimpsch und Baron Botho von Rienäcker, der als Offizier im Militärdienst steht, bilden ein Liebespaar. Ihre Beziehung (man weiß nicht, wie sie entstanden ist, die Geschichte setzt mit ihr ein) ist voller Zärtlichkeit und tief empfundener Zuneigung. Botho besucht Lene und ihre alte Mutter in ihrer bescheidenen Behausung unter dem Dach der resoluten Nachbarin Frau Dörr gerne, weil er ein Herz für die einfachen Leute hat. Hier, unter diesen, geht es direkt und unverkrampft zu. Man spricht, wie einem der Schnabel gewachsen ist und hat nichts zu verbergen. Und er erkennt gerade in seiner Geliebten die Herzensbildung und ureigene menschliche Klugheit, die er vor jeder formalen Bildung zu schätzen weiß.

Fontane gibt den einfachen Leuten, wie hier der Mutter Lenes, ihre eigenen Sprache, d.h. sie sprechen in ihrem Dialekt (die märkische Mundart). Dieses Stilmittel einzusetzen (er tut dies auch in der *Stine* im Berliner Dialekt), war in der zeitgenössischen Literatur noch die Ausnahme und eher verpönt, wirkt jedoch umso lebensnäher und echter, als wenn er ihnen eine hochdeutsche Ausdrucksform oktroyierte, die dagegen eher steif wirkt.

Bei aller Gefühlstiefe bleibt ein Fremdheitsempfinden Lenes, sobald Botho von seinen Offizierskameraden und seinem sozialen Umfeld spricht; sie weiß, dass er in einer anderen Welt lebt, in der er gesellschaftliche Konventionen zu berücksichtigen und standesgemäße Verpflichtungen zu erfüllen hat – er ist nicht frei in seinen Entscheidungen, und er verkehrt in sozialen Kreisen, die ihr verschlossen sind. Und so weiß sie genau, dass diese Liebe absehbar ein Ende haben wird.

‚Nein, nein. Es war niemand schuld; dabei bleibt es, daran ist nichts zu ändern. Aber daß es so ist, das ist eben das Schlimme daran. Wenn wer schuld hat, dann bittet man um Verzeihung, und dann ist es wieder gut. Aber das nutzt uns nichts. Und es ist auch nichts zu verzeihen.‘

‚Lene …‘

‚Du mußt noch einen Augenblick hören. Ach, mein einziger Botho, du willst es mir verbergen, aber es geht zu Ende. Und rasch, ich weiß es.‘

‚Wie sprichst du nur?‘

‚Ich hab es freilich nur geträumt,‘ fuhr Lene fort. ‚Aber warum hab ich es geträumt? Weil es mir den ganzen Tag vor der Seele steht. Mein Traum war nur, was mir mein Herz eingab … Daß ich diesen Sommer leben konnte, war mir ein Glück und bleibt mir ein Glück, auch wenn ich von heut ab unglücklich werde.‘

‚Lene, Lene, sprich nicht so …‘

‚Du fühlst selbst, daß ich recht habe; dein gutes Herz sträubt sich nur, es zuzugestehen, und will es nicht wahrhaben. Aber ich weiß es: gestern, als wir über die Wiese gingen und plauderten und ich dir den Strauß pflückte, das war unser letztes Glück und unsere letzte schöne Stunde.‘

Dieser Dialog verrät so manches: Lenes Klugheit, indem sie die Unmöglichkeit dieser Liebesbeziehung nicht zu einer Schuldfrage erklärt, die individuell zurechenbar und damit entschuldbar wäre, sondern – wenn auch unbewusst - die Macht der gesellschaftlichen Verhältnisse und Normen dafür verantwortlich macht, die über das individuelle Wünschen und Wollen dominiert. Auch erkennt sie die Konfliktlage, in der sich Botho befindet und die ihn zur Leugnung der von ihr ausgesprochenen realistischen Einsicht hinreißt.

Und was Lene mit ihrem sozialen Instinkt als eine Gewissheit verspürt, tritt auch wirklich ein: der junge Baron wird von seiner Mutter aufgefordert, eine standesgemäße Ehe zu schließen, damit die Familie aus ihren finanziellen Engpässen herauskommt. Botho muss sich von Lene trennen, heiratet seine Cousine, eine vermögende, junge Adlige; um über den Konflikt hinwegzukommen, trennt er Liebe und Gefühle vom Ehestand und sieht damit auch seine Vorstellungen von *Ordnung* erfüllt.

‚Arbeit und täglich Brot und Ordnung‘. Wenn unsere märkischen Leute sich verheiraten, so reden sie nicht von Leidenschaft und Liebe, sie sagen nur: ‚Ich muß doch meine Ordnung haben.‘ Und das ist ein schöner Zug im Leben unseres Volkes und nicht einmal prosaisch. Denn Ordnung ist viel und mitunter alles. Und nun frag ich mich: War mein Leben in der ‚Ordnung‘? Nein. Ordnung ist Ehe.

Bei aller Zuneigung zu Lene und aller Verbundenheit mit den einfachen Leuten – hier gewinnen die konventionellen Standesprägungen doch die Oberhand. Es klingt alles nach Rechtfertigung, wenn Botho sein eigenes Handeln in den Kontext der Normen des Volkes stellt: auch die einfachen Märker strebten nach Ordnung (in Form von Eheschließungen), statt sich ihren Gefühlen hinzugeben. Der Nutzen und die gesellschaftlichen Regeln stünden auch beim

Volk über den Leidenschaften. So erscheinen seine Ordnungsliebe wie sein Bekenntnis zum einfachen Leben der kleinen Leute zwiespältig: sie haben einen legitimatorischen Charakter. Dass der junge Baron auch nach seiner Eheschließung Lene nicht gänzlich aus seinem Gefühlshaushalt verbannen kann bzw. dass er den Rest seiner Empfindungen infolge des Konformitätszwangs brutal unterdrücken muss, zeigt sich letztendlich im Akt der von ihm insgeheim verbrannten Liebesbriefe von der einst Geliebten.

∗

Während der Roman *Irrungen – Wirrungen* als Gesellschaftsstück konzipiert ist, ist die Erzählung *Stine* wie ein Kammerspiel arrangiert. Drei Frauen, Stine und ihre Schwester Pauline wohnen zur Untermiete bei den überaus neugierigen und geizigen Polzins in einem Berliner Mietshaus und sind eng mit der Varietee-Künstlerin Wanda befreundet. Es kündigt sich hoher Besuch an, der nicht das erste Mal hier vorbeischaut: der alte Graf Haldern, sein Freund, ein alte Baron (sie nennen sich untereinander Sarastro und Papageno, was ihre Liebe zur Musik zu bekunden scheint) und der Neffe des alten Haldern Waldemar. Der junge Herr ist zum ersten Mal zu Gast in diesem Etablissement. Angesichts des angekündigten Besuchs gerät die gastgebende Pauline in Aufregung: *‚Der Alte kommt‘*, heißt es.

‚Jott, man hat doch keine ruhige Stunde.‘

‚Was ist denn?‘

‚Er kommt heute wieder.‘

‚Nu, Pauline, das is doch kein Unglück. Bedenke doch, daß er für alles sorgt. Und so gut, wie er ist, und gar nich so.‘

… von oben herab, möchte man ergänzen. Und da der Graf und sein Gefolge eine anständige Bewirtung zu erwarten scheinen, die er hinterher auch begleicht, müssen in Windeseile alle Vorkehrungen getroffen werden: Wanda herbeizitieren, Essen und Trinken vom Feinsten besorgen usw.

So jovial sich der alte Graf auch gibt, gleich bei der Vorstellung zeigt sich das hierarchische soziale Gefälle unter den Beteiligten:

,Darf ich die Herrschaften miteinander bekannt machen?', fragte jetzt Sarastro verbindlich mit anscheinend ernstester Miene. ,Mein Neffe Waldemar (dieser verbeugte sich), Frau Pauline Pittelkow, geborenen Rehmann, Fräulein Ernestine Rehbei, Fräulein Wanda Grützmacher. Einer Vorstellung unseres Freundes Papageno bedarf es nicht; er genießt des Vorzuges, allen Anwesenden bekannt zu sein.'

Hoch interessant dann Fontanes Kommentar:

In der Art, wie diese Vorstellung von den drei Damen aufgenommen wurde, zeigte sich durchaus die Verschiedenheit ihrer Charaktere: Wanda fand alles in Ordnung, Pauline brummte was von Unsinn und Afferei vor sich hin, und nur Stine, das Verletztende der Komödie herausfühlend, wurde rot.

Das Schauspiel, das sich über Abend und Nacht im Zimmer der schönen Pauline abspielt, zeigt: hier wird zwar fürstlich getafelt, hier wird Kleinkunst dargeboten, hier wird gelacht und getanzt, kurzum: ein vergnüglicher Abend verbracht, so wie die Herrschaften das gerne haben, und wofür der alte Graf auch bezahlt. Das bedeutet: Hier wird ein Stück aufgeführt, in dem es vorgezeichnete Rollen gibt, die ungleich verteilt sind. Der alte Graf tut so als ob … comme il faut … es Damen der Gesellschaft wären, dabei sind sie einfache Frauen aus dem Volk, mehr oder weniger erfahren, gerissen oder naiv: Stine arbeitet als Näherin, ihre Schwester Pauline ist verwitwet, hat zwei Kinder von verschiedenen Männern und schlägt sich mit Gelegenheitsarbeiten durch; nur die Varietee-Sängerin meint von sich, schon mal auf den Brettern der große Welt gestanden zu sein, wenn auch aus der Perspektive von unten. Es ist *kein Hurenstück* (wie der Autor selbst betont), wohl aber ein bezahltes Vergnügen, bei dem die Musikliebhaber und Genießer, die sogenannten Herrschaften, voll auf ihre Kosten kommen. Und es ist die in solchen Vergnügungen unerfahrene Stine, die diese Komödie, wenn nicht durchschaut, so doch das Verletzende, die Herablassung den Frauen gegenüber, empfindet.

Schon während dieser privaten Soiree üben sich zwei der Beteiligten in Zurückhaltung: Stine und Waldemar. Die junge Frau, voller Schüchternheit und Unerfahrenheit, wahrscheinlich aus anderen Motiven als der junge Graf, der von seinem Onkel immer wieder in seinem Verhalten zurechtgewiesen und damit bloßgestellt wird. Die Geschichte will es, dass es zu Annäherungen, Zärtlichkeiten, einer Liebesbeziehung zwischen ihnen kommt. Doch zunächst geht es um etwas anderes.

Waldemar geht auf Stine zu, indem er sie besucht. Die junge Frau, die den Grafen noch mit der Vergnügungsnacht verbindet, ist darauf bedacht, als anständiges Mädchen wahrgenommen zu werden, er solle sich nicht in ihr irren. Waldemar erklärt sein Motiv, mit Stine sprechen zu wollen damit, dass er ihre soziale Notlage erahnt und ihr aus ehrlichen Motiven helfen will. Er selbst bezeichnet sich als einen psychisch und körperlich kranken Menschen (infolge schwerster Verwundungen im Krieg sowie einer überaus strengen Erziehung), der in seinem jungen Leben bisher nur Leid und Elend gesehen und so etwas wie Glück noch nicht erfahren hat.

Die Unterredung hat sodann einen zutiefst sozialen Sinn. Es geht darum, wie leicht Frauen in Verruf geraten, die einer niederen sozialen Klasse angehören und sich mit Männern aus höheren Kreisen abgeben, wie zum Beispiel Stines Schwester Pauline:

„Ja, bei denen gibt es freilich Anstoß, und meine Schwester, wenn sie mit denen zusammentrifft, muß oft böse Worte hören. Aber so heftig sie sonst ist, so ruhig ist sie dabei. Sie hat nämlich einen sehr guten Verstand und ein großes Gerechtigkeitsgefühl, und wenn sie solche Worte hört, dann sagt sie: ‚Ja Stine, das ist nun mal nicht anders; wer sich in den Rauch hängt, der wird schwarz.‘"

„Nun gut. Aber einen je besseren Verstand Ihre Schwester hat, und je mehr sie zugibt, so wie sie lebt, das Urteil und Gerede der Leute herauszufordern, desto mehr muß sie doch leiden unter der Mißachtung, die sie trifft."

„Es wäre vielleicht so", nahm Stine wieder das Wort, *„wenn alle Menschen in einerlei Weise dächten. Aber das ist nicht der Fall. Die, die sie verurteilen (und die mitunter lieber schweigen sollten), das sind immer nur einzelne; die meisten plappern ihre Lehren und Vor-*

würfe nur so herunter und meinen es nicht bös und denken in ihren Herzen ganz anders darüber."

„Wie das?"

„Ja, das ist schwer zu sagen, aber es ist so und kann auch kaum anders sein. Denn die, die Not leiden, wollen vor allem aus ihrer Not und ihrem Elend heraus und sinnen und simulieren bloß, wie das zu machen sei. Brav sein und sich rechtschaffen halten, das ist alles sehr gut und schön, aber doch eigentlich nur was Feines für die Vornehmen und Reichen, und wer arm ist und das Feine mitmachen will, über den ziehen sie bloß her (und die gestern noch die Strengsten waren, am meisten) und reden und spotten, daß man was Apartes sein wolle."

Es ist erstaunlich, mit welcher Klugheit Stine argumentiert beim Versuch, dem jungen Grafen die soziale Lage von ärmeren Frauen zu erklären, vor allem in moralischer Hinsicht, und woraus sich das böse Gerede der Leute – gerade auch aus der eigenen Klasse und dem Spießbürgertum – speist.

Diese Unterhaltung, die sich in der Erzählung über mehrere Seiten erstreckt, muss den Grundstein für ein tieferes Verständnis und Verstehen zwischen Stine und Waldemar, ja für ihre Liebesbeziehung, gelegt haben.

Der junge Graf ist jedenfalls entschlossen, Stine zu heiraten. Da er genau weiß, dass die strengen Standesgrenzen und zumal der eigene Vater bzw. die Familie eine solche Eheschließung nicht zulassen, stellt er sich ein einfaches Leben in Amerika vor, einen Neuanfang auch seines eigenen Lebens ohne den Ballast der Herkunft und jenseits der rigiden gesellschaftlichen Normen. Seinen Vater in diese Absichten einzuweihen, getraut er sich nicht. Stattdessen will er seinen Onkel dafür gewinnen, eine Art Anwalt für ihn zu spielen. Waldemar eröffnet diesem, dass er sich vermählen möchte. Der Alte begrüßt dieses Vorhaben und möchte wissen, welche Dame er erwählt habe.

,Es ist keine Dame.'

Der alte Graf verfärbte sich. Unter einem halben Dutzend Möglichkeiten, die durch sein Hirn schossen, war auch eine … Nein, nein … Und er faßte sich wieder und sagte mit wiedergewonnener Ruhe: ,Keine Dame. Was dann? Wer?'

,Stine.'

Der alte Graf sprang auf, warf seinen Stuhl um einen Schritt zurück und sagte: „Stine! Bist du toll, Junge?"

„Nein, ich bin bei Sinnen. Und ich frage dich, ob du mich hören willst?"

Eine einfache Frau wie Stine zu ehelichen, ist für einen Mann des Adels schlicht undenkbar. Man kann sich eine Mätresse nehmen, ja, aber heiraten: ein Ding der Unmöglichkeit. Die spontane Reaktion des alten Grafen, dass er sich vor Schreck und Zorn *verfärbte*, sagt fast alles – oder war unter den sechs Möglichkeiten in seinen Gedanken vielleicht doch auch Stine? Jedenfalls wird er sich auch im Laufe von weiteren Unterredungen mit Waldemar nicht umstimmen lassen, keine Fürsprache, keine Unterstützung, vielmehr schroffe Zurückweisung.

Dies allein bringt den jungen Grafen in eine schwierige Lage. Doch als er Stine von seinen Plänen und dem Verhalten des Onkels erzählt, wird er mit einer unerwarteten Reaktion ihrerseits konfrontiert. Auch sie hält – gegen ihre tiefen Empfindungen, ihre Liebe zu Waldemar – eine Eheschließung für ausgeschlossen. Sie macht sich Vorwürfe und fühlt sich schuldig an seinem Desaster: *„Was hast du getan? … Und ich Ärmste bin schuld daran. Bin schuld, weil ich's habe geschehen lassen und mich nie recht gefragt habe: was wird?"*

Und auch zu seinen Zukunftsplänen in Amerika hat Stine eine eigene Meinung:

„Du willst nach Amerika, weil es hier nicht geht. Aber glaube mir, es geht auch drüben nicht. Eine Zeitlang könnte es gehen, vielleicht ein Jahr oder zwei. Aber dann wär es auch drüben vorbei. Glaube nicht, daß ich den Unterschied nicht sehe. Sieh, es war mein Stolz, ein so gutes Herz wie das deine lieben zu dürfen; und daß es mich wieder liebte, das war meines Lebens höchstes Glück. Aber ich käme mir albern und kindisch vor, wenn ich die Gräfin Haldern spielen wollte. Ja, Waldemar, so ist es, und daß du so was gewollt hast, das macht ein rasches Ende."

Stine ist davon überzeugt, dass eine solche Ehe nicht zu verantworten ist. Sie denkt und handelt weniger für sich als für ihren Geliebten, den sie schützen will. Auch seine Beteuerungen, in Amerika ganz von vorne (*bei Adam und Eva*, heißt es in der Erzählung) beginnen zu wollen und den Adelstitel abzulegen, können sie nicht überzeugen. Sie bleibt gegen ihre eigenen Gefühle standhaft und sieht keine Perspektive für ihre Liebe; sie sieht das nahe Ende dieser Beziehung voraus.

Die Erzählung endet dramatisch: Waldemar, der sich in seiner Familie schon immer als Sonderling wusste, ist nun völlig isoliert und sieht für sich, nachdem sich selbst Stine zurückgezogen hat, keinen anderen Ausweg als den Freitod. Hierzu passt die späte Einsicht des jungen Barons Botho (aus dem Roman), wenn er sagt, *daß unser Herkommen unser Tun bestimmt. Wer ihm gehorcht, kann zugrunde gehen, aber er geht besser zugrunde als der, der ihm widerspricht.* Das bedeutet: Beide Adligen ereilt ein unglückliches Schicksal, doch die Anpassungsleistungen des Botho ermöglichen das Weiterleben, während der Verweigerer Waldemar folgerichtig daran stirbt.

Und es ist Stine in ihrem ganzen Unglück, die im Verborgenen, im Abseits an der hochherrschaftlichen Beisetzung des jungen Grafen in Groß Haldern teilnimmt, ohne von der Familie wahrgenommen zu werden. Und glaubt man dem Gemunkel der Wirtsleute Polzin, so stirbt auch Stine an Unterkühlung, mehr aber noch an gebrochenem Herzen, Unglück, Kummer.

„Nu, is sie heil wieder da?‘

„Heil, was heißt heil? Die wird nich wieder.‘

„Is eigentlich schade drum.‘

„I wo. Gar nicht … das kommt davon.‘

Der Geist des Kleinbürgertums, der aus diesem kurzen Dialog spricht, sieht im Unglück oder gar im möglichen Tod der Stine also die gerechte Strafe für ungebührliches Verhalten.

Zum Schluss sollen beide Werke Fontanes verglichen werden. Die beiden jungen adligen Protagonisten befinden sich mit ihren Liebesbeziehungen in einer vergleichbaren Ausgangslage: sie müssen sich von ihren Partnerinnen aufgrund unmenschlicher Standesgrenzen trennen, ihre Gefühle unterdrücken, weil sie nicht für eine Eheschließung in Frage kommen. Baron Botho fügt sich den Konventionen und heiratet standesgemäß – ob diese Ehe ihn glücklich macht oder nicht, spielt keine Rolle, weil danach nicht gefragt wird. Man arrangiert sich durch Anpassung und Wohlverhalten. Graf Waldemar hingegen verweigert sich dem konventionellen Reglement, er sucht nach einer lebbaren Alternative in einem freieren Land, als es Preußen-Deutschland ist, um die Liebesbeziehung mit Stine und damit auch sein Leben zu retten. Diesen Traum zerstört seine Geliebte, die aufgrund gelebter Erfahrung zu der realistischen Einschätzung kommt, dass auch in Amerika ihre Liebe keinen dauerhaften Bestand haben kann. Im Grunde meint sie, dass nicht der Ort oder das Land, in dem man lebt, ausschlaggebend sind, sondern die Klassenherkunft und -zugehörigkeit. Diese Grenzen lassen sich nicht individuell überwinden. Eine erstaunliche Einsicht, die der Autor dieser jungen Frau zuschreibt. Ähnlich klug stattet er auch Lene aus: Auch in dieser Beziehung ist es die weibliche Hauptperson, die über ihre Gefühlslage hinweg zu der realistischen Einschätzung kommt, dass ihre Liebe keine Chance hat, gelebt zu werden. Obwohl der Baron der Akteur ist, indem er eine andere heiratet, ist es recht eigentlich Lene, die die Liaison beendet; aus Liebe zu Botho und um ihn zu schützen, auch wenn ihr Herz an der Trennung zerbricht (sie verheiratet sich zwar noch, erwartungsgemäß jedoch unglücklich). Wie sagt die Kleinbürgerin Frau Dörr noch, die die zwielichtige Rolle als Kupplerin und Anstandsdame spielt, nachdem alles zu Bruch gegangen war: *So wat jeht nie jut!*

So waren die gesellschaftlichen Verhältnisse vor mehr als 100 Jahren. Wie sieht das eigentlich heute aus mit Liebesbeziehungen und Eheschließungen in der modernen Klassengesellschaft? Stände und Standesgrenzen sind wohl verschwunden, doch welche Rolle spielen die Klassen, die sozialen Herkünfte in den Geschlechterbeziehungen? Infolge meiner jahrelangen Forschungstätigkeit zum Thema *Klasse und Geschlecht* kann ich auf empirische Daten zurückblicken, die auf eine erstaunliche soziale Homogenität bei den Eheschließungen, also auf Homogamie verweisen. Das heißt, es braucht heute keine Verbote oder Konventionen mehr, damit sich Gleich und Gleich findet, vielmehr tut es das ganz von allein. Cross Class-Verbindungen sind jedenfalls die große Ausnahme und Homogamie die Regel. Soziale Ungleichheit wird durch Verheiratung nicht konterkariert, sondern bestätigt. Mit einer kleinen Differenzierung allerdings: In den Paarbeziehungen stehen die Frauen in jeder Klasse meist abgestuft tiefer in der sozialen Hierarchie als die Männer; zum Beispiel finden sich gerne Konstellationen wie Gymnasiallehrer und Realschullehrerin, Hochschulprofessor und Lehrbeauftragte, Arzt und Medizinisch-technische Assistentin, Facharbeiter und angelernte Arbeiterin, Büroleiter und Verwaltungsfachfrau usw. usf. Unsere Gesellschaft ist offener und freier und demokratischer geworden, aber gleicher wohl nicht. Die Kluft zwischen Arm und Reich wächst beständig, und soziale, ökonomische und kulturelle Ressourcen sind auch nach Geschlecht immer noch ungleich verteilt.

Theodor Fontane: Der Stechlin

Ein Klassiker, der weitgehend auf dem Lande, in der Mark Brandenburg spielt und doch mehr ist als eine Liebeserklärung an eine Landschaft, die Fontane immer wieder durchwandert hatte. Er selbst bezeichnet sein Werk als *Zeitroman* oder *politischen Roman*. Es ist ein Buch der Gegensätze und Widersprüche in Zeiten des gesellschaftlichen Umbruchs: Hier das Ländliche mit seinen Gütern und Schlössern, den Dörflern und dem Landadel, den Junkern – dort die Preußische Metropole Berlin; hier *das Alte* mit König, Kaiser, Vaterland und Militär, dort *das Neue* mit den Liberalen und der aufstrebenden Sozialdemokratie, den Umstürzlern, den Unzufriedenen, den Massen; hier der Untertanengeist mit Pflicht und Gehorsam als dominante Verhaltensdispositionen, dort der Drang nach Freiheit, Gleichheit und Demokratie, freien Wahlen und freier Meinungsäußerung. Es ist die Zeit nach den Kriegen mit Österreich, Dänemark und Frankreich, auf die je nach Stand, Rang und Stellung mit Stolz und Selbstbewusstsein oder mit Schrecken zurückgeblickt wird, und es ist die Gründerzeit, in der die Städte und der Handel wachsen, der Gegensatz von Stadt und Land zunimmt.

Die Kunst Fontanes besteht nun darin, dass er Gegensätze dieser Art unterläuft, indem er sie in seine Figuren und Sujets hineinholt, allen voran in den See Stechlin. Er trägt nicht nur den gleichen Namen wie der alte Major a. D. Dubslav von Stechlin (ein altes Adelsgeschlecht), und er liegt nicht nur direkt neben dessen Anwesen namens Schloss Stechlin. Obendrein symbolisiert dieser See die Weltverbundenheit, denn er hat die wundersame Eigenschaft aufzubrausen, sobald irgendwo in der Welt etwas rumort und aufbricht; sei es eine soziale Revolte oder sei es ein Vulkan, stets empfängt er die Signale und rumort mit; und wenn es ganz schlimm kommt, dann steigt in seiner Mitte wie aus einem Trichter der rote Hahn auf und kräht lauthals, so dass die Dörfler herbeieilen und staunen, bis das Federvieh sich wieder in das Gewässer senkt und verschwindet. Der See ist also kein gewöhnlicher, sondern er steht für das im

Umbruch befindliche Weltgeschehen. Und ihn verbindet eine verborgene Affinität zu seinem Namensgeber: der alte Dubslav spaziert täglich zu seinem See, setzt sich auf eine Bank und sinniert über alles, was ihn bewegt, sorgt und freut; man kommt mit einer Art Geheimsprache ins Gespräch: der alte Mann und der See.

Aus dem großen Personaltableau, das die verschiedenen Stände und soziale Milieus im Roman abbildet, seien hier einige wenige Figuren herausgegriffen, die entweder Gegensätze verkörpern oder für Affinität stehen. Dafür sei kurz das Handlungsgeschehen skizziert: Der alte Stechlin lebt seit dem Tod seiner Gemahlin allein mit seinem Diener und dem Küchenpersonal in dem arg heruntergekommenen Landsitz Schloss Stechlin. Sein Sohn Woldemar hat eine Offizierskarriere in Berlin gemacht und kommt hin und wieder zu Besuch. Er steht in enger Beziehung zum alten Graf Barby und seinen beiden Töchtern Gräfin Melusine und Comtesse Armgard, letztere wird zum Ende des Romans den jungen Stechlin heiraten. Sein Vater hat noch eine Schwester, Woldemars Tante Adelheit, eine wegen ihrer lebensfeindlichen, stockkonservativen Gesinnung gefürchtete Domina, die das Kloster und Damenstift Wutz leitet. Und schließlich der Pfarrer Lorenzen, ein aufgeschlossener, lebenskluger und ledig lebend Mann, der ein enger Vertrauter des alten Stechlin ist, nicht zuletzt, weil er einen Sinn fürs Soziale und Fortschrittliche hat.

Die Gräfin Melusine (sie hat zwei Jahrzehnte mit ihren Eltern und der Schwester in England gelebt, wo der Vater als Botschaftsgesandter tätig war) ist klug und schön, stolz und freisinnig; sie hatte einen italienischen Grafen geheiratet und sich nach nur einem Jahr Ehe wieder von ihm scheiden lassen; sie verkörpert im Roman den Typus der modernen, aufgeschlossenen Frau von Adel. Sie ist es auch, die die Bedeutung des Sees sofort verstanden hat; anlässlich ihres ersten Besuchs in der Region spricht sie davon gegenüber dem Pfarrer Lorenzen, der See sei *das Beste*, das die Menschen hier hätten und verbindet damit seine Symbolkraft für das Werden und Vergehen, das Alte und das Neue:

‚Ich respektiere das Gegebene. Daneben aber freilich auch das Werdende, denn eben dies Werdende wird über kurz oder lang abermals ein Gegebenes sein. Alles Alte, soweit es Anspruch darauf hat, sollen wir lieben, aber für das Neue sollen wir recht eigentlich leben.‘

Lorenzen bezeugt freudig seine Übereinstimmung mit den Auffassungen der Gräfin: *‚Ihre Ideale (sind) auch die meinigen. Ich lebe darin und empfinde es als Gnade, da, wo das Alte versagt, ganz in einem Neuen aufzugehen. Um ein solches ‚Neues‘ handelt es sich. Ob ein solches ‚Neues‘ sein soll (weil es sein muß) oder ob es <u>nicht</u> sein soll, um diese Frage dreht sich alles.‘*

Sie sprechen über den See und gelangen ohne Umschweife ins Philosophische und Politische; ohne das Politische direkt zu thematisieren, besteht eine geteilte Grundüberzeugung, ein gegenseitiges Verstehen und Verständnis.

Ganz anders dagegen das Verhältnis der Gräfin Melusine zur Domina Adelheid.

Sie waren eben Antipoden: Stiftsdame und Weltdame, Wutz und Windsor, vor allem enge und weite Seele.

‚Welch ein Mann, Ihr Pastor Lorenzen‘, sagte Melusine. *‚Und zum Glück auch noch unverheiratet.‘*

‚Ich möchte das nicht so betonen und noch weniger es beloben. Es widerspricht dem Beispiele, das unser Gottesmann gegeben, und es widerspricht auch wohl der Natur.‘

‚Ja, der Durchschnittsnatur. Es gibt aber, Gott sei Dank, Ausnahmen. Und das sind die eigentlich Berufenen. Eine Frau nehmen ist alltäglich …‘

‚Und keine Frau nehmen ist ein Wagnis. Und die Nachrede der Leute hat man noch obendrein.‘

‚Diese Nachrede hat man immer. Es ist das erste, wogegen man gleichgültig werden muß. Nicht in Stolz, aber in Liebe.‘

So gehen der Disput und das Pfeileschießen zwischen den Damen immer weiter. Bis der Erzähler eingreift und sagt: *Es klang alles ziemlich gereizt. Denn so leichtlebig und heiter Melusine war, <u>einen</u> Ton konnte sie nicht ertragen, den sittlicher Überheblichkeit. Und so war eine Gefahr da, sich die Schraubereien fortsetzen zu sehen.*

Eine der schönsten Paarungen im Roman bilden die beiden alten Herren, der Major a.D. Dubslav von Stechlin und der alte Graf Barby. Weit im Vorfeld einer direkten Begegnung stellen zwei Protagonisten (die Freunde von Woldemar Czako und Rex) schon mal einen Vergleich an. Sie meinen, es gebe nicht nur eine äußerliche, sondern auch eine innerliche Ähnlichkeit:

‚Natürlich ne andere Nummer, aber doch derselbe Zwirn. … Und wenn Sie vielleicht an Politik gedacht haben, auch da ist wenig Unterschied. Der alte Graf ist lange nicht so liberal und der alte Dubslav lange nicht so junkerlich, wie's aussieht. Dieser Barby, dessen Familie, glaub ich, vordem zu den Reichsunmittelbaren gehörte, dem steckt noch so was von ‚Gottesgnadenschaft' in den Knochen, und das gibt dann die bekannte Sorte von Vornehmheit, die sich den Liberalismus glaubt gönnen zu können. Und der alte Dubslav, nun, der hat dafür das im Leibe, was die richtigen Junker alle haben: ein Stück Sozialdemokratie. Wenn sie gereizt werden, bekennen sie sich selber dazu.

Recht forsch, wie zwei Vertreter der jüngeren Generation hier die Alten beurteilen, aber wahrscheinlich auch treffend gesehen. Denn es ist Fontanes Intention, seine Hauptfiguren möglichst schillernd und uneindeutig zu charakterisieren; weder rein feudal-monarchistisch noch fortschrittlich, weder liberal noch aristokratisch orientiert, sondern je nach Situation mal mehr dies oder das. Zumal sich die Biografien der beiden Alten deutlich unterscheiden: der eine hat seine Karriere beim Preußischen Militär gemacht und es bis zum hohen Offizier gebracht, der andere im diplomatischen Dienst mit langem Auslandsaufenthalt. Jener ist tief verwurzelt im Landadel, dieser weltoffener Großstadtbürger.

Mit Spannung erwartet man beim Lesen, wie sich die beiden Herren begegnen und verstehen. Es geschieht anlässlich der Heirat ihrer Kinder Woldemar und Armgard, zu der Duslav nach Berlin angereist kommt. Und wie erwartet versenken sie sich in ein langes Gespräch, in dem es um Politik und Krieg, Freiheit und gesellschaftliche Entwicklungen u.a.m. geht. Man versteht sich und ist aneinander interessiert. Dubslav erzählt von seinem Einsatz im Krieg gegen Frankreich, spricht von einer *wunderbaren Zeit im Winter siebzig*, meint damit die bis dahin nicht gekannte *Fühlung mit der großen Welt*; doch dann kommt auch

Enttäuschung, ja Verbitterung und Ernüchterung zur Sprache. Er spricht für den *Adel als Stand* oder *Kaste*, der von den Segnungen des Großen Friedrich, des *Alten Fritz*, wenig oder nichts abbekommen habe.

Wir hatten die Ehre, für König und Vaterland hungern und dursten und sterben zu dürfen, sind aber nie gefragt worden, ob uns das auch passe. Nur dann und wann erfuhren wir, daß wir ,Edelleute' seien und als solche mehr ,Ehre' hätten. Aber damit war es auch getan. … Wir waren Rohmaterial und wurden von ihm mit meist sehr kritischen Augen betrachtet. Alles in allem, lieber Graf, find ich unser Jahr dreizehn eigentlich um ein Erhebliches größer, weil alles, was geschah, weniger den Befehlscharakter trug und mehr Freiheit und Selbstentschließung hatte. Ich bin nicht für die patentierte Freiheit der Parteiliberalen, aber ich bin doch für ein bestimmtes Maß von Freiheit überhaupt. Und wenn mich nicht alles täuscht, so wird auch in unsern Reihen allmählich der Glaube lebendig, daß wir uns dabei — besonders auch rein praktisch-egoistisch — am besten stehn.

Mit seiner kritischen Einschätzung der Heeresführung Friedrichs II., der es an Wertschätzung und Partizipation der Offiziere mangeln ließ, liegt Dubslav ganz auf der Linie des Grafen (erstaunlich der Ausdruck *Rohmaterial*, der an den des *Kanonenfutters* für die unzähligen Opfer des bevorstehenden Ersten Weltkriegs gemahnt). Erst recht gefallen diesem die libertären Wünsche und Vorstellungen, die hohe Wertschätzung von Freiheit seines Gesprächspartners. Stechlin rekurriert auf die Völkerschlacht bei Leipzig im Jahr 1813, um auf den Unterschied in den hierarchischen Strukturen des Militärs aufmerksam zu machen; hier jedenfalls habe es *mehr Freiheit und Selbstentschließung* gegeben als unter Friedrich im deutsch-französischen Krieg.

Der Graf wiederum steuert zum Gespräch bei, wie er nach *langen, langen Jahren aus der Fremde* wieder hierher zurückkam und ihm vieles nicht gefallen habe und bis heute nicht gefalle. *Überall ein zu langsames Tempo. Wir haben in jedem Sinne zuviel Sand um uns und in uns, und wo viel Sand ist, da will nichts recht vorwärts, immer bloß hü und hott.*

Mit dem Blick von außen und der Möglichkeit des Vergleichs mit England haben sich dem Grafen die Defizite der gesellschaftlichen Entwicklung in Preußen und Deutschland erschlossen. Zur Erklärung der Langsamkeit des

Tempos bemüht er den märkischen Sand als Metapher: auf Sand gebaut, im Sand steckenbleiben, Sand im Getriebe – all das behindert den Fortschritt. Und so kommen sich die beiden Alten immer näher und lernen sich kennen und wertschätzen. Es war die erste und zugleich die letzte Gelegenheit dazu, denn bald nach diesem Treffen stirbt Dubslav in seinem Stechlin.

Die Grabrede hält Pfarrer Lorenzen, der Vertraute und Freund. Diese Ansprache verrät noch einmal die Eigenschaften und menschlichen Qualitäten des Verstorbenen – nicht nur, wie Lorenzen ihn gesehen, sondern vor allem auch, wie Fontane ihn ‚gemacht‘ hat.

… Sein Leben lag aufgeschlagen da, nichts verbarg sich, weil sich nichts zu verbergen brauchte. Sah man ihn, so schien er ein Alter, auch in dem, wie er Zeit und Leben ansah; aber für alle, die sein wahres Wesen kannten, war er kein Alter, freilich auch kein Neuer. Er hatte vielmehr das, was über alles Zeitliche hinaus liegt, was immer gilt und immer gelten wird: ein Herz. Er war kein Programmedelmann, kein Edelmann nach der Schablone, wohl aber ein Edelmann nach jenem alles Beste umschließenden Etwas, das Gesinnung heißt. Er war recht eigentlich frei. … Er hatte keine Feinde, weil er selbst keines Menschen Feind war. Er war die Güte selbst, die Verkörperung des alten Weisheitssatzes: Was du nicht willst, das man dir tu‘. …

Hier wird ein wahrhafter Humanist zu Grabe getragen, ein Menschenfreund mit einer Gesinnung, die sich gleichermaßen am Alten (Monarchie, Ständestaat etc.) wie am Neuen (Liberalismus, Sozialdemokratie) orientiert, ohne einer Partei oder Gruppierung anzuhängen, ein Freier, wie er im Buche steht.

Fontanes hat dieses Buch als *politischen oder Zeitroman* geschrieben, mit dem Anspruch, den Geist der Zeit durch seine Hauptfiguren lebendig und in aller Widersprüchlichkeit zum Ausdruck zu bringen. Das dürfte ihm gelungen sein. Zusammen mit Heinrich Manns *Der Untertan* oder Joseph Roths historischen Romanen über das Habsburgische Reich (vor allem *Radetzkymarsch* und *Die Kapuzinergruft*) bewahren diese Werke ein Geschichtsbewusstsein, das mehr oder anderes lehren kann als die historische Forschung selbst, zumindest sind sie eine ideale Ergänzung derselben.

Elias Canettis Autobiografie: Eine kulturelle Zeitgeschichte Europas

Elias Canetti (1905-1994) hat seine Lebensgeschichte als Trilogie publiziert. Der erste Band, *Die gerettete Zunge*, umfasst seine Kindheit und Jugend, der zweite, *Die Fackel im Ohr*, die Jahre 1921 bis 1931, und der dritte, *Das Augenspiel,* die Zeit von 1931 bis 1937. Der Autor, geboren in Bulgarien, gestorben in Zürich, ist ein wahrer Europäer; seine Biografie zeugt davon, dass er in diversen europäischen Metropolen oder Ländern zu Hause war. Canettis Familienangehörige sind väter- wie mütterlicherseits Spaniolen, also Juden, die sich in Spanien angesiedelt hatten und von dort vertrieben worden sind; des Vaters Familie ist nach Rumänien gezogen, die der Mutter nach Bulgarien. Das Migrationsmotiv in der Familiengeschichte setzt sich fort: Die Eltern emigrieren mit dem sechsjährigen Elias nach England/Manchester, und nach des Vaters Tod zieht die Mutter mit drei Kindern nach Wien, später in die Schweiz, dann nach Deutschland. Man gewinnt den Eindruck, dass der häufige Wechsel von Ländern und Orten zum Schicksal von europäischen Juden gehört, dass es keine angestammte Heimat für sie gibt. Eine Auswirkung des europaweiten strukturellen Antisemitismus?

Im ersten Band charakterisiert Canetti seine Mutter als eine starke, stolze, eigensinnige Frau, einerseits kultiviert und geradezu kulturbesessen, andererseits herzlos und streng. So mutet sie, als es um die Rückkehr von England über Lausanne nach Wien ging, dem achtjährigen Elias, der nur englisch sprach, ein Lernprogramm in der deutschen Sprache zu, das seinesgleichen sucht: der Junge hatte sich die von ihr vorgelesenen Sätze in Deutsch, die er nicht verstehen konnte, zu merken und das phonetisch Wahrgenommene zu wiederholen – ohne in den Text oder in eine Grammatik schauen zu dürfen. Es muss eine Tortur gewesen sein, unter Androhung drakonischer Strafen (wie auch, ihn allein in Lausanne zurückzulassen) nach dieser merkwürdigen Methode lernen zu müssen und dabei vor der Verhöhnung durch die Mutter nicht gefeit zu sein.

Ich glaube, daß ich das (Zurückgelassenwerden, P.F.) weniger fürchtete als ihren Hohn. Denn wenn sie besonders ungeduldig wurde, schlug sie die Hände über dem Kopf zusammen und rief: ,Ich habe einen Idioten zum Sohn! ...'

Ich geriet in eine schreckliche Verzweiflung und um es zu verbergen, blickte ich auf die Segel (der Schiffe im See, P.F.) und erhoffte Hilfe von ihnen, die mir nicht helfen konnten. Es geschah, was ich noch heute nicht begreife. Ich paßte wie ein Teufel auf und lernte es, mir den Sinn der Sätze auf der Stelle einzuprägen. Wenn ich drei oder vier von ihnen richtig wußte, lobte sie mich nicht, sondern wollte die anderen, sie wollte, daß ich mir jedesmal sämtliche Sätze merke. Da das aber nie geschah, lobte sie mich kein einziges Mal und entließ mich während dieser Wochen finster und unzufrieden.

Die harte Schule unter dem mütterlichen Regime hat trotz aller Unterdrückung und Demütigung den jungen Canetti gestärkt. Davon erzählt der zweite Band der Autobiografie. Bereits als Student pendelt er zwischen den Orten Frankfurt a.M., Wien, Sofia, Berlin und wieder Wien hin und her wie einer, der auf der Suche nach seinem eigenen Weg ist, was von Willensstärke und Zielstrebigkeit zeugt. Allerdings kann er sich trotz aller Bemühungen dem Einfluss der Mutter nie ganz entziehen.

Als Elias mit seinem jüngsten Bruder nach Wien geht und Verantwortung für diesen übernimmt, reift er spürbar, wozu auch die Distanz zur Mutter beiträgt. Diese Bruderbeziehung ist von Nähe und Herzlichkeit getragen. Sie bewohnen ein möbliertes Zimmer und schlagen sich mit einem kleinen finanziellen Budget durch. Der Junge geht aufs Gymnasium, Elias ins Laboratorium. Das Chemiestudium interessiert ihn keineswegs (eines der letzten Oktroy der Mutter), seine Interessen liegen im geisteswissenschaftlichen (Literatur, Kunst etc.) und politischen Bereich (in Gestalt der Vorlesungen von Karl Kraus). Hatte er diese Veranstaltungen wegen ihres Kultstatus zunächst gemieden, so wurde er später zum treuen Hörer, fast zum Jünger von Kraus. Wie lebenswichtig ihm diese anderen geistigen Auseinandersetzungen neben dem naturwissenschaftlichen Studium sind, versucht er der Mutter zu erklären: *Ich muß in diese Vorlesungen gehen, ich ersticke sonst. Ich kann doch nicht alles aufgeben, was mich wirklich interessiert, bloß weil ich etwas studiere, was mir nicht wirklich liegt.*

Und es wird sich zeigen, dass er trotz seiner vermeintlichen Eskapaden den Forderungen und Ansprüchen der Mutter genüge tut, sein Studium durchzieht und nach dem ersten Berlin-Aufenthalt mit der Promotion abschließt – obwohl er niemals die Chemie zum Beruf machen wird.

Was Canetti seit seiner Jugend wirklich bewegt, ist das Phänomen der *Masse*. Es zu ergründen, auch praktisch zu erfahren und zu erforschen, wird zu einer Lebensaufgabe. 35 Jahre lang befasst er sich mit dem Thema, bevor er 1960 die Studie *Masse und Macht* veröffentlicht. Am Anfang steht das Erlebnis eines Arbeiteraufmarschs in Frankfurt anlässlich der Ermordung von Walter Rathenau. Jahre später, genau am 15. Juli 1927, erlebt er eine riesige Demonstration des Proletariats von Wien aus Empörung über den Freispruch von Todesschützen, also Polizisten und Milizionären, die auf Arbeiter geschossen hatten. Die aufgebrachte Menge bewegt sich sternförmig durch die Großstadt auf den Justizpalast zu und steckt diesen in Brand. Es ist von ergreifender Anschaulichkeit, wie Canetti diese seine Erfahrung mitten in der Masse über mehrere Seiten hinweg beschreibt. Hier ein Auszug:

Das Feuer war der Zusammenhalt. Man fühlte das Feuer, seine Präsenz war überwältigend, auch dort, wo man es nicht sah, hatte man's im Kopf, seine Anziehung und die der Masse waren eins. Die Salven der Polizei lösten Pfuirufe aus, die Pfuirufe neue Salven …

Dieser Tag, der von einem einheitlichen Gefühl getragen war, – eine einzige, ungeheuerliche Woge, die über die Stadt schlug und sie in sich aufnahm: als sie verebbte, war es kaum glaublich, daß die Stadt noch da war –, dieser Tag bestand aus unzähligen Details, deren jedes sich eingrub, deren keines einem entschwand. … was man fassen müßte, wäre die Woge, nicht diese Details, oft habe ich es versucht, … aber es ist mir nie gelungen. Es konnte nicht gelingen, denn nichts ist geheimnisvoller und unverständlicher als die Masse. Hätte ich sie ganz begriffen, so hätte ich mich nicht mehr als dreißig Jahre damit getragen, sie zu enträtseln und so wie andere menschliche Phänomene möglichst vollkommen darzustellen und nachzuvollziehen.

Immer wieder, vor und nach diesem Ereignis, sucht Canetti das Gespräch über das Phänomen der Masse. Beim Besuch des Vetters Arditti in Sofia, der

sich als erfahrener und umjubelter Redner auf Massenversammlungen heraus-
stellt, kreisen die Gespräche um den Zusammenhang von Masse und Macht.
Elias will in Erfahrung bringen, ob der Redner sich selbst in der begeisterten
Masse verlöre.

‚Nie! Nie!' sagte er mit größter Entschiedenheit. ‚Je begeisterter sie sind, umso mehr fühle
ich mich selbst. Man hat die Menschen in der Hand wie weichen Teig und kann mit ihnen
machen, was man will. Man könnte sie dazu aufreizen, Feuer zu legen, an ihre eigenen Häu-
ser, es gibt keine Grenze für diese Art von Macht. Versuch es selbst! Du mußt es nur wollen!
Du wirst diese Art von Macht nicht mißbrauchen! Du wirst sie für eine gute Sache einsetzen
wie ich, für unsere Sache.'

Geht es in diesem Gespräch um Aspekte der Massenbewegung, die Menschen mitzureißen oder mitzuziehen durch flammende Reden und dadurch die
Macht der Beeinflussung über sie zu erlangen – auch über die Gefahr des
Machtmissbrauchs, so in einem späteren mit dem Freund Thomas Mareck um
völlig konträre Erfahrungen. Dieser Thomas ist mit Ausnahme des Kopfes
ganzkörpergelähmt, er wird in einem Wagen vom Haus in den Garten und
zurück geschoben, ist völlig auf die Hilfe anderer angewiesen – und dabei ein
Genie. Er studiert im Hauptfach Philosophie, was ihm durch den regelmäßigen
Unterricht eines Professors bei ihm zuhause möglich ist. Er liest die schwierigsten philosophischen Werke, indem er die Buchseiten mit der Zunge umblät-
tert. Elias und Thomas führen nahezu täglich intensive Gespräche auf der
Grundlage von Affinität und großer Zuneigung, doch nicht immer stimmen sie
überein. So beim Thema Masse.

Sofort deckt Thomas hierbei die Voraussetzung oder Unterstellung von
Gleichheit auf, die er nicht mit seiner Erfahrung in Übereinstimmung bringen
kann. Er hatte einmal einer Maikundgebung beiwohnen wollen, doch als Ver-
sehrter wurde ihm eine Randstellung zugewiesen: Mit seinem Wagen durfte er
sich nur bei den *Kriegskrüppeln* einreihen, nicht in der allgemeinen Masse.

Er sprach mit tiefem Haß von diesem Maiaufmarsch. Das war ja wie in der Armee. Alle
Krüppel zusammen, eine eigene Kompanie. Er war dafür, daß jeder dort mitmarschierte, wo
es ihm gelüstete, gegen die Einteilung nach Bezirken hatte er nichts, auch nicht gegen die nach

Fabriken, aber die Einteilung nach Krüppelhaftigkeit war eine Schande und er ging nie wieder.

Die Erfahrung der Diskriminierung stellt das Gleichheitspostulat beim Thema Masse in Frage. Thomas will nichts mit den Kriegsversehrten zu tun haben, er fühlt sich ihnen nicht zugehörig, hat nicht am Krieg teilgenommen, hätte ihn als Gesunder möglicherweise verweigert, während die anderen mit Begeisterung in ihn gezogen und nun mit ihrem Elend konfrontiert sind.

Elias empfindet eine tiefe Scham angesichts der Schilderungen des Freundes, sie stehen nicht umsonst unter der Überschrift *Fehltritte*, weil er sich in der Gesprächssituation eines mangelnden Feingefühls bezichtigt.

Neben dem Thema Masse ist die sinnliche Wahrnehmung ein zentrales Anliegen von Canetti. Das zeigt sich bereits an den Titeln seiner autobiografischen Trilogie: *Die gerettete Zunge; Die Fackel im Ohr; Das Augenspiel*. Es geht immer wieder um das Sehen und das Hören. Einschlägige Kapitel in der Autobiografie wie *Die Schule des Hörens* enthalten Reflexionen über die Ausbildung des Sinnesorgans Ohr als eines Prozesses der Sensibilisierung. Ebenso wird das Auge geschult, auch, aber nicht nur bei der Betrachtung von Kunstwerken, sondern über Bilder generell. *Denn ein Weg zur Wirklichkeit geht über* Bilder. *Ich glaube nicht, dass es einen besseren Weg gibt. Man hält sich an das, was sich nicht verändert, und schöpft damit das immer Veränderliche aus. Bilder sind Netze, was auf ihnen erscheint, ist der haltbare Fang.*

Den Kunstwerken kommt hierbei eine Art Orientierungsfunktion zu, und Wien hat eine Fülle davon aufzubieten. *Mein Glück war es, daß ich in Wien war, als ich solche Bilder am meisten brauchte. Gegen die falsche Wirklichkeit, mit der man mich bedrohte, die der Nüchternheit, der Starrheit, des Nutzens, der Enge, mußte ich eine andere Wirklichkeit finden, die weit genug war, um auch ihrer Härten Herr zu werden und ihnen nicht zu erliegen.*

Liest man die Abschnitte über Canettis dreimonatigen Berlin-Aufenthalt, so versteht man noch besser, was er an Wien hat und wie sehr er auf dieses Habitat angewiesen ist, um sich zu entfalten. Als wäre er den Lockrufen von Ibby Gordon, einer in Ungarn geborenen Freundin, die seit kurzem in Berlin lebt, gefolgt, kommt er so in Berlin, dieser Metropole voller Berühmtheiten, an: *Ich war hier niemand und war mir dessen wohl bewußt, ich hatte nichts getan, mit 23 bestand ich aus nichts als Zuversicht.* Und solch ein Niemand gerät dank der Freundin sogleich ins Zentrum der Avantgarde und Bohème: In den Malik-Verlag und seinen Begründer Wieland Herzfelde, wo er mit offenen Armen empfangen wird, auch für die Unterkunft und einen Auftrag (biografische Daten von Upton Sinclaire zu sammeln) ist gesorgt. Überall hin wird er mitgeschleppt und herumgereicht, so auch zu Bertolt Brecht. Man kann von spontaner Antipathie sprechen: Brecht sagte mit seinem Sarkasmus und vereinnahmendem Wesen Canetti nicht zu.

Die Vorstellung eines alten Pfandleihers hat mich in jenen Wochen nicht losgelassen. Sie verfolgte mich schon darum, weil sie so widersinnig schien. Sie wurde dadurch gespeist, daß Brecht nichts so hochhielt wie Nützlichkeit und auf jede Weise merken ließ, wie sehr er 'hohe' Gesinnungen verachtete. ...

Zu den Widersprüchen in der Erscheinung Brechts gehörte, daß er in seinem Aussehen auch etwas Asketisches hatte. Der Hunger konnte auch als Fasten erscheinen, als enthalte er sich mit Absicht der Dinge, die Gegenstand seiner Gier waren. Ein Genießer war er nicht, er fand im Augenblick nicht Genüge und breitete sich in ihm nicht aus. Was er sich holte (und er holte sich von rechts und links, von hinten und vorn zusammen, was ihm dienlich sein konnte), mußte er sogleich verwenden, es war sein Rohmaterial, und er produzierte damit unaufhörlich. So war er einer, der immer etwas fabrizierte, und das war das Eigentliche, worauf er aus war.

Bei aller Abneigung – dies war von dem jungen Canetti reichlich gut beobachtet und von dem älteren als Autor treffend charakterisiert.

Dann geht es ins Atelier von George Grosz, für dessen Bilder sich Elias bereits in Wien erwärmt hatte. Auf wen er hier auch trifft und wen er kennenlernt – immer hat er mit seiner maßlos empfundenen Unterlegenheit und Unerfahrenheit gegenüber den Größen des kulturellen Lebens zu kämpfen. Von Brecht ist er buchstäblich übersehen worden. Grosz hingegen ist freundlich zuge-

145

wandt, wenn auch eher oberflächlich, und beschenkt den Namenlosen sogar mit einer Mappe, in der der gesamte *Ecce Homo-Zyklus* versammelt ist.

Richtig warm wird Canetti mit Isaac Babel, der auf der Rückreise von Paris nach Moskau in Berlin Station macht.

Er war sehr neugierig, er wollte alles in Berlin sehen, aber ,alles' waren für ihn die Leute und zwar Leute jeder Art, nicht die, die in den Künstler- und Nobel-Lokalen verkehrten. Am liebsten ging er zu Aschinger, da standen wir dann nebeneinander und aßen sehr langsam eine Erbsensuppe. Mit seinen kugelrunden Augen hinter den sehr dicken Brillengläsern sah er sich die Leute um uns an, jeden einzelnen, alle, und hatte nie von ihnen genug. … Ich habe nie jemanden erlebt, der mit solcher Intensität sah, er blieb dabei vollkommen ruhig, durch das Spiel um die Augenpartie wechselte der Ausdruck der Augen unaufhörlich. Er verwarf beim Sehen nichts, denn er hatte für alles den gleichen Ernst, das Gewöhnlichste wie das Ungewöhnlichste war für ihn von Bedeutung. …

Es war … nicht die Verschwendung in diesen Nobel-Lokalen, die er rügen wollte, wenn er das Wort ,Aschinger' aussprach. Es war die Pfauenhaftigkeit der Künstler, was ihn abstieß. Jeder wollte auffallen, jeder spielte sich, die Luft stockte förmlich von herzlosen Eitelkeiten.

Auch von Babel wird Canetti das Sehen gelernt und sich in seiner Suche nach der anderen Wirklichkeit bestärkt gefühlt haben.

Mehr und mehr gewinnt er Distanz zu dem Getöse der Prominenten in Berlin. Canetti spricht in einem diesen Aufenthalt resümierenden Abschnitt von einer *Einladung ins Leere.* Unterstützt von Menschen wie Babel ist er zunehmend in der Lage, den schönen Schein, der hier so grell auf Menschen und Dinge fällt, zu lüften. Den Höhepunkt seiner Desillusionierung erfährt er anlässlich der Uraufführung von Brechts *Dreigroschenoper.* Dazu notiert er:

Als die Zeit sich in ihrem gemeinsamen Nenner befand, in der ,Dreigroschenoper', als die Freude am Fressen vor der Moral nach dieser Allerwelts-Parole griff, der alle widerstreitenden Kräfte zustimmen konnten, begann sich mein Widerstand zu organisieren. Bis dahin war die Verlockung, in Berlin zu bleiben, eher größer geworden. Man bewegte sich in einem Chaos, aber es schien unermeßlich. Es kam täglich Neues und schlug auf das Alte ein, das selbst vor drei Tagen noch neu gewesen war. Die Dinge schwammen wie Leichen im Chaos umher, dafür wurden die Menschen zu Dingen. Neue Sachlichkeit hieß das. Das war nach den langanhaltenden Notschreien des Expressionismus schwer anders möglich.

Mag sein, dass der junge Canetti den beißenden Humor von Brecht und die Dialektik in dessen Denken nicht verstand, weil er sich an der Person störte. Jedenfalls war es konsequent, Berlin den Rücken zu kehren und in Wien das Studium zu beenden. Damit war er dann auch endlich frei von Bevormundung und konnte sich in der *anderen Wirklichkeit* seinen Weg suchen.

Anders als die beiden ersten Bände, wo es eher chronologisch entlang seiner Lebensgeschichte zugeht, verfährt der Autor im dritten Band mehr in Form von Hommagen und Anekdoten. Gleich zu Beginn erzählt Canetti von der unglaublich starken Wirkung, die die Lektüre von Georg Büchners *Wozzeck* bei ihm hinterlassen hat, um sodann eine eigene Interpretation des Dramas vorzulegen (*Theorem der Selbstanprangerung*). Er setzt Autoren wie Hermann Broch, Robert Musil und James Joyce und Musikern wie Alban Berg und Hermann Scherchen (*Der Dirigent*) ein Denkmal aufgrund von persönlichen Begegnungen, wobei er auch immer den Menschen und seine oft schwierige Befindlichkeit oder Empfindsamkeit im Auge hat. Man erfährt von seiner unerwiderten Liebe zu Anna Mahler und dass und warum er die Grande Dame Alma, ihre Mutter, ablehnt. Und von seiner Freundschaft mit Fritz Wotruba, dem Bildhauer, der auch Annas Lehrer war, mit dem er so viele tiefe Gemeinsamkeiten hatte, dass er ihn zu seinem Zwilling erklärt. Und anderes mehr. Der Band schließt mit einem Text über den Tod der Mutter ab, womit auch ein großer Bogen zu den beiden vorangehenden Bänden geschlagen wird, in denen sie äußerst präsent war.

Canetti ist es mit seiner Autobiografie gelungen, die zeit- und geistesgeschichtlichen Ereignisse in den Jahren zwischen den beiden Weltkriegen mit seiner Lebensgeschichte zu verknüpfen, so dass ein lebendiges und ereignisreiches Zeitdokument entstanden ist, das sich in den europäischen Metropolen abspielt. Es ist die spannende Zeit des Expressionismus und der Neuen Sachlichkeit, der Weimarer Republik, der modernen Wiener Hochkultur und der Arbeiterbewegung mit ihren Aufmärschen und Protest-Kundgebungen (Stichwort Masse), die Canetti erfahren und erforscht und der er dieses Zeugnis hinterlassen hat. Bis heute eine lesenswerte Lektüre.

Hermann Broch: Die Schlafwandler

Auf diesen Klassiker des modernen Romans hat uns ein befreundeter Professor aufmerksam gemacht (ihn interessierte vor allem, warum der Historiker Christopher Clark sein neues Buch genau mit diesem Titel versehen hat und worin der Zusammenhang mit Broch bestehen könnte) und ihn damit aus seinem ,Versteck‘ in unserem Bücherbord hervorgeholt. Die Romantrilogie gehörte seit langem zu unserem Bestand, ohne dass ich – im Unterschied zu Joke - jemals hineingeschaut, geschweige denn das umfangreiche Buch gelesen hätte. Vollständig habe ich das zwar auch bis heute noch nicht, wohl aber mir einen vertieften Eindruck davon gemacht. Aufgrund ausgewählter Lektüre in den drei Teilen und insbesondere der Kommentare Hermann Brochs im Anhang kann ich mir eine Vorstellung vom Aufbau und Konzept der Trilogie machen.

Broch, ein philosophisch wie literarisch-ästhetisch gebildeter Autor, sieht den *Besitzstand* der Literatur in der Darstellung von Problembereichen zwischen dem ,*Nicht mehr*‘ und dem ,*Noch nicht*‘ der Wissenschaft. *Es ergibt sich daraus die spezifische Aufgabe, aufzuweisen, wie das Traumhafte die Handlung bestimmt und wie auch das Geschehen immer wieder bereit ist, ins Traumhafte umzukippen.* Wie dieses Traumhafte mit dem *Irrationalen* und *Unbewußten* verquickt ist, wird sich zu einem Leitmotiv in den *Schlafwandlern* entwickeln.

Broch will dem Zeitgeschehen Ende des 19. Jahrhunderts bis nach dem Ersten Weltkrieg im Zusammenhang mit den *herrschenden Fiktionen: Religion, Erotik, ethisch-ästhetische Lebenshaltung* als Epoche des Zerfalls tradierter Werte auf die Spur kommen. Dafür wählt er drei Phasen der Entwicklung und drei Protagonisten, die diese Phasen repräsentieren, für die Roman-Teile aus: *1888 - Pasenow oder die Romantik; 1903 – Esch oder die Anarchie; 1918 – Huguenau oder die Sachlichkeit.*

Alle drei Hauptfiguren sind darum bemüht, ihrer Existenz einen Lebenssinn zu geben. Innerhalb der romantischen Periode vermag Pasenow, der junge Offizier, dies noch in bewusster Entscheidung und im Sinne der *herrschenden Fiktionen* zu realisieren; die noch gültigen und tragenden Werte verleihen seinem

Lebensstil und seinen Lebenszielen die nötige Stabilität und Orientierung – wenn auch in einem engbegrenzten Korsett aus Pflichterfüllung und Tugendhaftigkeit im Familien- und Milieuzusammenhang; die Eheschließung ist ebenso vorgeschrieben wie die militärisch Laufbahn.

Esch, Buchhalter in einem Handelsunternehmen, nimmt die *anarchische Stellung zwischen zwei Perioden ein. Äußerlich bereits kommerzialisiert und dem Lebensstil der kommenden Sachlichkeit angenähert, ist er innerlich noch den traditionellen Werthaltungen verhaftet. Die Frage nach dem Lebenssinn, die keineswegs mehr bewußt, sondern nur mehr dunkel und dumpf in ihm rumort, muß also noch im Sinne der alten Schemata gelöst werden. Da die religiösen Formen nur mehr rudimentär vorhanden sind, teils verdummt, teils versandet in einem sterilen Mystizismus oder Heilsarmeegetriebe, verschiebt sich der Akzent der Lösung ins Erotische und gelangt dort in eine anarchische und mystische Resignation.*

Huguenau, 1917 noch eingezogen in den Kriegsdienst, hat die Schrecken des Krieges miterlebt und beendet sie durch Desertion individuell für sich. Er hat mit den tradierten Werten fast nichts mehr zu tun; er ist *ein vollkommen irreligiöser wie unerotischer Mensch. Nichtsdestoweniger oder vielleicht eben weil er sich um das Problem überhaupt nicht kümmert, weder bewußt wie Pasenau noch ahnend wie Esch, führt sein Weg dorthin, wo die Möglichkeit des religiösen Lebenssinns liegen kann, nämlich in die platonische Abkehr von dem Realen.* Als Mensch der neuen Lebensform wird Huguenau zum *Rächer an dem Veralteten, Absterbenden.*

Die eigentliche Hauptfigur des gesamten Romans ist Bertrand, ein Finanzmann großen Stils. Broch bezeichnet ihn als *Vorläufer der Zeitentwicklung,* auch weil er durch die Quittierung des Militärdienstes inmitten seiner Laufbahn den *Hiatus* bereits im Jahr 1888 vollzogen hatte. Mit seinem bürgerlich-zivilen Lebensstil verkörpert er bereits den modernen Menschen. *Er weiß, worauf es ankommt und will radikale Lösungen. Doch in seine Zeit gebunden kommt auch er von ihren traditionsgemäßen Wertfiktionen nicht fort und bleibt trotz gegenteiligen Bemühens im Materialismus befangen. Die Radikalisierung der erotischen Fiktion, die bei ihm so weit geht, daß er auch die Homosexualität auf sich nimmt, die die anderen fliehen und bekämpfen, muß scheitern, bewußt zwar, aber doch schmählich, ebenso wie er scheitern muß, wenn er den Zug* ins Unendliche durch Reisen materialisieren will. Was übrig bleibt, ist die nicht minder zeitgebundene Resignation eines Ästheten und der Mut zur Konsequenz des Selbstmordes.

Im Schicksal Bertrands symbolisiert sich romanübergreifend das Fiasko der alten Werthaltungen, und zugleich steht seine Person für das Anwachsen des Traumhaften und Dunklen, mit dem das Geschehen in den Romanteilen immer mehr durchsetzt ist. Interessant ist auch, wie Broch diese Figur realisiert. Im ersten Teil ist Bertrand real präsent und sozusagen der Gegenspieler zu Pasenow: Immer wieder begegnen sich die beiden Protagonisten und führen kontroverse Gespräche aus differenten Perspektiven, die Pasenow durchaus irritieren. Im zweiten Teil ist Bertrand nur noch im Hintergrund vorhanden, aber in einer mächtigen Position als Präsident eines großen Wirtschafts- und Handelsunternehmens, bis er mit Suizid ganz aus dem Geschehen verschwindet. Und im dritten Teil, *obwohl real nicht mehr vorhanden, wirkt er sich überall aus, bestimmend für die Haltung aller Personen, die mit ihm in Verbindung gestanden sind.*

Wenn Broch das Traumhafte zum Fokus seines Romans macht, woraus sich auch der Titel erklärt, so ist es hilfreich, seine Erläuterungen dazu heranzuziehen. Was versteht er genau darunter? In der Region des traumhaften Geschehens *ist der Mensch bloß gesteuert von Uraffekten, kindlichen Haltungen, Erinnerungen, erotischen Wünschen, tierhaft und zeitlos dahintreibend. Denn in diesen Regionen versagt der rationale und wissenschaftliche Ausdruck, das Wort gilt nicht mehr in seiner Eigenbedeutung, nur mehr mit seinem wechselnden Symbolcharakter, und das Objekt muß in der Spannung zwischen den Worten und Zeilen eingefangen werden. – Unverloren und nicht minder schlafwandlerisch aber wirkt im Traumhaften die Sehnsucht nach Erweckung, erkenntnismäßiger und erkennender Erweckung aus dem Schlaf, je nach dem subjektiven Vokabular ‚Erlösung‘, ‚Rettung‘, ‚Lebenssinn‘, ‚Gnade‘ genannt.* Daraus hat sich in Zeiten starker religiöser Bindung die Sünde konstituiert – die *Sünde des Triebhaften und Unerweckten.* Was aber, so fragt Broch, geschieht mit dem Traumhaften in Zeiten schwindender Wertbindung? *Wohin wirkt die Sehnsucht nach Erweckung und Errettung, wenn sie in einer Zeit des Verfalls und der Auflösung der alten Werthaltungen nicht mehr in diese münden kann? Kann aus dem Schlaf und Traum übelsten Alltags ein neues Ethos entstehen?*

Die Romantrilogie ist auch stilistisch reflexiv durchkonstruiert, d.h. jeder Teil ist in einem für seinen Inhalt konstitutiven Stil gehalten. Den des ersten Teils, der von Formen der Romantik eingeschlossen ist, bezeichnet Broch *als harmlose Erzählung von gleichmäßigem Tempogefälle und fast ungebrochener naturalistischer Färbung.* Im zweiten Teil bewegen sich Stil und Rhythmus explosionsartig fort; äußerlich ist die Form der Erzählung naturalistisch, aber *die innere Bewegtheit spiegelt das Anarchische.* Der Stil des dritten Teils ist ein *sachlicher* und kommt der Form der *Reportage* nahe.

Wie in einem Schlussakkord äußert sich der Autor zu Form und Inhalt, Methode, Reihung, Gewichtung, Rhythmus und Tempo der Darstellung sowie zum Gesamtaufbau seines Werks:

Diese Anpassung der Darstellung und des Stils an den Inhalt beschränkt sich selbstverständlich nicht auf die drei Teile als solche, sondern trachtet, in jede Einzelsituation einzudringen, wobei die Einheit des Ganzen durch die einheitliche psychologische Methode, durch die konsequente Durchführung der Assoziations- und Symbolreihen, durch ein peinliches Auswiegen des Gesamtaufbaus, durch die regelmäßige Wiederkehr der Hauptstrukturen und Grundmotive in den einzelnen Teilen, durch eine gewisse Dichtheit des Rhythmus und des Tempos, zu erreichen versucht worden ist. Denn nur in solcher einheitlichen Geschlossenheit von Reflexion, Handlung und Stil kann der Sinn einer künstlerischen Gestaltung erstrebt, die Möglichkeit einer neuen Form des Romans erfüllt werden.

Nicht weniger als dies war der Anspruch von Hermann Broch: eine neue Form des Romans zu schaffen. Nicht umsonst wird er deswegen zusammen mit James Joyce und Robert Musil genannt.

Robert Musil: Der Mann ohne Eigenschaften

Neulich las ich im Feuilleton einer Tageszeitung, dass große Werke der Weltliteratur wie etwa der *Ulysses* von James Joyce, *Krieg und Frieden* von Lew Tolstoi, *Moby Dick* von Herman Melville oder eben *Der Mann ohne Eigenschaften* zwar zum Bücherbestand vieler gehörten, die eine hohe (kulturelle) Bildung genossen haben, jedoch niemals – zumindest nicht mehr als nur den Anfang - gelesen worden seien. So ging es lange Zeit auch mir. Nach wiederholten Anläufen bin ich immer wieder davor zurück geschreckt, diesen großen Klassiker von Musil zu lesen. Im letzten Jahr war es dann so weit. Welch ein Glück, denn dieses enorme Werk (von insgesamt an die 2.000 Seiten) ‚muss' man in seinem Leben (zumindest einmal) gelesen haben. Der Gewinn in Gestalt einer wahren kulturellen Bereicherung ist groß, und ich möchte mit dem Folgenden dafür ein wenig werben.

Der Roman hat, wie zu erwarten, viele Facetten und Themen, die es sich lohnte, behandelt und besprochen zu werden. Hier ist jedoch Konzentration und Fokussierung geboten, um nicht ins Uferlose oder ins reine Nacherzählen zu verfallen. Nach einer Betrachtung des historischen Kontextes, in dem der Roman entstanden ist und spielt, werde ich versuchen, dem titelgebenden Thema auf die Spur zu kommen: Was ist ein *Mann ohne Eigenschaften*?

Im Zentrum von Musils Hauptwerk, erstmals 1930 erschienen, steht der junge Intellektuelle Ulrich, der von der Tradition gleichermaßen geprägt ist wie von der Moderne. Tradition bedeutet die Doppelmonarchie Österreich-Ungarn, im Roman *Kakanien* genannt, die sich zu Beginn des 20. Jahrhunderts in einem erodierenden Zustand des sich Überlebthabens und der Dekadenz befindet; Moderne, das ist der Gedanke an Demokratie und republikanische Staatsverfassung, getragen von einem selbstbewussten Bürgertum, das dem Adel die Vorherrschaft streitig zu machen gedenkt. *Es ist die Wirklichkeit, welche die Möglichkeiten weckt,* heißt es zu Beginn des Romans, wo es um die Herkunft von Ulrich geht und welches kulturell-soziale Erbe er antritt. *Gott macht die Welt und denkt dabei, es könnte ebensogut anders sein.* Ulrichs Prägungen sind sowohl aristokratisch-konservativ wie bürgerlich, also mit feudalen wie demokratischen Elementen versehen, oder: zwischen dem *Gefühl der rastlosen Bewegung* in *Geschwindigkeiten* und dem *stürmischen Bedürfnis: Aussteigen! Abspringen! Ein Heimweh nach Aufgehaltenwerden, Nichtsichentwickeln, Steckenbleiben, Zurückkehren zu einem Punkt, der vor der falschen Abbiegung liegt!* Hieran sieht man bereits, dass Musil seine Figuren, allen voran die Hauptfigur, nicht in Schwarz-Weiß malt, sondern in Zwischentönen, sie mit Widersprüchen und Ambivalenzen ausstattet. Ulrichs Herkunft beschert ihm, so heißt es weiter, das *aristokratische Talent eines fast unbewußt, aber sicher wägenden Hochmuts,* zum *geistigen Adel* zu gehören, getragen nicht vom materiellen Besitz und Stand, sondern vom *Geist des aufstrebenden Bürgertums.*

Ebenso schillernd und zwiespältig fällt die Charakterisierung der gesellschaftlich-politischen Zustände aus, wenn es etwa heißt: *Es wurde klerikal regiert, aber man lebte freisinnig. Vor dem Gesetz waren alle Bürger gleich, aber nicht alle waren eben Bürger.* Und nicht minder ironisch heißt es über die Landesbewohner, sie hätten nicht den einen sie kennzeichnenden, österreichischen Charakter, sondern *mindestens neun Charaktere,* wozu der Autor *einen Berufs-, einen National-, einen Staats-, einen Klassen-, einen geographischen-, einen Geschlechts-, einen bewußten, einen unbewußten und vielleicht auch noch einen privaten Charakter* zählt; *er vereinigt sie in sich, aber sie lösen ihn auf.*

Wie der junge Ulrich zu seiner Zeit steht, kommt in der Zwiespältigkeit dieses Zitats treffend zum Ausdruck: *‚Man kann seiner eigenen Zeit nicht böse sein, ohne selbst Schaden zu nehmen‘, fühlte Ulrich. Er war auch jederzeit bereit, all diese Gestaltungen des Lebendigen zu lieben. Was er niemals zustande brachte, war bloß, sie restlos, so wie es das soziale Wohlgefühl erfordert, zu lieben; seit langem blieb ein Hauch von Abneigung über allem liegen, was er trieb und erlebte, ein Schatten von Ohnmacht und Einsamkeit, eine universale Abneigung, zu der er die ergänzende Neigung nicht finden konnte. Es war ihm zuweilen gerade zumute, als wäre er mit einer Begabung geboren, für die es gegenwärtig kein Ziel gab.*

Auch in seinem näheren Umfeld wird Ulrich als eine nicht greifbare Person wahrgenommen; so etwa von dem engen Freund Walter, der sich selbst als jemand *mit Eigenschaften* ansieht, die er bei Ulrich vermisst. Beim Versuch, sich über ihn ein Bild zu machen, kommt er zu dem Schluss, *daß Ulrich nichts ausdrücke als dieses aufgelöste Wesen, das alle Erscheinungen heute haben.* Wenn selbst die Nächsten zu diesem (Fehl-)Schluss neigen, liegt es nahe, dass Ulrich in dem, was er denkt und fühlt, ein Unverstandener ist, jedenfalls jemand, der nicht in die üblichen Schemata und Erwartungshaltungen seiner Zeit und seines Umfeldes passt. Dabei ist er alles andere als ein unbeschriebenes Blatt, sondern einer mit kritischem Urteilsvermögen, hohen Ansprüchen an sich selbst und seine Umwelt, gediegener Bildung und Geisteskraft, zugleich aber auch einer tiefen existentiellen Verunsicherung, die aus seiner Herkunft und seiner Verortung in der Zeit(geschichte) herrührt.

Schon im Jugendalter entwickelt Ulrich ein Konzept oder die Idee vom *hypothetischen Leben*, das ihm Möglichkeitsräume eröffnen soll, um sich gegen einengende Festlegungen und Beschränkungen zu wappnen. Der Autor bescheinigt diesen Vorstellungen den *Mut zum Wagnis*, aus der *unfreiwilligen Unkenntnis des Lebens* geboren, denen etwas *Rührendes* und *Erschütterndes* anhaftet. *Ein spannendes Gefühl, zu irgendetwas ausersehen zu sein, ist das Schöne und einzig Gewisse in dem, dessen Blick zum erstenmal die Welt mustert.* Und es ist Ausdruck eines Willens, sich nicht festzulegen und nicht festlegen zu lassen. *Darum zögert er, aus sich etwas zu machen; ein Charakter, ein Beruf, eine feste Wesensart, das sind für ihn Vorstellungen, in denen sich schon das Gerippe durchzeichnet, das zuletzt von ihm übrigbleiben soll. Er sucht sich anders zu verstehen; mit einer Neigung zu allem, was ihn innerlich mehrt, und sei es auch moralisch oder intellektuell verboten, fühlt er sich wie einen Schritt, der nach allen Seiten frei ist, aber von einem Gleichgewicht zum nächsten und immer vorwärts führt.*

Das also ist die Geburtsstunde des *Mannes ohne Eigenschaften*? Es sieht ganz danach aus, denn Musil lässt Ulrich mit zunehmender Lebenserfahrung und Reifung dieses Konzept des hypothetischen Lebens weiterentwickeln und ausfeilen – bis hin zum *Gedanken des Ichbautriebs* als einer Grundverhaltensweise. Vom Begriff der *Hypothese* ausgehend gelangt Ulrich zu dem des *Essays*; konstitutiv bleibt jedoch die *Suche* als immerwährender Versuch zu leben. Und das Leben selbst soll eines sein, das sich jenseits der Festlegungen im Bereich der

Möglichkeiten bewegt, die es, in Abhängigkeit von den Umständen, zu erkennen und auszuschöpfen gilt.

Ungefähr wie ein Essay in der Folge seiner Abschnitte ein Ding von vielen Seiten nimmt, ohne es ganz zu erfassen. … Der Wert einer Handlung oder einer Eigenschaft, ja sogar deren Wesen und Natur erschienen ihm abhängig von den Umständen, die es umgaben, von den Zielen, denen es diente, mit einem Wort, von dem bald so, bald anders beschaffenen Ganzen, dem sie angehörten.

Utopien sieht Ulrich als Möglichkeiten an, die zur Wirklichkeit werden könnten, sofern die Umstände sie daran nicht hinderten – was allerdings meist der Fall ist. Gemäß seiner *Utopie des Essayismus* ist der Mensch der *Inbegriff seiner Möglichkeiten;* dies zeige sich weniger in der kruden Realität, wo das Mittelmaß, die Normierung und die Verflachung vorherrschten, als vielmehr beispielsweise in der Psychiatrie, wo eine *heitere Verstimmung* aufgrund von *Steigerungen, Übertreibungen* etc. den Ton angäbe. Essayisten sind für ihn *Meister des innerlich schwebenden Lebens,* ihr Reich liege *zwischen Religion und Wissen, Intellekt und Lyrik.* Kurzum: sie sind *Heilige ohne Religion.*

Ist Ulrich, so wie ihn Musil kennzeichnet, ein Phantast, ein Träumer? Wenn er all das vielleicht auch ist und mit seiner Figur ein Don Quichote des 20. Jahrhunderts geschaffen worden wäre, so geht sie in diesen Attributen jedoch keineswegs auf. Denn es ist derselbe Ulrich, der seine Ansichten unter anderem aus Studien im Gerichtssaal gewinnt, die ihm ein *Bild des Lebens* darbieten. Er und seine Freunde Walter und Clarisse verfolgen hier den Prozess gegen den Frauenmörder Moosbrugger, an dessen Ausgang das Todesurteil gegen diesen ausgesprochen werden wird.

Dazu muss gesagt werden, dass im Roman immer wieder ganze Kapitel über diesen M. stehen, die insgesamt die Figur und ihr Schicksal hinreichend ausleuchten; stilistisch variabel: mal in Form der Selbstreflexion, mal berichtsförmig aus einer Beobachterperspektive; inhaltlich die biografische Genese vom Außenseiter zum Verbrecher nachvollziehend, mit all dem Schmerz, der Erniedrigung und Demütigung, die dazugehören, wenn man ins gesellschaftliche Abseits gerät. Was Ulrich an diesem „Fall" fasziniert und welchen Stellenwert er in seiner *Utopie des Essayismus* hat, soll im Folgenden aufgespürt und nachgezeichnet werden – immer wieder aus dem Grund, dem vermeintlich eigenschaftslosen Mann auf die Spur zu kommen.

Musil führt die Figur des Moosbrugger von Beginn an so ein, dass ihr etwas Geheimnisvolles, ja Faszinierendes anhaftet, etwa wenn es heißt: *Wenn die Menschheit als Ganzes träumen könnte, müßte Moosbrugger entstehen.* Vor dem Hintergrund der Polarität von Wirklichkeit und Möglichkeit und den Räumen, die beide Sphären gerade in Ulrichs Denken einnehmen, gehört Moosbrugger der irrealen Sphäre des Möglichkeitsraumes an, in der auch die Träume ihren Platz haben. Und das, obwohl wir es mit einem Delinquenten, ja einem Gewaltverbrecher zu tun haben, der sich vor Gericht zu verantworten hat. Da fragt man sich, was Ulrich mit dieser Figur verbindet.

Dieses fürchterliche Spiel der Gesellschaft mit ihren Opfern beschäftigte Ulrich. Er fühlte es in sich selbst wiederholt. Kein Wille zuckte in ihm, weder um Moosbrugger zu befrein, noch um der Gerechtigkeit beizuspringen, und das Gefühl sträubte sich wie das Haar einer Katze. Moosbrugger ging ihm durch etwas Unbekanntes näher an als sein eigenes Leben, das er führte; er ergriff ihn wie ein dunkles Gedicht, worin alles ein wenig verzerrt und verschoben ist und einen zerstück in der Tiefe des Gemüts treibenden Sinn offenbart.

Wie ungewöhnlich diese Wahrnehmung Ulrichs ist, wenn er in Moosbruggers Existenz einen verborgenen Sinn, das Faszinosum des Unbekannten, ja Ungelebten verspürt, wird deutlich, wenn man das befreundete Paar Walter und Clarisse hinzuzieht, die zusammen mit Ulrich dem Prozess beiwohnen. Auch die Freundin fühlt sich bemüßigt, sich um den Angeklagten zu kümmern, wenn sie meint, man müsse *etwas für Moosbrugger tun.* Aber zwischen den Motiven Ulrichs und ihren liegen Welten. In Clarisses Augen verdient M. Beachtung, weil sie ihn für *musikalisch* hält; und dann verweist sie auf den Philosophen Friedrich Nietzsche, zu dessen Ehren in *Kakanien* ein Gedenkjahr veranstaltet werden soll; etwas ähnliches habe auch M. verdient, denn das Gemeinsame liege ihres Erachtens darin, dass *beide geisteskrank* seien. Auf den ersten Blick erscheint dieser Vergleich absurd oder selbst verrückt, wenn nicht auch hier – wie an unzähligen Stellen des Romans – eine Musil eigene Ironie im Spiele wäre.

Im Kapitel 59 wird nicht wie hier über Moosbrugger gesprochen, sondern aus seiner Perspektive selbst. Unter dem Titel *Moosbrugger denkt nach* ist zu erfahren, wie er über sein Leben reflektiert und seine aktuelle Situation als auf sein Urteil wartenden Sträflings empfindet.

Daß sein Abschied seiner würdig sein müsse, stand für ihn fest, denn sein Leben war ein Kampf um sein Recht gewesen. In der Einzelzelle dachte Moosbrugger darüber nach, was sein Recht sei. Das konnte er nicht sagen. Aber es war das, was man ihm sein Leben lang vorenthalten hatte. … ‚Recht,‘ dachte er so, als ob er mit jemand spräche, ‚das ist, wenn man nicht unrecht tut oder so, nicht wahr?‘ – und plötzlich fiel ihm ein: ‚Recht ist Jus.‘ So war es; sein Recht war sein Jus! … Er dachte ohnehin langsam, die Worte bereiteten ihm Mühe, er hatte nie genug Worte … Die Juristen konnten zwar besser reden als er und hielten ihm alles mögliche entgegen, aber von den wirklichen Zusammenhängen hatten sie keine Ahnung.

Aus dieser Selbstreflexion spricht die Würde des nach herrschenden Regeln und Gepflogenheiten Unterbemittelten, der allein sprachlich, in der Artikulation, denen gegenüber, die Recht sprechen, benachteiligt ist. Gleichwohl fühlt er sich nicht so subaltern, wie es den Bessergestellten vorkommen mag, wenn er sich auf seine Befähigung im Denken besinnt: *Und in seinen großen Zeiten beachtete Moosbrugger gar nicht die Stimmen und Gesichte, sondern er dachte. Er dachte besser als andere, denn er dachte außen und innen.* Und dann kommt ihm ein wahrhaft philosophischer Gedanke: *Das Leben bildet eine Oberfläche, die so tut, als ob sie so sein müßte, wie sie ist, aber unter ihrer Haut treiben und drängen die Dinge…*

An Stellen wie dieser kann eine Nähe zu Ulrichs Gedankengebäuden wie etwa denen vom Wirklichkeits- und Möglichkeitssinn sowie der *Utopie des Essayismus* ausgemacht werden. Auch seine kritisch-ambivalente wie ironische Sicht auf die Justiz und deren institutionelle Macht lassen solche Schlüsse zu.

Gerichtshöfe gleichen Kellern, in denen die Weisheit der Vorvorderen in Flaschen liegt; man öffnet diese und möchte darüber weinen, wie ungenießbar der höchste, ausgegorenste Grad menschlicher Genauigkeitsanstrengung wird, ehe er vollkommen ist.

Gleichwohl ist Ulrich nicht imstande, sich moralisch-ethisch vom Todesurteil, das das Gericht gegen Moosbrugger ausspricht, zu distanzieren. Er hadert mit einer *entmutigenden Mischung von Grausamkeit und Erleiden* auf Seiten des Verurteilten und der *Mischung von Genauigkeit und Fahrlässigkeit* bei der Urteilsfindung bzw. Rechtsprechung; beides ist ihm *unangenehm*. Was in Ulrich vor sich geht, sind immer wieder Abwägungen über den Wert einer Handlung oder einer Tat (wie etwa einem Mord) in Abhängigkeit von den Umständen, die sie umgeben, und den Zielen, denen sie dienen.

Das ist übrigens nur die einfache Beschreibung der Tatsache, daß uns ein Mord als ein Verbrechen oder eine heroische Tat erscheinen kann und die Stunde der Liebe als die Feder, die aus dem Flügel eines Engels oder einer Gans gefallen ist. Aber Ulrich verallgemeinerte sie. … Es entstand auf diese Weise ein unendliches System von Zusammenhängen, in dem es unabhängige Bedeutungen … überhaupt nicht mehr gab; das scheinbar Feste wurde darin zum durchlässigen Vorwand für viele andere Bedeutungen, das Geschehende zum Symbol von etwas, das vielleicht nicht geschah, aber hindurch gefühlt wurde, und der Mensch als Inbegriff seiner Möglichkeiten, der potentielle Mensch, das ungeschriebene Gedicht seines Daseins, trat dem Menschen als Niederschrift, als Wirklichkeit und Charakter entgegen.

Ulrich projiziert sein Gedankengebäude genauso auf die Figur und den Fall Moosbrugger im Besonderen wie auf seine Wahrnehmungen der Realität im Allgemeinen; M. ist dabei sowohl der krasse Gegensatz zu seiner eigenen Existenz als auch ein Musterbeispiel des Essayismus, wenn auch in tragischer Ausprägung.

Dass Musil diese Polarität als Gegenwelten, die gleichwohl miteinander verflochten sind, in den Roman so einbaut, kann dadurch motiviert sein, die Bestrebungen Ulrichs noch schärfer zu konturieren. Ein letztes Zitat möge diese Vermutung unterlegen: *So saß (Moosbrugger) als die wilde, eingesperrte Möglichkeit einer gefürchteten Handlung wie eine unbewohnte Koralleninsel inmitten eines unendlichen Meeres von Abhandlungen, das ihn unsichtbar umgab.*

Wenn es ein Bezugssystem zwischen Ulrich und Moosbrugger geben sollte, so wäre abschließend zu fragen, ob M. auch ein *Mann ohne Eigenschaften* ist und worin dieser sich von der Provenienz unterscheidet, die Ulrich verkörpert. Dazu noch die folgende Stelle:

Moosbrugger ist Mann ohne Eigenschaften, weil er alle Eigenschaften hat und ist, Ulrich ist Mann ohne Eigenschaften, weil er weiß, er könnte jede beliebige annehmen. Moosbrugger ist ‚M. o. E.' im Indikativ, Ulrich ‚M. o. E.' im Konjunktiv, wirklicher Möglichkeitsmensch.

Virginie Despentes: Das Leben des Vernon Subutex

Der Roman hat in Frankreich Furore gemacht und wird als Pendant zu Didier Eribons *Rückkehr nach Reimes* – sozusagen die erzählerische Variante des soziologischen Buchs – gesehen. Gemeinsam ist ihnen die Verfolgung einer gesellschaftlichen Perspektive *von unten*, um unter anderem Erklärungen dafür zu liefern, warum Arbeiter, die früher links gewählt haben (bei Eribon), ‚Abgehängte‘, ‚Verlierer‘ heute rechts sind und wählen. Despentes erzählt die Geschichte des ehemaligen Schallplattenvertreibers Vernon S., dessen Laden pleite gegangen ist und der nach dem Verlust seiner Wohnung auf der Straße landet. Dazwischen liegen Stationen des Unterschlüpfens bei früheren Freunden und Bekannten, denen Vernon vorgaukelt, er lebe in Kanada und sei nur auf eine kurze Zeit in Paris, um Behördensachen zu regeln; dafür benötige er einen Schlafplatz für wenige Nächte, der ihm auch gewährt wird. Er kommt unter bei Leuten, die überwiegend in untergeordneten Positionen und/oder in der Unterhaltungsindustrie tätig sind, wie bspw. ein nicht gerade erfolgreicher Drehbuchautor, eine Musikjournalistin, frühere Mitspieler in der eigenen Band, die damals auch zu seinen Kunden zählten. Mittels dieser erzählerischen Schleifen gewährt die Autorin einen intimen Einblick in das ‚Leben der anderen‘, vor allem ihre Auffassungen, Ansichten, Aversionen aus ihrer aktuellen Lebenslage heraus. Hier zeigt sich ein buntes Sortiment an Urteilen und Vorurteilen (wie Rassismus, Fremdenfeindlichkeit, Antisemitismus, Sexismus, Homophobie, rechtsextremes Gedankengut etc.), so nah an den fiktiven Personen dran, dass man begreift, warum sie so denken, fühlen, handeln und auch wählen, wie sie es tun. Die sozialen Milieus werden in individualisierter Perspektive vielstimmig erfahrbar – mitsamt der Gefangenheit der Personen in denselben, aus denen sie aus eigener Kraft nicht herauskommen; ihre Karriereaussichten sind eher abwärts als aufwärts gerichtet. Gemeinsam ist ihnen die Wut auf alles, besonders aber darauf, dass sich ihre einstigen Lebensträume alles andere als erfüllt haben. Nur, dass sich diese Wut nicht gegen ‚die‘ Gesellschaft als solche richtet (dazu sind die Verhältnisse für sie auch zu wenig durchschaubar), sondern gegen andere: Schwuchteln, Transe, Frauen, Obdachlose, Flüchtlinge ... die Schwächeren also, auf die man nicht nur mit Verachtung herabschaut, sondern auf die mitunter auch eingeprügelt wird.

Zum Beispiel Vernons Freund Patrice (heute Aushilfspostbote), der seine Frau schlägt und für den die körperliche Gewalt zur Männlichkeit gehört und ein Mittel der Selbstbehauptung darstellt. Die Gewaltausbrüche, die über ihn kommen wie Automatismen oder Reflexe, werden psychologisch ausgeleuchtet, so dass man das Zwanghafte daran eher nachvollziehen kann, als wenn man sozialpsychologische Studien darüber liest. Patrice wird, nachdem ihn seine Frau Cecile mit dem gemeinsamen Kind verlassen hat, eine Gruppentherapie verordnet, für die er nur Verachtung aufbringen kann, mit folgender Begründung:

Die Gesprächsgruppen waren Schwachsinn. Man kam nie zum Kern des Problems: Was wäre er ohne seine Wut? Ein Weichei, einer, der das Maul hält, wenn man ihm den Parkplatz wegschnappt, auf den er seit zehn Minuten wartet? Ein Waschlappen, der nichts sagt, wenn eine fünfzehnjährige Rotznase auf der Straße sein Mädchen anmacht? Ein Ölgötze, wenn sein Kollege ihm zehn Sack Scheiße zum Verteilen stehen lässt, obwohl es nicht sein Job ist? Von früh bis spät wurde er übers Ohr gehauen. Wie sollte er darauf reagieren? Fröhlich pfeifen und sich sagen, dass er zur sozialen Schicht der Punchingbälle, Fußabtreter und Pinkelbecken gehörte? Das sagte der Gesprächsleiter immer – man dürfe nicht alles vermischen und Politik, Gefühle und Alltagsfrust auf eine Ebene stellen. Viel Spaß beim Sortieren!

So verwerflich die körperliche Gewalt ist – hier geht es zugleich um einen Kampf um Anerkennung, die Wahrung der persönlichen Würde, um Selbstachtung gegenüber als unerträglich wahrgenommenen Verhaltensweisen anderer im Alltag und am Arbeitsplatz. Patrice will kein Duckmäuser sein, der alles schluckt, was ihm zugemutet wird; er will sich dagegen auflehnen, und dafür stehen ihm nicht die Mittel der verbale Auseinandersetzung zur Verfügung, sondern nur seine Körperkraft, auf die er stolz ist.

Er mag Kneipenschlägereien. Seit er klein war, prügelt er sich gern. Im letzten Jahr saß er in der Metro neben einem Jungen, einem schwächlichen, mageren Schwarzen, noch ein Kind. Als die Tür aufging, kamen zwei andere Kids, das gleiche Alter, aber mit breiten Schultern,

162

in den Wagen und stürzten sich direkt auf ihn, um ihm seine Kohle abzunehmen und ihn zu
vertrimmen. Zwei kräftige Kerle gegen einen Kleinen. Patrice hat nicht lange nachgedacht. Er
hat sie sich geschnappt und abwechselnd auf die eingedroschen. Ordentlich. An dem Tag war
er der Held der Metro – die Leute um ihn herum waren froh, dass ein Psychopath in Reich-
weite war, niemand dachte daran, ihn in eine Gesprächsgruppe zu schicken. Sie gratulierten
ihm. Der Wagen brach fast in Ovationen aus. Wie sollte er sich lebendig und wohl in seiner
Haut fühlen, wenn er keine Wut mehr hätte?

An diesem Beispiel wird deutlich, wie ein und dasselbe Verhalten, nämlich be-
herzt zuzuschlagen, je nach Situation unterschiedlich bewertet werden kann
und muss: Patrice ist hier nicht der brutale Schläger, sondern einer mit
Civilcourage, der seine Körperkraft für die Verteidigung von Schwächeren (und
dazu noch einem kleinen Schwarzen) einsetzt. Dafür wird er zurecht von den
Mitpassanten gewürdigt. Natürlich macht es einen Unterschied, ob man, wie
hier, Mut beweist oder zu Hause seine wehrlose Frau schlägt, was mit nichts zu
rechtfertigen ist. Die Autorin zielt in Gestalt ihrer Figur Patrice vielleicht eher
auf die Kritik des gruppentherapeutischen Ansatzes, der auf Deeskalation ausgerichtet zu sein scheint und dabei verkennt, dass Zorn und Wut auch An-
triebskräfte der Selbstachtung und des Gerechtigkeitsempfindens sind, die vielleicht in andere Bahnen gelenkt werden müssen, aber nicht einfach zu unterdrücken sind.

Ein anderes Beispiel ist die Ausleuchtung der Obdachlosigkeit, hautnah erfahren an und mit der Hauptperson Vernon; verfolgt man die Stufen in den Abgrund und die Stadien der Verwahrlosung, des Verfalls mitsamt den Ängste und
dem Druck, die auf den Personen lasten, so kommt mehr als Mitleid auf – es ist
eine Anklange an die Gesellschaft der Angepassten, Satten und Wohlhabenden,
die sich über diesen sozialen Ausstoß mit Verachtung erheben. Interessanterweise liegt, wie schon beim Thema Gewalt, auch bei der Obdachlosigkeit ein
Fokus auf der Menschenwürde.

Vernon ist neu *auf der Platte*. Da ist es hilfreich, einen Kumpel mit langer Erfahrung zu treffen, der einem wertvolle Hinweise geben kann. Vernon ist vor Schwäche zusammengebrochen und wird von Laurant als erstes mit Bier versorgt:

Das Bier hatte ihn belebt, Vernon fühlte sich etwas besser, aber nicht gut genug, um zu plaudern. Laurant hatte überhaupt kein Problem damit, das Gespräch allein zu führen. Der Ton, in dem er von seinen neunzehn Jahren auf der Platte sprach, ließ keinen Raum für Zweifel. Es war ein Grund, stolz zu sein. Er hatte dutzende Anekdoten auf Lager. Prügel, Verhaftung, Reisen, Zumauern besetzter Häuser; haarklein erzähle er von seinen diversen Heldentaten … Laurant war ein Großmaul, er schrie den Leuten auf dem Bahnsteig ins Gesicht, dass er beschlossen habe, frei, ohne den Stress und die Unterwürfigkeit eines angeschissenen Lohnarbeiters zu leben.

Laurant unterweist Vernon auch darin, wo die besten Plätze sind und wie man richtig und erfolgreich bettelt:

„Wenn du wirklich Kohle brauchst, zum Beispiel zum Pennen, bleibst du stehen – setz dich bloß nicht hin – und bettelst lächelnd, wenn dir ein kleiner Witz einfällt, umso besser; die Leute, von denen du was willst, haben ein Scheißleben, vergiss das nicht; wenn du sie zum Lächeln bringst, sitzt ihnen das Geld lockerer, heulen tun sie selbst schon genug, also musst du sie unterhalten – sie lieben die Vorstellung vom armen Schlucker, der die Moral hochhält. … Versuch, zwei, drei Bücher aufzutreiben, du legst sie neben dich und tust so, als wärst du ins Lesen vertieft. Das macht sie verrückt. Ein Obdachloser, der liest. Oder du machst Kreuzworträtsel, das mögen sie auch. Du entwickelst schnell deine Masche und machst Kasse, glaub mir, du musst den Kopf nicht hängen lassen."

Despentes schafft es, eine Nähe zu sozialen Lagen herzustellen, die einen direkt mit einer fremden Erfahrung, wie hier das Leben auf der Straße, konfrontiert. Und jeder ihrer Figuren verleiht sie eine Würde; statt sie nur als Opfer zu sehen, zeichnet sie sie mit Selbstachtung und einem gewissen Durchblick aus, der sie bedingt handlungsfähig macht. Dass ein Obdachloser wie Laurant selbst daran denkt und reflektiert, dass die Leute, die hier angebettelt werden, selber ein *Scheißleben* haben, ist schon bemerkenswert.

Insgesamt ist der Erzählstil des Romans in Form von *Tiraden* (s. Spiegel-Rezension: *Triumph der Tirade* von Hannah Pilarczyk, August 2017) gehalten, womit die Autorin ihre Figuren die am eigenen Leib erfahrene soziale Misere verbal buchstäblich herausspucken lässt, meistens im Jargon der Szene, in dem Sexualität, Drogenkonsum und Rockmusik überpräsent sind. Dass in der Mitte des Romans über 100 Seiten lang nur noch von *Sex and Drogs* die Rede ist, muss man ertragen, wenn man den soziologischen und politischen Gehalt des Buches nicht verpassen will. Dieser liegt darin, einen Einblick in soziale Milieus, die für prekär und außenseitig angesehen werden, zu verschaffen sowie Wahrnehmungs- und Verhaltensweisen, die aus diesen hervorgehen, kennenzulernen, die auf die Zerrissenheit der französischen Gesellschaft (wie anderer westlicher Gesellschaften auch) verweisen. Despentes zeigt uns den Spiegel vor, wenn sie aus der Perspektive der ‚Abgehängten' ein kritisches Potential aufzeigt, das den Grad an Entfremdung im ‚normalen Leben' indiziert. Als Kennerin der Subkultur (sie arbeitete lange Zeit als Journalistin in diesem Sektor) weiß sie um die sinn- und identitätsstiftende Bedeutung der Popmusik. Für die Angehörigen der Generation ‚danach' (Vernon und seine Kumpels sind an die fünfzig) klafft eine biographische Lücke der Sinnstiftung, wenn sie noch den Anspruch hegen, mehr von Leben zu erwarten als sich nur durchzuschlagen.

Annie Ernaux: Die Jahre

Eine französische Lehrerin schreibt nach ihrer Pensionierung über ihr Leben, und dies in einer ungewöhnlichen Form, über die sie im Buch immer wieder reflektiert: Sie wollte keine übliche Autobiografie schreiben, erst recht keine Bekenntnisse ablegen, die Ich-Form war ihr *zu eng*, die Sie-Form als Außensicht zu distanziert. Herausgekommen ist eine Form ohne Ich, dafür steht das Man oder das Wir, also eine verallgemeinernde Sicht auf die beschriebenen Ereignisse, Begebenheiten, Emotionen, in der die Erfahrungen der Autorin ebenso aufgehoben sind wie die einer ganzen Generation, ihres Geschlechts und vielleicht auch eines bestimmten sozialen Herkunftsmilieus. Ernaux wollte im individuellen Gedächtnis das *kollektive Gedächtnis* aufbewahren und die objektive Geschichte mit Leben füllen. Entworfen werden *Standbilder der Erinnerung* im Lebensverlauf, im Fluss der Ereignisse und Jahre, *geschrieben im imperfait, in einer fortschreitenden, absoluten Vergangenheit, die die Gegenwart verschlingt, bis hin zum letzten Bild eines Lebens.*

Bemerkenswert ist, dass sich hier eine gestandene Linke und eine ebenso gestandene Feministin zu Wort meldet, in einer Zeit, in der in Frankreich zwei weitere Lebenserinnerungen erschienen sind: Pierre Bourdieu, auf den Ernaux sich mehrfach in ihrem Buch bezieht, hat kurz vor seinem Tod (2002) eine *Anti-Autobiografie* unter dem Titel *Ein soziologischer Selbstversuch* geschrieben, die posthum erschienen ist. Und Didier Eribon, ein Schüler Bourdieus, schrieb seine viel beachtete Autobiografie *Rückkehr nach Reims* (2009), in der er den Bruch mit seinem proletarischen Herkunftsmilieu in der Provinz, seine Emanzipation als Homosexueller sowie seine soziologische Karriere in Paris thematisiert. Es gibt also Berührungs- und Bezugspunkte zwischen diesen drei Büchern, und welche Position Annie Ernaux mit ihrem Buch, das im französischen Original 2008 erschien, hierin einnimmt, soll nun näher betrachtet werden.

Fotografien spielen für die Erinnerungen bei Ernaux eine zentrale Rolle. Sie erscheinen im Buch nicht als Abbildungen, sondern werden eindringlich beschrieben und interpretiert. Sie sind als *Standbilder* für bestimmte Lebensab-schnitte Marker und Merkposten, lösen Wahrnehmungen und Empfindungen aus, die über die Abbildung hinausgehen. Wie etwa ein Bild aus der Nach-kriegszeit, das Erinnerungen an soziale Prägungen in ihrer Jugend auf dem Lande evoziert:

Außer den Erzählungen wurden uns noch andere Dinge überliefert, wie man sich bewegt, sich hinsetzt, lacht, wie man auf der Straße jemandem etwas zuruft, wie man ißt, wie man nach etwas greift, Erinnerungen, die in den ländlichen Gegenden Frankreichs und Europas von Körper zu Körper weitergegeben wurden. Dieses auf den Fotos unsichtbare Vermächtnis vereinte die Familienmitglieder, Leute aus der Nachbarschaft und alle, die angeblich so waren wie wir … Ein Repertoire aus Gewohnheiten, eine Summe von Handgriffen, geprägt von einer Kindheit auf dem Feld und einer Jugend in der Werkstatt, denen wiederum andere Kindheiten und Jugenden vorausgegangen waren.

Was hier als *Überlieferung* bezeichnet wird, ist als soziale Vererbung über Ge-nerationen hinweg aus soziologischer Sicht die Konstitution eines Habitus des ruralen Arme-Leute-Lebens der 1950er/60er Jahre, der für die Protagonistin später zur Quelle von sozialer Scham wird. Und zwar so lange, bis es ihr durch ihren Bildungsweg möglich wurde, Unterlegenheitsgefühle und Minderwertig-keitskomplexe qua neu erworbenem Selbstbewusstsein zu überwinden und abzulegen.

Ja, es war ihr möglich geworden, trotz ihrer einfachen Herkunft das Abitur zu machen und zu studieren. Dass sie sich damit aus dem angestammten Milieu entfernt und auch von diesem entfremdet, beschreibt Ernaux beispielhaft mit einer Szene aus dem Elternhaus, wo die Protagonistin vom Studienort zu Be-such gekommen ist. Neben der Tochter waren noch Bekannte zu Gast, und man saß länger am Esstisch zusammen. Die Schwierigkeit der Kommunikation und was sich dahinter verbarg, wird wie folgt geschildert:

Aus Höflichkeit den Gästen gegenüber, die uns für unser Studium bewunderten, und den Eltern zuliebe, die uns ein Taschengeld zahlten und von denen man die schmutzige Kleidung gewaschen, gebügelt und gefaltet zurück bekam, beteiligte man sich bereitwillig und ein wenig unbeholfen an den Gesprächen und hatte dabei das Gefühl, ein notwendiges Opfer zu bringen, schließlich hätte man in der Zeit auch Virginia Woolfs ‚Die Wellen' oder Jean Stoetzels ‚La Psychologie Sociale' lesen können. Unwillkürlich fiel einem auf, wie die Tischgäste die Teller mit Brot abwischten, wie sie den Kaffee in der Tasse kreisen ließen, wie sie ehrfürchtig über jemanden sprachen, der ‚ein hohes Tier' war, und mit einem Mal nahm man das Milieu von außen wahr, als geschlossene Welt, zu der man nicht mehr gehörte. Die Dinge, die uns beschäftigten, hatten nichts mit Krankheiten zu tun, nichts mit dem Anpflanzen von Gemüse bei zunehmendem Mond, nichts mit den Massenentlassungen der Fabrikarbeiter, nichts mit all den Themen, über die zu Hause gesprochen wurde. Deshalb erzählte man auch kaum etwas vom Studium oder von sich selbst und widersprach Eltern und Verwandten möglichst nicht, als hätte das Eingeständnis, dass man nicht sicher war, nach dem Studium tatsächlich eine Stelle an einer Schule zu finden, ihre Welt zum Einsturz gebracht, als wäre es eine Beleidigung und hätte sie an unseren Fähigkeiten zweifeln lassen.

Wer wie ich solche Szenen im eigenen Elternhaus erlebt hat, kann den großartigen Realismus Ernaux' ermessen, mit dem sie die zwei Welten beschreibt, die da entstanden sind und zwischen denen es außer in Form von Pflichten, Zwängen, Opfern, Rücksichtnahmen, Selbstverleugnung keine echten Verbindungen mehr gibt; schon nach kurzer Zeit divergieren die Interessen, die Themen, die Relevanzen, ja auch die Sprache, und man ist als aus dem Milieu Ausgebrochene mit dem Dilemma behaftet, sich irgendwie schuldig zu fühlen, zumindest ein schlechtes Gewissen zu haben, weil der Verdacht auf einen Verrat immer mitschwingt. Das Studium ermöglicht ja nicht nur Wissenserwerb, Horizonterweiterung und Qualifizierung, sondern auch den Zugang zu neuen Lebensformen, alternativen Werten und die Erschließung neuer Perspektiven – mithin zu Emanzipation und Befreiung als Frau und als ‚von unten' und aus der Provinz Kommende.

Mehr noch als ein Weg aus der Armut scheint ihr ein Studium das beste Werkzeug gegen die Verstrickungen einer bemitleidenswerten Weiblichkeit zu sein, gegen die Versuchung, sich in einem Mann zu verlieren, die sie kennt … und wofür sie sich jetzt schämt.

Noch vor der Studentenrevolte um 1968 hatte sie sich vorgenommen, nicht zu heiraten und keine Kinder zu bekommen, denn sie verband damit die traditionellen Rollenmuster und Abhängigkeiten, und sie konnte sich nicht vorstellen, all das mit einer akademischen Ausbildung und späteren Lehrtätigkeit in Einklang bringen zu können. Früh schon hegte sie das *Ideal der freien Liebe*.

Und doch tappt sie in die Falle: Sie verliebt sich, heiratet, und mit der ersten festen Stelle (des Mannes) nimmt die Verbürgerlichung des Lebensstils ihren Lauf. Aus dem freien Leben in der Studentenbude wird ein Eheleben in der Zweizimmerwohnung, aus dem Sperrmüll-Mobiliar und dem zusammengewürfelten kleinen Hausrat wird eine ‚ordentliche' Einrichtung – mit all dem Krempel, den man früher nicht hatte, nicht brauchte und auch nicht wollte. Jetzt greifen die Normen der Eltern wieder, und sie erteilen wohlmeinende Ratschläge zur Optimierung all dessen, was sie ihrer Tochter vorgelebt hatten. Und dann kommt auch schon das erste von zwei Kindern.

Man fragt sich, was aus dem Elan und der Kraft geworden ist, die sie für die erfolgreiche Bewältigung ihres Bildungswegs aufgebracht hatte. Ernaux gibt Einblick in die Gedanken und Gefühle ihrer Protagonistin; noch geht es nur um die Unterscheidung von falschen und richtigen Gedanken:

Richtige Gedanken kommen ihr nur, wenn sie allein ist oder mit dem Kind spazieren geht. Richtige Gedanken sind für sie nicht das Sinnieren darüber, wie die Leute reden oder sich anziehen, über die Frage, ob die Bordsteinkanten zu hoch sind für den Kinderwagen, über das Verbot von Jean Genets Theaterstück ‚Die Wände' oder über den Vietnamkrieg, sondern Gedanken über sich selbst, über das, was sie hat und was sie ist, über ihr Leben. Diese Gedanken sind eine Vertiefung all der flüchtigen Gefühle, über die sie mit niemandem reden kann, all der Dinge, über die sie schreiben würde, wenn sie Zeit dazu hätte – aber sie hat ja nicht mal mehr Zeit zum Lesen.

Der Mai 1968 verschaffte ihr schließlich den nötigen Nährboden für ihre individuellen Bestrebungen nach Ausbruch aus der (selbstgeschaffenen) kleinfamiliären Enge und Unfreiheit. Sie, die schon früh Mitglied der Sozialistischen Partei geworden war, erlebte diese Protestbewegung der Studierenden und Intellektuellen als Politisierungsschub und Horizonterweiterung. Ein neues Wir-Gefühl überkam sie, wenn es heißt: *Wir wollten die Gesellschaft verändern ... Wir entdeckten nun plötzlich den Maoismus, den Trotzkismus und eine Fülle anderer Ideen und Theorien.* Auch die Lebensverhältnisse und gesellschaftlichen Institutionen wurden zum Gegenstand der Kritik, der politischen Reflexion und als Norm und Normalität hinterfragt.

Nichts von dem, was man für normal gehalten hatte, war mehr selbstverständlich. Familie, Erziehung, Gefängnis, Arbeit, Urlaub, Wahnsinn, Werbung, die gesamte Wirklichkeit kam auf den Prüfstand … Die Gesellschaft hatte ihre Unschuld verloren. Ein Auto kaufen, eine Klassenarbeit benoten, ein Kind zur Welt bringen, alles produzierte Bedeutung. … Die Lesart der Welt war durch und durch politisch. Das wichtigste Wort war ‚Befreiung‘.

Aus der Distanz betrachtet, sieht Ernaux diese Protestbewegung auch kritisch, etwa in Gestalt der Verpflichtung zu einer dezidierten Meinung zu allem und jedem oder der selbsternannten Sprachrohre für die unterdrückten sozialen Gruppen oder des nicht mehr hinterfragten Zwangs zum Hinterfragen. Jedoch überwiegen in ihrer Betrachtung eindeutig die positiven Wirkungen auf diejenigen, die mit den gesellschaftlichen und politischen Zuständen unzufrieden waren und diese verändern wollten, wie ihre Protagonistin. Und wie in Deutschland, so entwickelte sich auch in Frankreich (und anderswo in der westlichen Welt) die neue Frauenbewegung aus dem Studentenprotest heraus, die so manches anders wie anderes in Frage stellte als die männlichen Wortführer, so die Ungleichheit der Geschlechter in allen gesellschaftlichen Bereichen, so den Machismus und das Patriarchat. Der Feminismus als gesellschaftliche Kritik aus einer anderen Warte reichte damals bis in die Provinz hinein und erfasste auch sie. Ihre Lektüre von feministischer Literatur erschloss ihr zusätzlich zu einer linken Kritik eine patriarchatskritische.

Man blickte auf seine Geschichte als Frau und stellte fest, dass man nicht auf seine Kosten gekommen war, dass die sexuelle und kreative Freiheit den Männern vorbehalten war. Diese Erkenntnis bis auf die Ebene des eigenen Lebens herunterzubrechen, ging auch mit Verunsicherung und einer gewissen Hilflosigkeit einher:

Zu Hause geriet unsere Entschlossenheit ins Wanken, und man hatte Schuldgefühle. Man wußte nicht mehr, wie man das mit der Befreiung angehen sollte und im Grunde auch nicht, warum. Man redete sich ein, der eigene Mann sei weder Phallokrat noch Macho. Man war hin- und hergerissen zwischen den verschiedenen Diskursen – dem, der für die Gleichheit zwischen Mann und Frau kämpfte und das Patriarchat abschaffen wollte, und dem, für den alles Weibliche heilig war, die Monatsblutung, das Stillen und das Kochen von Gemüsesuppe. Zum ersten Mal stellte man sich das Leben als Marsch in Richtung Freiheit vor, und das veränderte alles. Ein typisches Frauengefühl war im Begriff zu verschwinden – das einer naturgegebenen Unterlegenheit.

Stellen wie diese machen das Buch so unerhört sympathisch – Ernaux wechselt mit Lust die Ebenen der Betrachtung, um auf manches Gedachte und Gefühlte mit leiser Ironie zu schauen, doch den Faden verliert sie so schnell nicht dabei. Und der kann als Entschlossenheit zum Aufbruch im Rahmen einer Biografie, die von Zickzackkursen und Brüchen gekennzeichnet ist, gelesen werden.

Eines der schönsten Zitate lautet: *Der Konsum löste die Ideale von 1968 ab.*

Das stimmte gesamtgesellschaftlich und bei ihr persönlich. Ihr Leben bewegte sich zwischen ihrem beruflichen Engagement, der Hausarbeit und den Kindern. Sie empfand ihren Lebensstil als etabliert, was nicht gerade das Gefühl der Zufriedenheit in ihr auslöste. Vielmehr kommen Zweifel auf, und die Sehnsucht nach einem anderen Leben beginnt sich zunächst leise, später mit aller Konsequenz, Bahn zu brechen. *Sie beginnt, sich ein Leben jenseits der Ehe und ohne Familie vorzustellen.*

Zweifel, eine Krise, sind auch immer Auslöser für Reflexion und Umdenken in der Rückschau, diesmal auf ihre Herkunft und das Studium, um sich einen Standpunkt und eine Orientierung nach vorne zu erringen: *Die Erinnerung an die Universität erfüllt sie jetzt nicht mehr mit nostalgischer Sehnsucht. Mittlerweile sieht sie ihr Studium als die Zeit ihrer intellektuellen Verbürgerlichung, als Bruch mit ihrer Herkunft. Ihr Gedächtnis ist nicht mehr romantisch, sondern kritisch.* Dieser Bruch mit dem Herkunftsmilieu war auch aus späterer Sicht notwendig, allein schon, um die soziale Scham zu überwinden; allerdings hat sie ihre Wurzeln nicht verleugnet, sondern sich kritisch damit auseinandergesetzt und politisch die soziale Ungleichheit der Klassen ebenso hinterfragt wie die nach Geschlecht. *Dadurch, dass sie die Scham überwindet, wird die Zukunft wieder zu einem Handlungsfeld. Der Kampf für legale Abtrei-*

bungsmöglichkeiten und gegen soziale Ungleichheit und der Versuch, zu verstehen, wie sie zu der Frau geworden ist, die sie heute ist, sind eins.

Bemerkenswert an dieser neu gewonnenen Sicht auf ihre Biografie ist, dass Ernaux ihre Protagonistin das Studium nunmehr als *intellektuelle Verbürgerlichung* ansehen und diesen Wechsel der Klasse nicht mehr nur als Befreiung romantisieren lässt. Das hängt einmal damit zusammen, dass sie gerade aufgrund dieses Studium und ihres politischen Engagements einen gesellschaftlichen Durchblick errungen hat, der ihr diese kritische Sicht auf das gesellschaftliche Ganze erst ermöglicht. Zum anderen ist es die in der Krise gewachsene Einsicht, dass ihre sogenannte Verbürgerlichung – wahrscheinlich nicht nur die intellektuelle, sondern auch eine des gesamten Lebensstils - ihr zwar zu mehr Wohlstand in materieller und kultureller Hinsicht verholfen hat, jedoch auch neue Fesseln anlegt, die sie dazu verleitet, ein Leben in vorgezeichneten Bahnen zu führen, wogegen sie doch immer gekämpft hatte. Und vielleicht sieht sie in dem Bruch mit der Herkunft inzwischen auch so etwas wie einen sozialen Verrat. Insgesamt scheint es ihr wie vielen, die aus ihrem Herkunftsmilieu durch Bildung ausgebrochen sind, zu gehen: die soziale Zugehörigkeit ist in Frage gestellt – man gehört nicht mehr der angestammten Klasse an und auch nicht der, in die man aufgestiegen ist.

Beim Gang durch die Jahre, zu dem man von Ernaux eingeladen wird, wird man an die wechselnden Präsidentschaften in Frankreich ebenso erinnert wie an den Algerienkrieg, die Kubakrise oder markante Punkte im Wandel der Lebensverhältnisse etwa durch technische Neuerungen. Sie versteht es, die Ebenen zu wechseln und geschickt zu kombinieren – ob es die Enttäuschung der Linken über Mitterand wegen dessen Austeritätspolitik ist oder über die *neue Sozialhilfe für die Marginalisierten*, die große Ähnlichkeit mit der deutschen Agenda 2010-Politik (Hartz IV) aufweist oder über die Erfolge von Le Pen, weil er doch nur ausspreche, was ,die Franzosen' dachten; all das steht immer wieder neben lebenspraktischen Umständen und Veränderungen wie etwa der Umzug

172

von der Provinz in einen Vorort von Paris, das erworbene Eigenheim, das Erwachsenwerden der Kinder und der Rollentausch zwischen den Generationen oder der Einzug des Internet in den Alltag. Egal was sie thematisiert – es ist stets ein kritischer Blick auf gesellschaftliche Phänomene wie etwa das Überangebot von Waren und der Konsumrausch.

Niemand rebelliert gegen diese sanfte, glückliche Diktatur, man musste sich nur vor ihren Exzessen schützen und den Konsumenten, wie man das Individuum jetzt nannte, über ihre Gefahren aufklären. Für alle, auch für die illegalen Einwanderer, die in einem überfüllten Boot auf die spanische Küste zuhielten, hatte die Freiheit die Anmutung eines Einkaufszentrums oder eines Hypermarchés mit seinem erdrückenden Überangebot. Es war normal, dass Waren aus der ganzen Welt zu uns gelangten und frei zirkulierten, während man Menschen an den Grenzen zurückwies. Deshalb ließen sich manche in Lastwagen einsperren, wurden selbst zu einer – leblosen – Ware und erstickten, weil der Fahrer sie in der Junisonne auf einem Parkplatz in Dover stehen ließ.

Die Autorin kritisiert die aufgezogene *Zeit der Dinge*, alles ist immer aufs Neue *neu*, den Leuten werden *unbegrenzten Möglichkeiten* vorgegaukelt, alles leere Glücksversprechungen. Sie kritisiert die durch die Digitaltechnik aufgekommene Bilderflut und kommt zu dem Schluss, dass die Medien das Erinnern und Vergessen übernommen hätten. Die Herrschaft der Medien löscht die Erinnerungen: ein Zustand der *gesellschaftlichen Amnesie* ist die Folge.

Zum Schluss, wenn Ernaux über das Altern und das veränderte Zeitempfinden reflektiert, erfährt man fast beiläufig, dass sie sich nach ihrer Pensionierung von ihrem Mann getrennt und die Familie verlassen hat. Sie hat auch keine Probleme damit, einen erheblich jüngeren Geliebten zu haben, sondern scheint mit großer Selbstverständlichkeit diesen späten Lebensabschnitt so anzugehen, wie sie das für richtig hält. Eine Frau, die sich nicht so alt fühlt, wie sie wirklich ist, und die genau weiß, dass dies eine Selbsttäuschung ist. Die bei allen Widersprüchen und Brüchen mit erstaunlicher Konsequenz ihre Befreiung oder Emanzipation gelebt hat und anderen, gerade auch jüngeren Frauen, ein Vorbild sein kann. Die sich ihrer Herkunft bewusst ist, ohne sie zu verleugnen (hierin liegt ein Unterschied zur Autobiografie von Didier Eribon), gerade weil sie ihre Bildung auch als politisch-kritische Haltung im Sinne des gesellschaftlichen Durchblicks genutzt und eingesetzt hat. Ja, eine, die den Zusammenhang von sozialer und geschlechtlicher Ungleichheit begriffen und dagegen angekämpft hat.

Doris Lessing: Das Tagebuch der Jane Somers

Die Autorin war in den 1970er Jahren mit ihrem *Goldenen Notizbuch* zum Star der Frauenbewegung aufgestiegen; das Buch in aller Munde und – ähnlich wie Simone de Beauvoirs *Das andere Geschlecht* – praktisch zur Pflichtlektüre des Feminismus geworden. Fünfzig Jahre später nun fällt mir eher zufällig das antiquarisch erworbene *Tagebuch der Jane Somers* (Erstveröff. 1983) in die Hände, ein Roman in Tagebuchform, der mich wegen seiner Thematik anspricht: Es geht um Frauenleben in extrem verschiedenen sozialen Lagen und aus unterschiedlichen Generationen am Beispiel einer erfolgreichen Journalistin mittleren Alters und einer Greisin, die in bitterer Armut lebt; und im Laufe der Handlung erweitert sich das Personaltableau, so dass weitere Differenzierungen anhand von Klasse, Alter/Generation und Gender hinzukommen; abgebildet wird dadurch ein Mikrokosmos der Verschiedenheiten und sozialen Ungleichheiten unter Frauen in der britischen Gesellschaft der 1980er Jahre; das Sujet wird wahrscheinlich bis heute an Aktualität nichts eingebüßt haben. Man fragt sich unweigerlich, ob und wie angesichts dieser sozialen Differenzen so etwas wie Solidarität untereinander oder auch nur Verständnis füreinander entstehen kann.

Jane Somers geht ganz in ihrer Arbeit als verantwortlich Redakteurin einer noblen Frauenzeitschrift auf, was in ihrer Ehe den Gedanken an eine Mutterschaft erst gar nicht hat aufkommen lassen; die Berufsarbeit ist zentrale und einzige Quelle von Selbstwertgefühl und Anerkennung, die Einbindung in ein kleines Kollektiv und die kooperative Kommunikation bei flacher Hierarchie bieten Halt und Sinnstiftung. Der plötzliche Tod ihres Mannes und kurz darauf auch der ihrer Mutter bilden dann einen Wendepunkt in ihrem Leben. Sie sinniert über sich und ihre Lebensführung, stellt Sinnfragen, schildert sich als *haltlos, unselbständig* und *abhängig*; hinter der Powerfrau nach außen verbirgt sich innerlich eine *Unfreiheit*, die sie mit den Worten *Kind-Tochter* und *Kind-Frau* bezeichnet.

In dieser Situation begegnet Jane zufällig einer *alten Hexe*, der 90jährigen Mrs. Fowler, einer *kleinen gebeugten Frau mit einer Hakennase, die beinahe das Kinn berührte*, die ihr in einer Apotheke aufgrund ihres rebellischen Verhaltens auffällt. Die Alte fordert von Jane Unterstützung ein, weil sie statt des verordneten *Valiums* nur ein Schmerzmittel brauche, statt sich von dem anderen Medikament ihrer geistigen Kräfte berauben zu lassen. Und aus dieser ersten Begegnung entwickelt sich nun eine komplizierte, konfliktreiche, aber auch warmherzige Beziehung zweier Frauen, die verschiedener nicht sein können.

Mrs. Fowler wird drastisch in all ihrem Elend beschrieben: körperlich klein, krumm und *dürr*, mit gelblicher Haut, verschmutzt und übel riechend, in einer Wohnung hausend, die man eher als Kellerloch bezeichnen kann, bar jeder sanitären Anlagen (das Plumpsklo ist auf dem Hof), nur in der sogenannten Küche einen Wasserhahn am Spülbecken und im „Wohnraum" einen Ofen aufweisend; mithin im Zustand der Verelendung, Verwahrlosung und Einsamkeit, in Armut und Dunkelheit lebend– nicht nur physikalisch, sondern auch sozial: *Die im Dunkeln sieht man nicht*, schrieb Brecht einst in seinem Dreigroschen-Werk. Die Besuche von Jane Somers, die immer regelmäßiger werden, bieten einzig einen Einblick in diese Zustände – obwohl der britische Sozialstaat hier potentiell für Abhilfe sorgen könnte: in Form der Bereitstellung einer Haushaltshilfe und einer Pflegekraft etwa, worauf Jane auch unermüdlich hinweist. Doch damit beißt sie bei Mrs. Fowler auf Granit, d.h. auf störrische Verweigerung und Ablehnung: so etwas brauche sie nicht, sie könne sich immer noch selbst versorgen, sie habe es nicht nötig, auf andere angewiesen zu sein usw. Lessing stellt diese alte Frau von Beginn an als geistig rege und vor allem in ihrer ganzen Halsstarrigkeit dar, die im Kontrast zu den erbärmlichen Lebensumständen steht: dies spricht für ihren Stolz, ihre Widerständigkeit, Willensstärke und den Kampf um ihre Würde, den wir im Roman buchstäblich bis zur Bahre verfolgen können.

Mindestens zwei Fragen stellen sich hier bereits: Wie kommt eine Frau wie Jane Somers, die im Wohlstand lebt, dazu, sich um diese arme, alte Frau zu kümmern? Was sind ihre Motive? Und woher rührt der Widerstandsgeist der Alten?

Zum ersten Aspekt: Letztlich bleibt es im Unklaren, was die Journalistin antreibt, sich bis an die Grenzen ihrer eigenen Kräfte hier zu engagieren. Auf Unverständnis stößt sie dabei auch bei ihren beiden Nichten, also Angehörigen einer jüngeren Generation von Frauen, die im Übrigen eine starke Affinität zur Tante verspüren, ja, ihr sogar zum beruflichen Vorbild gereichen; und es bleibt bis zum Schluss offen, inwieweit Jane selbst ihr Engagement versteht. Es scheint jedenfalls mehr als Mitleid zu sein, denn von der bürgerlichen *Wohltätigkeit* grenzt sie sich entschieden ab; auch will sie keine *gute Nachbarin* sein, eine auf privater Ebene organisierte Form der Fürsorge, mit der besser gestellte Frauen oftmals ihr soziales Gewissen beruhigen, indem sie sich um andere kümmern. Vielleicht ist Jane ja auch plötzlich aufgefallen, dass in ihrer chicen Zeitschrift alte Frauen überhaupt nicht vorkommen. Was einer Art sozialer Ignoranz gleichkäme, zumindest auf Abgehobenheit schließen ließe.

Leichter verständlich wird im Laufe der Handlung die Frage nach den Wurzeln der Willenskraft und Widerständigkeit auf Seiten der Greisin. Denn es gibt im Roman Tagebuch-Eintragungen mit der Überschrift *Ein Glücklichsein*, in denen man einiges aus dem Leben der Maudie Fowler erfährt. Eingeleitet werden sie von der Erzählerin Jane so:

Sie erzählt mir von allen Zeiten in ihrem Leben, wo sie glücklich gewesen ist. Sie sagt, jetzt ist sie auch glücklich, weil ich da bin (und das finde ich schwer zu verkraften, es erbost mich, daß so eine Kleinigkeit ein Leben so verändern kann), und darum denkt sie gerne an glückliche Zeiten zurück.

Und so erfahren wir, dass die Alte als Mädchen eine Lehrstelle als Putzmacherin innehatte und in diesem Beruf eine hervorragende Begabung an den Tag legte, die Lehrleute sie mit *gutem Essen* und auch etwas Anerkennung (wenn auch wenig Lohn) versorgten; dass sie als junge Frau eine Liebelei hatte, geheiratet hat, völlig unaufgeklärt sofort schwanger geworden ist und der Mann sie nach einem Jahr mit dem Kind hat sitzenlassen. Aus den glücklichen Zeiten werden schwere. Unter dem Abschnitt *Maudies schlimmste Zeit* erzählt sie davon, wie schwer sie schuften musste, um sich und den Jungen durchzubringen, welche Not sie erlitten hat – und wie sie im Kampf ums Überleben gelernt hat, sich durchzusetzen. Mithin eben auch den Widerstand auszubilden, der zu ihrer markantesten Eigenschaft geworden ist. Insgesamt hat man bei diesen Schilderungen den Eindruck, dass die alte Frau durch ihre Erzählungen aus ihrem Leben und das aufmerksame Zuhören durch Jane eine Art Vitalisierungsschub erfahren hat. Es handelt sich also hierbei keineswegs um eine *Kleinigkeit*, wie es die Zuhörerin eingangs formulierte, sondern im Gegenteil: um die Anerkennung einer Lebensleistung.

Und so zeugt das Buch eigentlich von der Wiederholung des Immergleichen: Die fast täglichen Besuche von Jane (auch Janna genannt) bei Maudie (die Frauen sind inzwischen zum vertrauten Du übergegangen) sind zur Routine und Verpflichtung geworden. Die Anforderungen der Betreuung sind gleichgeblieben oder noch gewachsen, so dass irgendwann gegen alle Widerstände doch eine Haushaltshilfe engagiert werden musste. Die Dickköpfigkeit der alten Frau ist ungebrochen und zeigt sich bei jedem kleinen Anlass.

Doch die Autorin legt Wert darauf, dieses soziale Geflecht noch genauer auszuleuchten, was ihr mit dem Stilmittel des Perspektivenwechsels gelingt. Es gibt Passagen unter Titeln wie *Maudies Tag* oder *Jannas Tag* oder *Ein Tag im Leben einer Haushaltshilfe*, in denen nicht nur ein mehr oder minder gleichförmiger Tagesablauf mit dem jeweilige Anforderungsprofil der Protagonistinnen minutiös aufgezeichnet wird, sondern auch das jeweilige Innenleben, also die Gedanken, Gefühle und Sichtweisen vermittelt werden. Besonders beeindruckend ist der so dargestellte Tag einer Haushaltshilfe, die sich zwischen Job und eigener Familie zerreißt, wenn sie in kurz getakteter Zeit von Fall zu Fall hetzt und dennoch darum bemüht ist, ihr Bestes zu geben. Man fragt sich, woher Doris Lessing all dieses Material hat, das sie hier so minutiös unterbreiten kann – als wäre sie nicht nur Schriftstellerin, sondern auch eine empirische Sozialforscherin ‚im Feld'.

Das große Finale dieses Tagebuch-Romans bildet ein längerer Abschnitt über Mrs. Fowlers Krankenhaus-Aufenthalt aufgrund der Diagnose von Magenkrebs, an dem sie dort auch sterben wird. Lessing erzählt nicht nur von den verschiedenen Stadien des Krankheitsverlaufs der Patientin bis zum Tod, sondern auch von der Institution Klinik oder Krankenhaus als Ganzes, mit besonderem Schwerpunkt auf der Arbeitssituation des Pflegepersonals, also der Stationshelferinnen, Pfleger:innen und Schwestern, die, eingebunden in die hierarchische Organisation, aufgrund der enormen Belastungen ständig am Limit arbeiten. Man staunt auch hier wieder über die präzisen Darstellungen, als würden sie auf genauer Beobachtung beruhen, sowie über die Aktualität ihres Berichts.

So schreibt die sozialkritische wie engagierte Autorin etwa über die Pflegekräfte im Krankenhaus:

Ich möchte über die Stationshelferinnen schreiben, die Spanierinnen, Portugiesinnen, Jamaikanerinnen, Vietnamesinnen, die so lange Arbeitszeiten haben und so extrem schlecht bezahlt werden, die Familien ernähren, Kinder großziehen und noch Geld heimschicken ... Diese Frauen gehören wie selbstverständlich zum Inventar. Im Vergleich zu ihnen werden Krankenträger gut bezahlt; sie bewegen sich im Krankenhaus mit einer Selbstsicherheit, die meiner Einschätzung nach daher rührt, daß man nicht müde ist. Diese Frauen sind müde, das zumindest weiß ich genau. ... Ihnen allen steht so eine allgegenwärtige Sorge im Gesicht, die mir bekannt vorkommt: man kann sich nur mit genauer Not über Wasser halten; wenn etwas passiert... ist man verloren. Woher kenne ich diesen Blick? ... Habe ich davon gelesen? Nein, ich glaube, das hat mit Maudie zu tun: wenn Maudie erzählte, wenn sie aus ihrem Gedächtnis Geschichten ausgrub ... dann lag wahrscheinlich dieser Ausdruck auf ihrem Gesicht, weil er mit ihrer Erzählung einherging. Diese Frauen leben in Angst. Durch ihre Armut haben sie keinerlei Sicherheitsspielraum ...

Wenn Jane zur Erklärung ihres Verständnisses für die psychosoziale Situation und Befindlichkeit der Pflegekräfte die von ihr gemachten Erfahrungen mit der Greisin heranzieht, so kann das am Schluss des Buches doch noch zur Beantwortung der offenen Frage beitragen, warum sich Janes Somers in diesem Fall dermaßen engagiert hat. Im Angesicht des Todes von Mrs. Maudie Fowler stellt sie sich immer wieder aufs Neue die Frage nach ihrer Motivation, auch aus der abschätzigen Perspektive der Anderen:

Wieso ist es dahin gekommen, daß sich jemand wie ich, wohlhabend, Mittelklasse, im Vollbesitz der Kräfte, der solche Aufgaben übernimmt, ohne es nötig zu haben, als nicht ganz richtig im Kopf gilt? Manchmal sehe ich aus einem Blickwinkel und dann wieder aus einem anderen; manchmal finde ich, ich sei verrückt, dann wieder, unsere Gesellschaft sei es. Aber diese Verantwortung habe ich nun einmal auf mich genommen, und ich bin die Freundin von Eliza und von Annie (zwei alte, sozial bessergestellte Frauen in ihrem Umkreis, P.F.) und ich bin die Freundin (und noch mehr, glaube ich) von Maudie, einfach weil ich mich dafür entschieden habe. Ich entschied mich, und ich tat es. Wenn man sich für eine Handlungsweise entscheidet, ist sie nicht absurd, jedenfalls nicht für einen selber.

Verantwortung übernehmen, Entschluss zum Handeln und Helfen auf der Basis von Freundschaft – das sind die Erklärungen, die Jane bzw. Doris Lessing anbietet. Bezogen auf die eingangs gestellte Frage nach der Möglichkeit von Solidarität unter Frauen verschiedener sozialer Klassen und Generationen, kommt es demnach eher auf den Einzelfall an, dass freundschaftliche Verbindungen entstehen können; und statt gleich an solidarische Bewegungsformen zu denken, sind diese bereits von sozialem und politischem (Stellen-)Wert, sofern sie verbindlich und emotional unterfüttert sind, wenn auch ‚nur' auf privater Ebene. Mehr sollte wohl nicht erwartet werden.

Wolfgang Hildesheimer: Tynset

Zum Verständnis dieses literarischen Werkes (der Autor wollte es nicht als Roman verstanden wissen), das 1965 erschien, sind einige wenige biographische Informationen hilfreich. Hildesheimer (1916-1991) kommt aus einem jüdischen Elternhaus; seine Eltern waren schon vor der Nazizeit kosmopolitisch orientiert und in verschiedenen Ländern unterwegs bzw. ab 1933 auf der Flucht. Auch die Lebensgeschichte des Sohnes ist vom Wechsel der Lebensorte geprägt: er geht von Deutschland in die Niederlande, nach England, Schweiz und Italien, schließlich vorübergehend nach Palästina, um nach Kriegsende nach Deutschland zurück zu kehren. Doch auch wieder nur befristet: Aus politischen Gründen verlässt er für immer dieses nach wie vor vom Antisemitismus kontaminierte Land (so Hildesheimers auf Erfahrung gegründete Überzeugung) und lebt seit 1957 in der Schweiz und in Italien. Entsprechend sprachmächtig und mehrsprachig ausgestattet, hat Hildesheimer als Übersetzer von deutschsprachiger Literatur ins Englische und englischsprachiger ins Deutsche gearbeitet: er übertrug u.a. Werke von Stefan George, Kafka, Joyce, Beckett. Zudem machte sich Hildesheimer einen Namen mit eigenen literarischen Werken. Für *Tynset* erhielt er den Büchner-Preis und den Bremer Literaturpreis. Sein Schreiben zählt zur Literatur des Absurden, die von der Vernunftwidrigkeit des Daseins und der Sinnlosigkeit der menschlichen Existenz ausgeht.

Der Titel bezeichnet sowohl eine reale Ortschaft in Norwegen als auch einen imaginären Fluchtpunkt, Rätsel, Traum und Chiffre ineins. Der Ich-Erzähler, ein Schlafloser, unterbreitet seine Gedanken, Erinnerungen, sinnlichen Wahrnehmungen, Phantasien, Ängste und Traumata, die in ihm aufsteigen während einer durchwachten Nacht, in Form von ineinandergreifenden, assoziativ verknüpften Monologen. Der ältere Mann lebt allein in einem großen Haus, unter dessen Dach außer ihm nur noch Celestina, seine trunksüchtige und frömmelnde Haushälterin, weilt. Er ist zutiefst einsam, ohne dass er diese Einsamkeit und

Verlassenheit thematisiert oder beklagt. Der Grundton seiner Selbstgespräche ist von Melancholie und Resignation gefärbt, ja von einer Verzweiflung über die Last des Lebens, die er allerdings mit Gelassenheit und Würde erträgt.

Wenn ihm *alles was kommt willkommen* ist und er seinen Standort als *Mitte* bezeichnet, so zeugt dies von einer gewissen Gleichgültigkeit, die aber als Freiheit erfahren wird:

Standort? Wo stehe ich denn? Wo? Hier – nirgendwo. Nirgendwo, der einzige Ort, an dem ich atmen kann, frei, von allem gelöst, von nichts bedrängt als von Witterung. Keine Gespräche zu führen, keine Aufträge auszuführen, kein Urteil zu fällen, keine Schuld zu tragen, kein Handwerk zu meistern …, zu keinem Gott zu beten … keinen Weg zu gehen als den durch die Gärten, sonst nichts, nichts — ich lasse mich tragen, bis ich nicht mehr bin.

Was hier bereits als Belegstelle des Absurden anklingt, man könnte es auch – frei nach Heidegger – die existentielle Geworfenheit nennen, findet sich in vielfältiger Ausmalung: Da gibt es ein Telefon, dem die Sprechmuschel fehlt, ein *Gerät nur zum Horchen.* Oder: In seinen durchwachten Nächten greift der Erzähler zum Telefonbuch, um es ausgiebig zu studieren. Oder: Unter dem Abschnitt *Die Hähne Attikas* berichtet der Erzähler, wie er sich einmal über Nacht heimlich auf der Akropolis vom Wächter einschließen lässt, um im Morgengrauen selbst mit einem lauten, echoerzeugenden *Kikeriki* die Hähne der Umgebung zum Krähen zu motivieren, und zwar mit Erfolg. Oder: In seinem Haus gibt es zwei Betten: ein *Sommerbett* und ein *Winterbett*; der Erzähler stellt diese Betten ausführlich in ihrer jeweiligen Herkunfts- und Benutzungsgeschichte vor: Das Winterbett gehörte vor langer Zeit dem Abkömmling eines alten Fürstengeschlechtes und war im Wechsel seiner Nutzer ein *Bett von Mördern, des Todes und der Liebe,* bevor er es antiquarisch erwarb. Auch im Sommerbett, ebenfalls ein antikes Stück, wurde gehurt und gemordet; erzählt wird die Geschichte einer Nacht, als die Wirtin eines Gasthauses aus Geldgier dieses Bett gleichzeitig an einen jungen Soldaten, einen Geistlichen und eine an Syphilis erkrankte Prostituierte vermietet – diese Dreierkonstellation, die Hildesheimer *die Fuge* nennt, endet tödlich.

Tod und Sterben bilden weitere Motive im Werk. Der Erzähler verwendet den Tod als Metapher, um wahrnehmbar zu machen, dass man schon vor dem physischen Tod andere Tode sterben kann. So, wenn er beispielsweise über die Entwicklung der Städte räsoniert, die sich als Trabantenstädte Krebsgeschwüren gleich ausbreiten und für Verwüstungen sorgen, an denen der Mensch zugrundegeht.

Hier war ein Tod, der Tod in der Wüste, der Tod von vielen, von all denen, die ich mein ganzes Leben lang erfahren habe, ein Tod, der dazu dient mir einzubläuen, was Leben bedeutet: Täuschung und Trug und Demütigung. Einer der vielen Tode, die ich schon zu sterben bereit war und vielleicht gestorben bin.

Ich bin oft gestorben, jetzt allerdings sterbe ich seltener, aber einmal muß es das letzte Mal sein.

Es ist nicht nur die moderne Zivilisation mit ihren Molochen aus Beton, die die Städte unwirtlich machen, sondern zur ganzen Last des Lebens, die der Erzähler zu tragen hat, gehören lebenslang erfahrene Täuschung und Demütigung, in der Erinnerung aufbewahrt und immer wieder evoziert, die ihn oft schon haben sterben lassen.

Im Haus gibt es einen Geist, nämlich *Hamlets Vater*, der *stumm und steif* am Treppenabsatz dasteht und den Erzähler an seinen eigenen Vater denken lässt, um den Unterschied auszumachen: *Mein Vater war anders, … war ein besserer Mann als dieser da, … er hält nicht, wie dieser hier, nach Möglichkeiten einer Rache Ausschau, obgleich sein Ende nicht so sanft war wie das Ende dieses Mannes hier, nein, kein Gift bei einem Nachmittagsnickerchen ins Ohr geträufelt, er ist nicht sanft ins Jenseits herübergeschlummert, sondern erschlagen von christlichen Familienvätern aus Wien oder aus dem Weserland.*

Mit Hinweisen wie diesem ruft Hildesheimer die Verbrechen und Gräueltaten des Naziregimes in Erinnerung, denen auch sein Vater zum Opfer fiel; ein jüdisches Leben in Deutschland endete durch bestialische Gewalt. Auch in der Erzählung über eine Autofahrt quer durch *Wilhelmstadt* (ein Phantasiename für Hannover oder irgend eine andere Landeshauptstadt in Deutschland) enthält

Anspielungen auf die potentiellen Täter der Nazizeit: Wenn der Erzähler an einer Ampel halten muss, vermeidet er den Blickkontakt zu anderen Fahrern, weil er *Schläger und Mörder* hinter dem Steuer vermuten muss und darüber *Einblicke in furchtbare Vergangenheiten* erlangt. Quälende Erinnerungen überkommen ihn auch beim Betrachten vom Lampenschirmen: *Wo war es, daß ich Lampenschirme sah, aus heller menschlicher Haut, verfertigt in Deutschland von einem deutschen Bastler, der heute als Pensionär in Schleswig-Holstein lebt?*

Mit solchen punktuell präzise gesetzten Pfeilen der Aufmerksamkeit versieht Hildesheimer seinen Text, an denen die Literatur des Absurden in bittere Wahrheiten umschlägt: was in Deutschland und in den Konzentrationslagern im Osten Europas unter der Naziherrschaft geschehen ist – wie hier die Verwendung menschlicher Haut von ermordeten Juden zu Gebrauchsgegenständen wie Lampenschirme – verlangt den Stilwechsel in brutalen Realismus.

Um die Bandbreite der verwendeten Stilmittel aufzufächern, sei auf den Abschnitt über einen Kardinal, also einen kirchlichen Würdenträger, verwiesen:

Dieser Kardinal – jetzt erinnere ich mich, daß ich ihn einmal gesehen habe … Ich sah ihn, langsam an der Spitze seines schwarzen Gefolges schreitend, gehüllt in eine weiche Wolke von Unantastbarkeit, er wandelte – nein: seine Schritte waren unsichtbar, er täuschte Schweben vor – er wallte, Weihrauch spendend durch ein Spalier von Menschen, er strich einem stehenden Kind über das Haar, er segnete einen Säugling auf dem Arm seiner Mutter, er segnete rechts und links, er hielt die Hand senkrecht, Daumen nach innen, vor seiner Brust, den Kopf hielt er in dieser geringen Schräge der Demut, als erwarte auch er in jedem Moment einen plötzlichen Segensstrahl vom Himmel, fühlte aber, daß selbst er, letzten Endes ein Sündiger unter Sündigen, dieses Segens nicht würdig sei, und wollte ihn an dieser Kurve der Demut herabgleiten lassen, auf daß er in die Erde fahre und den Ort – Rosenheim – anstatt seiner segne. Er sprach auch hier und dort zu einer Mutter oder zu einem alten Mann, sprach im Ton unendlichen Mitleids, das seinem Partner so galt wie ihm selbst; beide … Weggefährten zwischen den Stationen des irdischen Übergangs, es besagte: bald werden du und ich dieses Dasein überwunden haben, dann geht es uns beiden gut in Gott, bis dahin wollen wir ausharren und tragen, was uns auferlegt ist.

Auch hier spart Hildesheimer die Stilmittel des Absurden aus, um dafür Ironie einzusetzen: So gelingt es ihm, das ganze Brimborium des bischöflichen Auftritts, die Inszenierung des Weihevollen und Erhabenen, die gespielte Demut und vorgetäuschte Ergebenheit wie die scheinhafte Gleichheit des menschlichen Schicksals auf Erden und vor Gott als Unwahrhaftigkeit vorzuführen.

Am Ende des Textes stellt der Erzähler – nachdem das Motiv immer wieder aufgeschienen war – ausführliche Erörterungen über seinen Plan, nach Tynset zu fahren, an. Inzwischen ist er sich nicht mehr sicher, ob es diesen Ort überhaupt gibt, und wenn es ihn gibt, ob er sein Vorhaben überhaupt realisieren will oder kann; zumal, wenn es sich eher um ein phantastisches Gedankengebilde handelt, ein imaginiertes Ziel und Konstrukt, das gar nicht der Realisierung bedarf.

Wer weiß, ob das Tynset der Wirklichkeit – was sage ich: Wirklichkeit? – ich meine: ob das Tynset aus Material, aus Stein und Holz und Fleisch und Blut und Tat und Gedanke, ob dieses Tynset nicht vor meinen Augen entschwindet oder in sich zusammensinkt wie eine fata morgana, wenn ich mich ihm nähere. Und dann stehe ich da, furchtbar getäuscht, und meine Gedanken besäßen wieder eine Freiheit, die ihnen jetzt nicht mehr erwünscht wäre, denn sie haben sich ihrer entwöhnt. Sie schweifen nicht mehr, sie sind stehengeblieben, bei Tynset.

Ein starkes Stück Literatur, in welchem der Autor mit den Mitteln des absurden Erzählens so zentrale Motive wie Sinn(losigkeit) des Lebens, Sterben und Tod, Einsamkeit, Flucht, Täuschung, Massenmord und Gewalt, Faschismus und moderne Zivilisation behandelt. Auch wenn der Text stilistisch heutzutage nicht ganz einfach zu lesen ist, so gehörte die vom Existentialismus geprägte, absurde Literatur in der Nachkriegszeit bis weit in die 1960er Jahre zur kulturellen Avantgarde. Es ist das Verdienst des Suhrkamp-Verlags, dieses Buch mehrmals wiederaufgelegt zu haben, damit es nicht in Vergessenheit gerät.

Wolfgang Hildesheimer: Paradies der falschen Vögel

Dem Antiquar in der Innenstadt Wilhelmshavens kann man nur dankbar sein, dass er in seinem großen Bestand von an die 20.000 Büchern ausgerechnet diesen Roman von Wolfgang Hildesheimer hatte, den der Suhrkamp-Verlag Mitte der 1970er Jahre einst verlegte. Und der Name des heute längst vergessenen Autors muss einem auch etwas sagen; so etwa, dass Hildesheimer über seine großartige Mozart-Biografie hinaus auch höchst interessante Romane verfasst hat.

Mit dem Roman über Kunstfälschungen ist Hildesheimer nun wahrlich ein Geniestreich gelungen. Es geht um ein heikles Thema, wie wir spätestens seit dem ‚Skandal‘ um Beltracchi wissen. Wenn man, wie wir, für diesen Fälscher und ineins selbst Künstler ein Faible hat, auch weil es ihm gelungen war, die Mechanismen des Kunstmarktes aufzudecken und diesen damit bloßzustellen, dann kann man den Hildesheimer-Roman als kongeniale Ergänzung lesen und verstehen. Während der Maler Beltracchi sich auf das Nachahmen berühmter und gefeierter Künstler konzentrierte, indem er höchsten Wert darauf legte, ihre *Handschrift* herauszufinden und zu beherrschen, erzählt der Schriftsteller Hildesheimer zudem von völlig frei erfundenen Künstlern und ihren Werken. Der Roman fängt gleich mit einem solchen Fall an:

Der Maler Ayax Mazyrka, der ‚Procegovinische Rembrandt‘ genannt, eine der berühmtesten Erscheinungen der Kunstgeschichte, hat niemals existiert. Seine Werke sind gefälscht, und die Geschichte seines Lebens ist eine Fiktion.

Dass der Autor seine Geschichte hauptsächlich in einer kleinen, provinziellen Balkan-Region spielen lässt, worauf hier bereits die erwähnten Namen hinweisen, ist auf den ersten Blick unerheblich, auf den zweiten nicht ganz. Denn wenn es weiter heißt, dass die gefälschten Meisterwerke des fiktiven Malers in *europäischen und amerikanischen Galerien* hängen und dort teuer verkauft werden, ist es schon von Bedeutung, dass ihre Herkunft im hintersten Zipfel des europäischen Kontinents liegt, was die Absurdität des Falles auf die Spitze treibt. Selbstredend, so will es der Roman, sei dies kein Einzelfall; vielmehr seien die Galerien und Museen weltweit *mit Fälschungen durchsetzt, ... aber niemanden berührt das, denn es fällt nicht in das Gebiet des sogenannten täglichen Lebens.* Berühren tut es nur die Akteure des Kunstmarktes, und diese bilden bekanntlich eine relativ kleine Klientel von sogenannten Experten, Ausstellern, Anbietern, Verkäufern und Käufern, verglichen mit der Bevölkerung insgesamt, die dieses Treiben nicht interessiert.

Nur mit dieser Verschiebung des Interesses ist es zu erklären, daß zum Beispiel auch mancher Meister des späten Mittelalters und der frühen Neuzeit, dessen Bilder zu dem schönsten Bestand vieler Museen gehören, sich in die Kunstgeschichte eingeschmuggelt hat, der zwar tatsächlich unbekannt war, dessen Existenz aber keineswegs im Mittelalter, sondern in der Gegenwart, und dazu in meinem unmittelbaren Verwandtenkreis zu suchen ist, und der sich zur Aufgabe gemacht hat, diesen Bestand zu bereichern, wenn auch nicht aus höheren, sondern ... aus eigennützigen Motiven.

Die Rede ist von dem bereits erwähnten, frei erfundenen Maler Mazyrka, und der Ich-Erzähler lässt durchblicken, dass dessen Schöpfer ein enger Verwandter von ihm ist, nämlich sein Onkel Robert, der lange Zeit in der Balkanregion gelebt hat und im Bereich des Kunsthandwerks als Maler (und auch Händler) tätig gewesen ist.

Hildesheimer entfaltet anfangs sein Personaltableau, und es lohnt, die Haupt- und Nebenpersonen, die hier vorgestellt werden, sich zu merken, denn sie spielen am Ende dieses von unglaublichen Verwicklungen geprägten Romans noch eine gewichtige Rolle: Der junge Held und Ich-Erzähler Anton Velhagen (der sich später aufgrund eines ‚Grenzzwischenfalls‘ mit tödlichem Ausgang genötigt sieht, seinen Namen zu ändern) wächst bei seiner Tante Lydia auf, die ein Faible für Kunst hat, aber nicht gerade geschmackssicher ist (sie neigt auch zum Kitsch); sie ist wohlhabend, aber eher in ökonomischer als in kultureller Hinsicht, stellt für den Neffen den Hauslehrer Philipp Roskol ein, der auch ihr Liebhaber wird, bis er später das Weite sucht. Onkel Robert, der Bruder Lydias, kommt gelegentlich mit dem Orient-Express zu Besuch aus dem Balkan in die alte Heimat; hier entdeckt er auch die ersten Malversuche seines Neffen, findet sie bemerkenswert und nimmt sie an sich – um sie irgendwann *als echte Millingtons* (ein früh verstorbener amerikanischer Künstler des späten 19. Jahrhunderts) erfolgreich in den Kunsthandel einzuschleusen und damit sein Geld zu verdienen.

Er ist ein exzellenter Kunstfälscher und dabei durch und durch geschäftstüchtig, d.h. er versteht nicht nur sein Handwerk bis zur Perfektion auszuüben, sondern seine Werke anzupreisen und an den Mann zu bringen. Er hat auch so etwas wie ein Berufsethos als Fälscher:

Das Fälschen, so pflegte Onkel Robert zu sagen, sei nur durch ängstliche Sammler und ehrgeizige Museumsdirektoren in Verruf geraten. Diese hätten die öffentliche Meinung vergiftet und die Augen des Publikums unnötig weit geöffnet. Niemand wisse um den echten schöpferischen Vorgang, welcher mit der Ausübung dieser Tätigkeit verbunden sei, niemand ahne etwas von der ungeheuren Schwierigkeit, sich ganz in den Schöpfer des Vorbildes zu versetzen, welche Vorbedingung diesen Akt erst möglich mache.

Doch auch der größte Fälscher gerät einmal in die Klemme. Onkel Robert, der seinen Mazyrka-Zyklus für vorläufig abgeschlossen erklärt, muss einen Weg finden, diese Bilder möglichst hoch aufgehängt zu veräußern. Wie alles in diesem Roman ist auch diese seine Strategie voller Verwicklung, Cleverness und Raffinesse. Robert wagt sich an einen *Rembrandt*, an die Nachahmung eines ganz Großen, wenn nicht des Größten in der Kunstgeschichte. *Rembrandts Kraft und Tiefe, die Intimität seiner Beobachtung, alles, was diesen Meister zum begnadeten Fürsten unter den Malern aller Zeiten prägt, hat sich dem Fälscher mitgeteilt.*

Mit diesem ‚Meisterwerk‘ (und versehen mit einem falschen Namen) spricht er nun bei seiner Exzellenz, dem Kultusminister der Procegovina, vor, der das Bild *mit dem Vergrößerungsglas prüft*, es *beklopft* und – ganz so, als wäre er ein Experte - es für echt befindet:

‚Es besteht kein Zweifel‘, fuhr der Minister fort … ‚Dieser Strich, diese Pinselführung! Es ist die Pinselführung von 1640. - Sagen Sie, Herr...‘

‚Guiscard, Exzellenz, Robert Guiscard.'

‚Ein berühmter Name. Sind Sie...?'

‚Der Normannenherzog war ein Vorfahr von mir, Exzellenz.'

‚So! Sagen Sie, Herr Guiscard, wie kommt dieses Bild in Ihren Besitz?'

‚Mein Vater hat es mir vererbt. Sein Vater hat es aus niederländischem Privatbesitz er-
worben. Das war im Jahr 1867. – Nach dem Erdbeben.'

Dieser höchst amüsant zu lesende Dialog zwischen dem professionellen Fälscher Onkel Robert und dem Kultusminister des Fürstentums Procegovina, der
sich als der einzige Kunstexperte *hierzulande* versteht, geht dann so weit, dass
seine Exzellenz gesteht, bisher *nur einen einzigen Niederländer in unserer Nationalga-
lerie* zu haben, einen *Rubens*, und der sei auch noch gefälscht. Da käme der
Rembrandt zwar wie gerufen, um diesen gegen jenen auszutauschen, doch die
Staatskassen seien leer. *So reich wir auch an Tradition und an alter Kultur sind, so arm*
sind wir an Barmitteln. Da macht sich Robert anheischig, dem Staat diesen
Rembrandt als Geschenk darzubieten. Damit nicht genug, gibt er sich selbst zu
erkennen: *nicht als Spender dieses Bildes, sondern als sein Verfertiger.* Also als Fälscher,
der aber sofort, zur Beschwichtigung seiner Exzellenz, die Großartigkeit dieser
Fälschung preist mit dem Argument, dass doch, wie er selbst mit seiner *großen*
Sachkenntnis, kein Sterblicher in diesem Bild eine Nachahmung statt eines Origi-
nals erkennen könne.

Daraufhin der Minister: *Aber das ist ja ein unerhörter Betrug!* Doch Robert versteht es, diesen kardinalen Einwand mit geschickten Argumenten zu entkräften,
indem er auf Aussichten verweist, wie man die Staatskasse des Fürstentums
auffüllen könne: *ich könnte Ihnen einen großen klassischen Maler, einen Nationalmaler*
geben. Und so bringt der Fälscher den Minister peu à peu auf seine Seite – und
seinen Mazyrka an den Mann. Er spricht in dieser Sache sogar bei seiner *Königli-*
chen Hoheit vor, um auch diesem den neuen Nationalhelden und wiederentdeck-
ten Nationalmaler Mazyrka mitsamt seiner (natürlich frei erfundenen) Biografie
anzupreisen und die Aussichten auf Berühmtheit und lukrative Einnahmen zu
eröffnen. Kurz und gut: der Deal gelingt, Onkel Robert hat erreicht, was er

erreichen wollte; und ist darüber nicht nur selbst wohlhabend geworden, sondern wurde zum neuen Kulturminister des Fürstentums ernannt.

Anlässlich eines längeren Besuchs des Neffen in der Procegovina gesteht ihm der Onkel nicht nur die Aneignung und den Verkauf von dessen Jugendbildern unter falschem Namen, sondern weiht den jungen Mann auch umfänglich in sein Tun und Treiben ein. Die Künstler-Ehre gebietet es, den Erlös der Bilder des Neffen diesem zu erstatten.

Doch aus den Schilderungen des Erzählers wird ersichtlich, dass die Rechnung damit bei weitem nicht beglichen war. Dieser, nennen wir ihn bei seinem ursprünglichen Namen Velhagen oder abgekürzt A.V., entdeckt in einer Galerie zwei Bilder von sich ausgestellt. Er betritt den Laden und erkundigt sich beim Händler, ob *das nicht ein Velhagen* sei? *,Ganz recht', sagte der Herr. ,Wir schätzen uns glücklich, zwei Werke des unglücklichen jungen Künstlers zu besitzen, welcher der Habgier der Völker zum Opfer gefallen ist.'* Und auf die Frage, wie sie in den Besitz gekommen seien, erfährt A.V.: *,Ein Onkel des Verstorbenen, der augenblickliche Kulturminister des procegovinischen Fürstentums, besitzt und verwaltet den gesamten Nachlaß.'* Und zu seinem Erstaunen erfährt A.V. auch den enorm hohen Preis der Bilder. *Nach welchen Gesichtspunkten man diese Preise wohl festgesetzt hatte? Wahrscheinlich entsprachen sie Roberts diabolischer Willkür.*

Das Fachgespräch, das A.V. mit dem Händler über in seinem Besitz befindliche Handzeichnungen des jungen Künstlers führt, mündet darin, dass A.V. diese in seinem Hotelzimmer anzufertigen gedenkt, um sie vorbei zu bringen. Doch diese Originale hält der Händler nun für Fälschungen: *Ich ließ sie einige Tage dort, und als ich wiederkam, um sie abzuholen, erklärt mir der Herr mit einem Lächeln genießerischen Bedauerns, daß es sich hier um äußerst geschickte Nachahmungen der Manier des unseligen Künstlers Anton Velhagen handele, jedoch keineswegs um Originale. Dann stellte er einige Vergleiche zwischen den Zeichnungen und Onkel Roberts Fälschungen an, welche – um dem Herrn gerecht zu werden – auch mich überzeugten.*

Am Ende des Romans zieht der Erzähler noch ein bemerkenswertes Resümee, in welchem er eine Lanze für die Kunstfälschung bricht; in dem Tenor, dass es letztlich unerheblich sei, ob ein Ayax Mazyrka nun existiert habe oder nicht; entscheidend sei doch, dass sich Tausende an seinem Werk erfreut hätten, auch wenn sie hinters Licht geführt worden seien. Für diese sei die Existenz dieses Malers (nur als Beispiel) nicht auszulöschen, denn sie gehöre zum Bestand ihrer Erfahrungen und Erlebnisse. Fälschungen und Fälscher habe es immer gegeben, solange wie die Kunstgeschichte währt, auch die alten Meister hatten ihre Gehilfen, oder es wirkten Unbeauftragte an Nachahmungen. *Wer die Schöpfer sind, weiß heute niemand, und daher sind die Bilder echt, bis sich das Gegenteil herausstellt, was vielleicht niemals geschehen wird, denn die Entlarvung liegt in niemandes Interesse.*

Dieser an Absurdität kaum zu überbietenden Geschichte wohnt schlussendlich eine geheime Logik inne, die Hildesheimer so auf den Punkt bringt: *Was ist ein echtes Bild? Ein echtes Bild ist ein Bild, welches von einem oder mehreren Experten als echt erklärt ist.*

Fritz J. Raddatz: Heine

Der brillante, möglicherweise vom Autor selbst verfasste Klappentext sagt eigentlich schon alles:

Fritz J. Raddatz über Heinrich Heine: ein Essay von brisanter Leidenschaftlichkeit und zugleich ein Versuch, Heine-Legenden zu zerstören; eine Porträtskizze, die den wirklichen Heine zeigen will, befreit von Gips, Zierrat und dem wuchernden Rankenwerk der Unterstellungen. Kaum ein Autor der deutschen Literatur hat so viele Fehldeutungen erfahren: zum Haß der Reaktionäre gesellte sich der falsche Bruderkuß der Revolutionäre. Heine selbst hat ... alles getan, um Lobpreisungen und Verleumdungen, mörderischen Attacken und schleichenden Gerüchten Vorschub zu leisten; er wurde dadurch ebenso interpretierbar wie verletzlich.

Die These dieses Essays: wer irgend meint, Heine hier fassen, dort festlegen zu können, der hat nichts von ihm begriffen. Nichts stimmt bei ihm; alles stimmt. Heine war Artist, und was er wollte, war Künstlerperfektion: er wollte die Sprache zum Tanzen bringen – nicht die Zustände. Wer Felsenfestes an Moral und Überzeugung, Gesittung und Gesinnung von ihm erwartet, dem antwortet nur das Kichern des Echos: Heine, der unbekannte Dichter ... (Raddatz') Heine-Bild zeigt einen Schriftsteller, der Pakte schloß und brach, der weder Revolutionär war noch Sozialist, sondern vielmehr Royalist, der seinen Freund Marx ,ein Scheermesser' nannte, seinen Feind Goethe jedoch ein Leben lang verehrte – und der nur einem Menschen und einer Sache die Treue hielt: Heinrich Heine.

Im Einzelnen zeichnet FJR ein Heine-Bild, das auf den Grund geht und Mythen um den großen Dichter dort zerstört, wo sie zu Fehldeutungen, Verklärungen und Missverständnisse, ja Verfälschungen führen. Er kennzeichnet ihn als *Egomanen*, der sein *eigenes Sonnensystem* entworfen hat, was seine Haltung zur Religion, Politik, Kunst und Moral angeht. Der sich selbstinszenierte als *Don Juan*, im wahren Leben aber vom Grundgefühl der Angst geplagt, der scheu und schüchtern war. Der sich die Attitüde des *künstlerischen Aristokratismus* zulegte, der gerne auf großem Fuß lebte, sich von seinem reichen Onkel und später vom Baron Rothschild großzügig alimentieren ließ. Der den Sinnen und der

192

Sinnlichkeit das Vorrecht gegenüber Spiritualismus und Askese gab, dem Schöpfertum und der Ästhetik huldigte, und was sonst noch zu den Widersprüchen zählte, die die Person Heine in sich vereinigte. In seiner politischen Orientierung richtete er sich nicht an Marx und dem Kommunismus aus, sondern am Babouvismus und den Saint Simonisten; er war kein Revolutionär, sondern eher Aufklärer, kein Marxist, sondern eher Hegelianer. Der Dichter Mörike sagte von ihm, Heine habe Talent, aber keinen Charakter. Und FJR kommt zu dieser Schlussfolgerung:

Heine war nie Revolutionär, er war kein Sozialist, und Heine war nicht einmal Republikaner. Er war ein Mann, der gerne ausgesöhnt lebte mit den Mächten dieser Welt, um die Abenteuer bestehen zu können, die eigentlich und unmittelbar die seinen waren: künstlerische. Das war es, was Börne ihm vorgeworfen hatte, und das war es, was er Börne nicht verzieh; denn er wußte, daß es stimmte. Börne, der Nazarener – Heine, der Sensualist.

Diesen Gegensatz könnte man auch als den zwischen dem Jakobiner und dem Romantiker bezeichnen. Heine verfasste zwar über seine beiden ‚Heimatländer' Deutschland und Frankreich große und großartige Studien, wollte jedoch niemals die Grenze zum Politischen als Aktion oder Tat, geschweige denn Rebellion überschritten wissen. Sein Selbstverständnis war – bei allem Spott und aller Ironie gerade über die politischen Zustände hier wie dort - ein durch und durch poetisch-künstlerisches, womit er in einer guten Tradition steht bzw. diese selbst mit bildet.

Lev Tolstoi: Krieg und Frieden

(Wiedergelesen anlässlich des 200. Todestages von Napoleon Bonaparte)

Dieses epochale Werk, das der Autor selbst nicht als Roman rubriziert und verstanden wissen wollte (und das gleichwohl in der Rezeption als ‚Roman der Weltliteratur' gehandelt wird), spiegelt die gesellschaftlich-zivilen und militärischen Verhältnisse des russischen Zarenreichs in Zeiten der Napoleonischen Kriege zu Anfang des 19. Jahrhunderts wider. Gezeigt wird anhand von zentralen Akteuren, wie die Angehörigen von traditionsreichen Adelsfamilien die sozialen, politischen und militärischen Führungspositionen, also die herrschenden Ränge, einnehmen und das gesellschaftliche Leben in den Metropolen St. Petersburg und Moskau sowie auf dem Lande bestimmen. Im Feld des Zivilen und Privaten werden von diesen Kreisen Bälle, Soirées und andere Feste entrichtet, auf denen Beziehungen gepflegt und geknüpft werden, worunter auch die Verpflichtung fällt, als Heiratsmarkt zu fungieren; hier wird nach Vermögen und Ansehen gemessen und gewogen und ausgehandelt, wer mit wem sich zu verbinden hat, um den eigenen Reichtum (an ökonomischem und symbolischem Kapital) zu mehren. Diese Themen sind Schwerpunkt des 1. Bandes. Im militärischen Feld, auf dem in Friedenszeiten eher der Müßiggang gepflegt wird (*Und in eben diesem obligatorischen und untadeligen Müßiggang besteht nach wie vor die Hauptattraktivität des Militärdienstes*, heißt es an einer Stelle), wird in Zeiten des Krieges gnadenlos um Machtstellungen und die Befehlsgewalt auf dem Schlachtfeld konkurriert, wobei einer dem anderen misstraut und ihm seine Befähigung abspricht.

Das Meisterstück, das Tolstoi mit seinem Werk (im 2. Band) vollbringt, liegt darin, dass er die konkrete Handlungseben kriegerischer Auseinandersetzungen zu verbinden versteht mit einer über diese weit hinausreichenden Ebene militärtheoretischer und strategischer Überlegungen und Einschätzungen; eines seiner Anliegen ist es, den offiziellen Erzählungen von Heldentum, Opfermut, Vaterlandsliebe etc. eine Realität entgegenzusetzen, in der die Interessen der einzelnen Akteure obwalten und den Mythos des Heroismus konterkarieren. Tolstoi hat sich aufgrund eigener Erfahrung – er war vor seiner Schriftstellerexistenz selbst im Militärdienst tätig – und umfangreicher historischer, Militär- und Kriegsstudien sowie geschichtsphilosphischer Expertisen umfassende Kenntnisse auf diesen Gebieten erworben, die er in sein schriftstellerisches Schreiben einbringt.

In diesem Zusammenhang geht es immer wieder um die Figur Napoleon Bonapartes und die Rolle, die er als selbsternannter Kaiser von Frankreich politisch und militärisch spielt; vielleicht ist die Entzauberung des Mythos Napoleon, zumindest seine Relativierung zwischen *Zufälligkeit und Genialität* das Hauptanliegen dieses Werkes. Die Zitate, die hier aus der Fülle des Materials (das Werk umfasst insgesamt über 2000 Seiten) ausgewählt wurden, konzentrieren sich auf die spezielle Thematik des Napoleon-Bildes von Tolstoi und mögen gleichzeitig einen Eindruck von der schriftstellerischen Größe dieses Autors vermitteln.

*

Napoleon, dem es doch gerade jetzt, 1812, mehr denn je so vorkam, als hinge es allein an ihm, ‚verser‘ oder ‚nicht verser le sang de ces peuples‘ (das Blut seiner Völker zu vergießen) *(wie ihm Alexander in seinem letzten Brief geschrieben hatte), war nie mehr denn jetzt jenen unvermeidlichen Gesetzen unterworfen, die ihn zwangen (während er, wie er glaubte, nach eigenem Gutdünken handelte), für die gemeinsame Sache, die Geschichte, das zu tun, was zu geschehen hatte.*

Menschen des Westens bewegten sich also gen Osten, um einander totzuschlagen. Und nach dem Gesetz des Zusammentreffens von Ursachen passten sich diesem Geschehen ganz von selbst Tausende winziger Ursachen für diese Bewegung und den Krieg an und trafen mit ihm zusammen die Vorwürfe wegen der Nichtbeachtung des Kontinentalsystems, der Herzog von Oldenburg, der Vormarsch der Truppen von Preußen, der lediglich unternommen wurde (wie

Napoleon meinte), um einen bewaffneten Frieden zu erreichen, die Kriegsleidenschaft und Kriegsgewohnheit des französischen Kaisers, die mit der Disposition seines Volkes übereinstimmte, die Begeisterung für die grandiosen Vorbereitungen, die Aufwendungen für diese Vorbereitungen und die Notwendigkeit, Gewinne zu machen, mit denen diese Kosten wieder gedeckt werden konnten, die berauschenden Ehrungen in Dresden, die diplomatischen Unterhandlungen, die nach Ansicht der Zeitgenossen mit dem aufrichtigen Wunsch geführt wurden, Frieden zu schließen, und doch nur die Eitelkeit der einen wie der anderen Seite verletzten, sowie Millionen und Abermillionen anderer Ursachen, die sich dem Geschehen, das geschehen musste, anpassten, mit ihm zusammentrafen.

...

Nicht etwas allein ist Ursache. All das ist nur das Zusammentreffen dieser Bedingungen, unter denen sich das organische, elementare Geschehen des Lebens vollzieht. ... Genauso recht und unrecht hat auch derjenige, der behauptet, Napoleon sei nach Moskau gezogen, weil er es gerne wollte, und untergegangen, weil Alexander seinen Untergang wollte: genauso recht und unrecht hat derjenige, der behauptet, dass ein untergrabener Berg ... nur einstürzte, weil der letzte Arbeiter ein letztes Mal den Keil unter ihn getrieben hatte.

∗

Auch ohne seinen Befehl geschah bereits, was er wollte, und er gab nur deshalb seine Anweisungen, weil er dachte, dass sie Befehle von ihm erwarteten. Und wieder versetzte er sich in seine frühere künstliche Welt der Schimären von irgendeiner Größe und wieder (wie das Pferd auf der sich drehenden Tretmühle geht und sich einbildet, es mache etwas für sich), fügte er sich in jene grausame, traurige und schwere, unmenschliche Rolle, die ihm vorherbestimmt war.

Und nicht nur in dieser Stunde und an diesem Tag waren Geist und Gewissen dieses Mannes getrübt, der mehr als alle anderen an dieser Schlacht Beteiligten die ganze Last dessen trug, was da geschah: sondern niemals, bis ans Ende seines Lebens, konnte er das Gute, die Schönheit, die Wahrheit verstehen oder die Bedeutung seiner Taten, die dem Guten und der Wahrheit viel zu sehr entgegengesetzt waren, allem Menschlichen viel zu fern, als dass er ihre Bedeutung hätte verstehen können. Er konnte sich nicht lossagen von seinen

196

Handlungen, die von der halben Welt in den Himmel gehoben wurden, und deshalb musste er sich von dem Guten und der Wahrheit und dem Menschlichen lossagen.

…

Er bildete sich ein, der Krieg mit Russland habe durch seinen Willen stattgefunden, und das Grauen dessen, was da geschehen war, beeindruckte seine Seele nicht. Dreist nahm er die ganze Verantwortung für das Geschehen auf sich, und sein getrübter Verstand sah die Rechtfertigung darin, dass unter den Hunderttausenden Gefallenen weniger Franzosen waren als Hessen und Bayern.

*

Wenn wir in den Beschreibungen der Historiker, vor allem der französischen, finden, dass bei ihnen Kriege und Schlachten nach einem vorher festgelegten Plan ausgeführt werden, dann ist die einzige Schlussfolgerung, die wir daraus ziehen können, dass diese Beschreibungen nicht stimmen.

Die Schlacht bei Tarutino hat offensichtlich das Ziel … nicht erreicht: die Truppen geordnet und der Disposition entsprechend ins Gefecht zu führen und ebensowenig das Ziel, das Graf Orlow haben mochte: Murat gefangenzunehmen, oder das Ziel, augenblicklich das gesamte Corps zu vernichten, das Benningsen und andere Persönlichkeiten gehabt haben mochten, oder das Ziel des Offiziers, der den Wunsch hatte, ins Gefecht zu geraten und sich auszuzeichnen, oder des Kosaken, der mehr Beute machen wollte, als er machte, usw. Doch wenn das Ziel das war, was tatsächlich geschehen ist und was für alle Russen gemeinsam damals der Wunsch war (die Vertreibung der Franzosen aus Russland und die Vernichtung ihrer Armee), dann wird vollkommen klar, dass die Schlacht bei Tarutino gerade wegen ihrer Ungereimtheiten genau das war, was in jeder Kampagne notwendig war. Es wäre schwierig und unmöglich, sich irgendeinen zweckmäßigeren Ausgang dieser Schlacht auszudenken, als den, den sie gehabt hat. Mit der allergeringsten Anspannung, beim größten Durcheinander und dem allergeringsten Verlust wurden die größten Ergebnisse der gesamten Kampagne erreicht, wurde der Übergang vom Rückzug zum Angriff vollzogen, wurde die Schwäche der Franzosen aufgedeckt und wurde ihnen jener Stoß versetzt, auf den das Napoleonische Heer nur wartete, um die Flucht zu beginnen.

*

Wie in der zuletzt zitierten Passage sichtbar, rechnet Tolstoi auch mit der Historiker-Zunft ab, die seines Erachtens sowohl die *Schimäre* von Größe und Genie Napoleons in die Welt setzten, verfestigten und selbst seinen Fehleinschätzungen die Weihe strategischer Großtaten verliehen; als auch den Mythos von der Zielführung einzelner Entscheidungen im Gefecht aufgrund planmäßigen, wohlkalkulierten Handelns manifestierten. Dem Glauben an die Wirkmächtigkeit strategischen Handelns zur Durchsetzung des Willens Einzelner hält Tolstoi seine Überzeugung von der Gesetzmäßigkeit des Zusammentreffens zahlreicher Ursachen, der Zufälligkeit des Zusammenwirkens von Bedingungen aufgrund bestimmter Konstellationen und die Entzauberung des Heroismus um die Person Napoleon Bonapartes entgegen. Sein literarisches Werk blieb nicht ohne Wirkung auf die Geschichtsschreibung, ob in ziviler oder militärischer Ausrichtung, ob in der zeitgenössischen oder aktuellen, gerade angesichts des besonderen Gedenktages in diesem Jahr.

Tolstoi hat mit diesem Werk selber Geschichte geschrieben und diente späteren Generationen von Schriftstellern, die sich auch einer solchen Thematik widmeten, als großes Vorbild. Zu gedenken ist an dieser Stelle vor allem Dieter Wellershoff und seinem Werk *Der Ernstfall. Innenansichten des Krieges* (erschienen 1995), in welchem er seine leidvollen Erfahrungen der Kriegsteilnahme an der Ostfront in den letzten zwei Jahres des Zweiten Weltkrigs verarbeitet; im Abstand von mehreren Jahrzehnten ist es ihm gelungen, diese Erfahrungsebene mit historischen und kriegsstrategischen Analysen zu verschränken, so dass die subjektive Erfahrung, verbunden mit allgemeinen Erklärungen und Deutungen, einen gesteigerten Erkenntniswert erlangt. Und das in einem dem Schriftsteller Wellershoff eigenen, unnachahmlichen Sprachstil, so dass, gerade so wie bei Tolstoi, die Lektüre auch unter literarischen Gesichtspunkten einen bleibenden Eindruck hinterlässt.

Joke Frerichs: Das Haus des Dichters

Das Buch ist nach *Die Mission* (2011) und *Gespräch mit einem langen Schatten* (2013) der dritte Roman, den der Autor vorlegt. Ein Dichter-Roman, voller Bedeutungschiffren über das Schreiben als existentielle Selbstvergewisserung und Selbstentäußerung. Wie bereits bei den Vorgängern hat auch dieser Roman keine Handlung im traditionellen Verständnis, es wird keine Story erzählt, die einen mitreißt; sehr wohl aber gibt es eine innere Abfolge des Erzählten, der man eine nahezu zwingende Logik abgewinnen kann: die der Entwicklung vom Nahbereich zum Weltgeschehen, vom persönlich Gestrandeten zum Dichter, vom seinsvergessenen Dilettanten und Autodidakten zum modernen wie zugleich antiquierten Eremiten, für den Leben und Schreiben eins geworden sind. Ein Außenseiter, der die moderne Zivilisation flieht, der alles hinterfragt und sich seine Gedanken macht, war er schon immer und bleibt es bis zum Ende.

Der Roman gliedert sich in sechs größere Abschnitte, die je eine markante Entwicklungsstufe beinhalten, und ist von der Form her gerahmt durch Prolog und Epilog. Letzteres ist schon deshalb reizvoll, weil gleich zu Anfang, im Prolog also, vom Tod des Dichters die Rede ist, der aber erst am Schluss, im Epilog, eintritt. Auch weiß man vom Prolog aus betrachtet nicht so recht, ob wir uns auf der Ebene eines Traumes, nämlich dem vom alten Haus, oder auf der der Tatsächlichkeit befinden. Denn dieser Romananfang ist im surrealen Stil geschrieben, und die dadurch hervorgerufene Irritation ist nicht nur gewollt, sondern weckt Neugier auf das folgende erzählte Geschehen.

Die namenlose Hauptfigur fungiert überwiegend als Ich-Erzähler, doch zweimal, im 4. und 6. Kapitel, gibt sie ihre Identität auch ab; im 4. wechselt der Autor zur distanzierenden wie erweiternden Du-Form und im 6. zu einem Alter Ego.

Das titelgebende Haus des Dichters – es ist so verwunschen und heruntergekommen wie geheimnisvoll und einladend – wird im 1. Kapitel minutiös vorgestellt: mit all seinen Ecken und Winkeln und mit seinem für den Protagonisten so wichtigen, ja fast heiligen Gegenständen, allen voran seine Bücher, das kleine Radio, Marke Philetta (aus den 1960er Jahren) und die altertümliche Schreibmaschine DM 1. Zum Haus gehört der verwilderte Garten, und seine Randlage in einem Dorf bietet die nötige Distanz zu den Dörflern. Wir erfahren, dass er sich hierher zurückgezogen hat, nachdem er von heute auf morgen seine Arbeit verloren hatte. Statt zu resignieren, begreift er dies als Zäsur und Anlass, ein neues Leben im Einfachsten und Bescheidensten zu beginnen, aus dem er aber *etwas machen* will. Dieses Etwas ist dann Gegenstand des gesamten Romans.

Eine große Hilfe und nie versiegende Quelle geistiger Anregung ist ihm dabei ein Antiquar namens Rufus Lieberknecht, den er einmal monatlich in der nahegelegenen Stadt aufsucht und damit seine Abgeschiedenheit unterbricht. Hier bekommt er Hinweise auf Bücher, Autoren und ganze Wissensgebiete, allen voran die Literatur, später aber auch die Philosophie und sogar die Politik. Man kann sagen, dass diese Gespräche oder Diskurse, auch wenn sie eher Monologe des Antiquars sind, den Protagonisten geistig aufbauen, für seine Entwicklung hin zum Schreiben jedenfalls von fundamentaler Bedeutung sind.

Doch dieser bringt auch die nötigen Voraussetzungen für diesen Prozess mit. Zu einer ungewöhnlichen Wissbegierde gesellt sich eine schon in der Kindheit ausgebildete rege, ja überbordende Phantasie und ein Hang zum Träumen; damit hebt er sich aus Situationen der Verlassenheit und Einsamkeit hinaus und vermag dem beengten Leben zu entfliehen. Seiner ebenfalls früh angelegten Empathiefähigkeit verdankt er einen feinen Sinn für die Natur und die Schöpfung, über deren Zustand er sich quälende Gedanken macht. Sein Blick richtet sich auf das *Naheliegende* und vermeintlich *Unbedeutende*, um hierüber die *Poesie des Daseins* zu entdecken. Frerichs belegt solche Aufmerksamkeiten, die sein Protagonist an den Tag legt, stilistisch mit lyrischen Passagen wie dieser:

Ich bevorzuge den Spätsommer, wenn die Natur zur Ruhe kommt und allmählich in einen sanften Schlummer übergeht. An den letzten milden Oktobertagen, wenn die tief stehende Sonne den Herbstwald in warme Farben eintaucht, wirkt das gedämpfte Licht wie ein Zau-

ber auf mich. Zuweilen beobachte ich ein niederschaukelndes Herbstblatt, als wollte es sich zieren, seine Lebensbahn hier und jetzt zu beenden. Es ist ein ganzes Jahr, das da herabsinkt. Die letzten Kraniche ziehen vorüber; ich schaue ihnen wehmütig nach und wünsche ihnen eine gute Heimkehr. Dann weiß ich: Jetzt beginnen sie, die Tage, die überfließen vor Zeit. Die Tage der Besinnung und des Lesens.

Solche Lyrismen werden neben den Beobachtungen und Beschreibungen, den Diskursen, den Träumen, den Briefen und den Erinnerungen als zentrale Stilmittel eingesetzt.

Über die Kapitel verteilt befasst sich der Protagonist – zumeist auf Anregung des Antiquars – nach und nach mit Gegenständen und Themen wie diesen: die Literatur und hier speziell Gedichte und später, als er selbst zu schreiben beginnt, höchst kritisch die Klassiker; Ernst Barlach als bildender Künstler und Schriftsteller; die Musik und hier speziell mit Mahlers *Lied von der Erde;* die Philosophie und hier vor allem mit den Aufklärern um Diderot, die im Salon des Baron d'Holbach verkehren. Darüber hinaus interessiert er sich für Hegels *Phänomenologie des Geistes,* weil ihm die *Sinnliche Gewissheit* eine Herausforderung für das Schreiben darstellt. Die unzähligen Fragen, die dabei aufkommen, sind Inhalt der Gespräche mit Lieberknecht; er richtet sie aber auch in Briefform an Tote, wie an den Baron in Paris, und Entfernte, wie den Hegel-Spezialisten Prof. Singer, der in einer Kneipe in Sao Paulo Vorträge hält; (eine Romanfigur von Robert Menasse). Die Aussichtslosigkeit, eine Antwort zu erhalten, scheint ihn nicht zu stören; die damit verbundene tragisch-komische Seite nimmt er sehenden Auges in Kauf.

Ein einschneidendes Erlebnis für die Hauptfigur ist die von Lieberknecht vermittelte Bekanntschaft mit dem bekannten Schriftsteller Anselm Auerbach, der nach einem Briefwechsel und einer persönlichen Begegnung zu seinem Mentor in Sachen Literatur und Schreiben wird. Die ersten selbstverfassten Gedichte und kleineren Texte über Naturbeobachtungen oder über Werke von Auerbach fallen genauso in die Zeit dieser Mentorenschaft wie dann das kontinuierliche Schreiben an einem längeren Text, der sich zu einem Roman entwickelt. Damit war endgültig der Dichter geboren, für den die Frage nach der *Erzählbarkeit des Lebens* zur zentralen Herausforderung geworden ist. Einer, der sich den Kopf über das Phänomen der *Suche* zerbricht und der mit seinem Alter Ego die existentielle *Unruhe* teilt. Einer, der die Menschheit wegen ihres räuberischen und zerstörerischen Umgangs mit der Schöpfung anklagt. Und schließlich einer, der sich mit Grund die neue Online-Welt vom Halse hält und für den nur das Buch von bleibendem Wert sein kann. Vor allem aber einer, der sich selbst im Schreiben gefunden hat.

Im Epilog ist diese selbstgeschaffene Welt zusammengebrochen: sein Mentor ist gestorben; der Antiquar weggezogen; der Mangel an Kontakten und Gesprächen hat auch den Protagonisten zum Verstummen gebracht und ihn aus der Bahn geworfen – er liest und schreibt nicht mehr, und seine Verwirrung steigert sich bis zum Wahn. Das weiß man aufgrund eines Fundes im leerstehenden *Haus des Dichters*, der selbst längst gestorben ist: eine Holzkiste mit all seinen Aufzeichnungen, so auch mit den allerletzten Notizen, die hier dokumentiert sind.

Joke Frerichs verfügt über einen eigensinnigen Stil, der sich in all seinen Prosatexten zeigt. Elemente, Motive und Muster dessen sind: das Rekurrieren auf die Kindheit, in der sich Vorstellungskraft und Einfühlungsvermögen als Äquivalent zu Entbehrungen und zum Auf-sich-gestellt-Sein herausgebildet haben; Robinsonaden, Autarkievorstellungen und Eremitentum als selbstgewählte Existenzformen zum Zweck der Abschirmung von der Außenwelt, die nur noch als störende, zerstörte, sinnentleerte, entfremdete wahrgenommen wird; die eigene (Innen-)Welt als Schutzraum, um im Wesentlichen zu leben; Außenseiterexistenzen bevorzugt; die Suche nach dem Eigenen (Zugänge, Wege); Diskurse, Fach- und Sinngespräche mit Mentoren (anstelle von Handlung); Erinnerungen als Modus der Selbstvergewisserung; Träume und Tagträume als zweite Wirklichkeit und überdauernde Kindheitsmuster; das einfache Leben auf geistig hohem Niveau; das Schreiben als existentielle Lebensäußerung und Lebensverdichtung, Sinnstiftung und Selbstvergewisserung, als Zu-sich-selbst-Kommen.

Bleibt zum Schluss die Frage nach dem Haus als Symbol: In seiner Schrulligkeit und Verwunschenheit bietet es die ideale Heimstatt für den Dichter; es verschafft dem Eigenbrötler das Gefühl von Geborgenheit im Abseits. Das Dach über dem Kopf mag löchrig sein, doch den ersehnten Schutz vor den Widrigkeiten des Lebens vermag es zu gewähren. Aber es ist auch ein *imaginärer Raum,* in dem er seine Phantasien ausleben und sich seine eigene Welt erfinden kann.

Angaben zur Autorin

Petra Frerichs, geb. 1947 in Wetzlar; Abitur 1969 auf dem Zweiten Bildungs-weg am Hessenkolleg Wetzlar; Studium an der Justus-Liebig-Universität in Gießen in den Fächer Deutsch/Literaturwissenschaft und Sozialwissenschaf-ten, Promotion zur Dr. phil. 1979; seit 1969 verheiratet mit Joke Frerichs; be-rufliche motivierte Standortwechsel: Gießen, Bremen, Bielefeld, Köln; langjäh-rige Tätigkeit am Institut zur Erforschung sozialer Chancen in Köln; zahlreiche Veröffentlichungen, u.a.: „Fraueninteressen im Betrieb. Arbeitssituation und Interessenvertretung von Arbeiterinnen und weiblichen Angestellten im Zei-chen Neuer Technologien" (zus. mit Margareta Steinrücke und Martina Morschhäuser, 1989); „Soziale Ungleichheit und Geschlechterverhältnisse" (Hrsg. zus. mit M. Steinrücke, 1993); „Klasse und Geschlecht1. Arbeit, Macht, Anerkennung, Interessen" (1997); „Klasse und Geschlecht als Kategorien so-zialer Ungleichheit", Kölner Zeitschrift für Soziologie und Sozialpsychologie Heft 1, Jg. 52, (2000); „Ich geben, damit du gibst. Frauennetzwerke" (zus. mit Heike Wiemert, 2002).

Seit 2005 Literaturvermittlerin in freier Tätigkeit; Veröffentlichungen: „Mo-mentaufnahmen. Notizen über Literatur, Malerei, Film" (2010); „Vom Glück zu finden. In Schrift, Form, Farbe" (2016); zusammen mit Joke Frerichs: „Le-sespuren. Notizen zur Literatur" (2011); „Leben braucht keine Begründung. Zum literarischen Werk von Dieter Wellershoff" (2012); „Literarische Entde-ckungen. Vergessene und neu gelesene Texte" (2012, 2. Aufl. 2018); „Mit Bil-dern erzählt – Gemälde und Zeichnungen von Klaus Frerichs" (2013); „Leben und Schreiben – was sonst? Ein Streifzug durch die Werkausgabe von Dieter Wellershoff" (2014); „Das Mysterium der Suche" (2014); „Dieter Wellershoff. Eine Begegnung der besonderen Art" (2019). Zahlreiche Veröffentlichungen im *Blog der Republik*.